Zu diesem Buch

«Glück ist seit je ein heikler Begriff und Zustand, wie wenige andere durch das Gegenteil definiert und gefährdet. Gemäß dem skeptischen Humanisten Sigmund Freud dürfe man ‹dann von Glück sprechen, wenn das Schicksal nicht alle seine Drohungen auf einmal› wahrmache. Gilt indes nicht gerade der Kollaps des Immunsystems als idealtypische Verwirklichung jener imaginierten Katastrophe: den unaufhaltsamen körperlichen Niedergang vorauszuwissen; ihn meist noch in jungen Jahren bewußt miterleben, mit eigenen und fremden Ängsten, mit sozialer Ausgrenzung und Panik umgehen zu müssen? Kein Zweifel, die physischen und psychischen Umstände dieser Krankheit zum Tode deuten auf schlimmstmöglichen Schrecken hin, die Hölle auf Erden, insbesondere im zusätzlichen stigmatisierenden Fall (homo)sexueller Infektion, die den törichten Verdacht persönlicher Schuld weckt, wo zumindest seinerzeit nichts war als Verhängnis. Und dennoch, weil der Mensch in seiner ganzen Armseligkeit ein wundersames, ja manchmal wunderbares Wesen ist, gelingt ihm immer wieder das vermeintlich Unmögliche. Was die terrorisierte Phantasie der zufällig Verschonten und ‹Unbeteiligten› leicht übersteigt, bewältigten und bewältigen viele Betroffene in kaum vorstellbarem Maß. So auch Hervé Guibert.» *(Ulrich Weinzierl, «FAZ»)*

«‹Mitleidsprotokoll› ist Dichtung und Krankenbericht zugleich. Gerade deshalb sind ihm nur wenige Bücher der letzten Jahre an Eindringlichkeit gleichzustellen.» *(«Frankfurter Neue Presse»)*

Hervé Guibert, geboren am 14. Dezember 1955 in Paris, war Fotograf und Fotokritiker bei «Le Monde». Mit Patrice Chéreau schrieb er das Drehbuch zu «Der verführte Mann». Für das französische Fernsehen drehte er den einstündigen Videofilm «La pudeur ou l'impudeur» («Die Scham oder die Schamlosigkeit»). Im Rowohlt Taschenbuch Verlag sind seine Erzählung «Blinde» (rororo Nr. 13188) und der dem vorliegenden Buch vorhergehende Roman «Dem Freund, der mir das Leben nicht gerettet hat» (rororo Nr. 13248) lieferbar; im Rowohlt Verlag der Roman «Das Paradies». Hervé Guibert starb am 27. Dezember 1991 in Paris an Aids.

Mitleidsprotokoll

Hervé Guibert

Roman

Aus dem Französischen von
Hinrich Schmidt-Henkel

Rowohlt

Veröffentlicht im Rowohlt Taschenbuch Verlag GmbH,
Reinbek bei Hamburg, Mai 1994
Copyright © 1992 by Rowohlt Verlag GmbH,
Reinbek bei Hamburg
«Le protocole compassionnel»
Copyright © Éditions Gallimard, 1991
Alle deutschen Rechte vorbehalten
Umschlaggestaltung Theres Weishappel
Gesamtherstellung Clausen & Bosse, Leck
Printed in Germany
1290-ISBN 3 499 13458 6

All denen gewidmet, die mir wegen
Dem Freund, der mir das Leben nicht gerettet hat
geschrieben haben. Jeder einzelne Ihrer Briefe
hat mich zutiefst bewegt.

Eines Nachts, um vier Uhr morgens, betrat Jules meine Wohnung mit seinem Schlüssel und legte am Fußende meines Bettes, mir wurde im Schlaf seine Anwesenheit kaum bewußt, eine Plastiktüte hin, die bis oben mit Beutelchen voll DDI angefüllt war, diesem neuen Medikament, auf dessen Auslieferung ich seit eineinhalb Monaten vergebens wartete, am Ende meiner physischen und seelischen Kräfte, nachdem ich das AZT hatte absetzen müssen, das ich hämatologisch nicht mehr vertrug und das bei mir niemals die erhoffte Wirkung gezeigt hatte, bei mir, der ich tagtäglich einer Bewegung verlustig ging, die ich am Vortag noch vollbringen konnte, der ich Schmerzen litt, wenn ich den Arm hob, um mich zu kämmen, um das Deckenlicht des Badezimmers zu löschen, den Ärmel eines Kleidungsstückes überzuziehen oder abzustreifen, der ich seit langem schon nicht mehr laufen konnte, um einen Autobus zu erreichen, es wurde mir ein Greuel, am Haltegriff festgeklammert die Stufe zu erklimmen, mich dann wieder aus dem Sitz zu erheben, um an der Haltestelle auszusteigen, unmöglich, ein Taxifenster zu öffnen und die Tür, es sei denn mit einem Fußtritt, um einzusteigen oder auszusteigen (ein Fahrer hatte ausgerufen: «Bei einer Frau würd ich das ja noch verstehen, aber Sie!»), dann, schmerzhaft, mich hinauszuquälen, nicht mehr genügend Kraft in den Fingern, um meine Tür mit zwei Umdrehungen des Schlüssels zu öffnen oder zu schließen, eine Champagnerflasche zu entkorken, eine Colaflasche aufzuhebeln, durch Druck Luft unter einen Deckel zu lassen, damit er nachgibt, ich war nun unfähig, irgendeine dieser Bewegungen auszuführen, es sei denn unter Gefuchtel und grimassierender Anstrengung, der Körper eines Greises hatte Besitz von meinem Körper, dem eines Fünfunddreißigjährigen, ergriffen, es war wahrscheinlich, daß ich an Kräfteschwund meinen Vater überholt hatte, der kürzlich siebzig geworden ist, ich bin fünfundneunzig, wie meine Großtante Suzanne, die bettlägerig ist, ich bade nicht mehr, denn ich könnte nicht mehr aus der Badewanne aufstehen, und ich hocke mich nicht mehr unter die Dusche, wie ich es gern tat, um mich nach dem Aufwachen zu wärmen, denn die Spannung meiner Beine, selbst wenn ich sie ein wenig kreuze, und meiner Arme auf dem Badewannenrand genügt nicht mehr, um mich hinauszuschaffen, ich wasche mir das Haar außerhalb der Badewanne, zum Wasserstrahl vorgebeugt, den ich auf ganz spärlich stelle, um nicht alles vollzuspritzen, wobei ich darauf achte, mir nicht die geschlossenen, seifigen Augen am Wasserhahn auszustoßen, indem ich mit den Fingerspitzen wie ein Blinder den Abstand kontrolliere, der mich noch von ihm trennt, und dann doch in die Badewanne klettere, um mich im Stehen zu waschen, zitternd wegen des Luftwirbels, der unter dem Fenster hindurchdringt, das Geschlecht, die Achseln und den Anus, wobei ich mich unbequem mit dünnem Wasserstrahl abspüle, ich erlebte nicht mehr diese Wohltat des heißen Wassers, ein Handwerksunternehmen war gekommen, um mein Badezimmer meinen verminderten Bewegungsmöglichkeiten anzupassen, doch ich wartete noch auf den Haltegriff und den Duschvorhang, eigentlich hätte man überall Griffe anbringen müssen, Flaschenzüge, und einen Sitz in der Badewanne, damit ich nicht von so weit unten aufstehen müßte, ich konnte mich nicht mehr auf den Boden setzen, ich habe es bei Eufisios Fest in der Villa vergessen, als ich mich auf den Rasen setzte wie alle anderen, und ich mußte David zu Hilfe rufen, damit er mir die Hand reichte, ich verbrachte den Rest des Abends im Stehen, ich verdöse den ganzen Tag in einem Sessel, aus dem ich nur noch mühevoll aufstehen kann, ich trachtete nur noch nach Schlaf, ich ließ mich auf mein Bett fallen, denn ich kann nicht mehr mit Muskelanstrengung ins Bett gehen oder aus dem Bett steigen, entweder greife ich mir mit den Händen unter die Schenkel, um mich hochzuhebeln, oder ich drehe mich auf die Seite, um mich aufzusetzen, nachdem ich die Beine habe fallen lassen, der Schlaf war das einzig Lustvolle, jetzt, da ich irrsinnige Beschwerden beim Schlucken habe und jeder Mundvoll eine Folter und ein Grauen geworden ist, und jetzt bereitet mir seit drei Tagen allein die Tatsache, im Bett zu liegen, Schmerzen, denn ich kann mich darin nicht mehr umdrehen, meine Arme sind zu schwach, meine Beine sind zu schwach, sie kommen mir vor wie Rüssel, ich komme mir vor wie ein gefesselter Elefant, es kommt mir vor, als erdrückte mich das Daunenbett und als wären meine Gliedmaßen aus Stahl, selbst die Ruhe ist zum Alptraum geworden, und ich habe kein anderes Lebensgefühl mehr als diesen Alptraum, ich ficke nicht mehr, ich habe keinerlei sexuelle Phantasie mehr, ich wichse mich nicht mehr, als ich es das letzte Mal versuchte, war ein Handgelenk allein zu schwach, ich mußte beide Hände nehmen, seit Wochen und aber Wochen hatte ich keinen Orgasmus mehr gehabt, und ich war erstaunt über den Überfluß an Samen, der plötzlich meinem Körper einen jugendlichen Trieb verlieh, die Beziehungen zu den Freunden sind fast sämtlich zur Bürde geworden, ich schrieb nicht mehr bis heute, ich kann fast nicht mehr lesen, und was Sie am erstaunlichsten finden werden, ist, daß ich über das Mittel zum Selbstmord verfüge, die beiden Digitalis-Fläschchen sind dort in meinem geöffneten Koffer, unter meiner Leibwäsche.

Neulich, als ich das Café in der Rue d'Alésia betrat, wo ich seit zehn Jahren hin und wieder etwas an der Theke trinke, trotz der Kälte, wenn nicht gar Antipathie, die die Bedienung mir gegenüber an den Tag legt, verfehlte ich die Stufe, als ich die Tür aufstieß, und lag plötzlich auf Knien mitten unter den Gästen an ihren Tischen, unfähig, wieder aufzustehen. Dieser sehr jähe Augenblick dauerte freilich eine Ewigkeit: alle waren verblüfft, diesen jungen Mann niedergestreckt, auf Knien zu sehen, unverletzt augenscheinlich, doch auf geheimnisvolle Weise gelähmt. Es fiel kein Wort, ich brauchte nicht um Hilfe zu bitten, der eine dieser beiden Kellner, den ich stets für einen Feind gehalten hatte, näherte sich mir und nahm mich in die Arme, um mich wieder auf die Beine zu stellen, als sei es die natürlichste Sache der Welt. Ich wich den Blicken der Gäste aus, und der Kellner hinter der Theke sagte schlicht zu mir: «Ein Kaffee, Monsieur?» Ich bin diesen beiden Kellnern, die ich nicht mochte und die, so dachte ich, mich verabscheuten, zutiefst dankbar dafür, daß sie so spontan und taktvoll reagierten, ohne ein Wort zuviel. Jules, dem ich das Erlebnis schilderte, sagte zu mir: «Du hast immer gedacht, daß alle bösartig sind, aber du siehst ja, das ist nicht wahr, die Leute möchten nichts als dir helfen.» Es kam vor, daß ich, nachdem ich im Liegen von meinem Arzt untersucht worden bin, nicht mehr allein von der Behandlungsliege aufstehen konnte, da hat er sich über mich gebeugt, damit ich ihn mit meinen über seinen Hals geführten Armen umschlinge, ich kam mir vor wie ein Kind, ich kam mir vor wie Eugene Smiths Foto von dem bestrahlten, ausgezehrten Greis, der von der jungen Krankenschwester gewaschen wird, und ich lachte von ganzem Herzen, so bestürzend war die Situation, ich, der ich mich älter als mein Arzt fühle, der doch sieben Jahre älter ist als ich, befand mich ihm gegenüber in dieser Haltung völligen Ausgeliefertseins, ich lachte fröhlich wie ein glückliches, unbekümmertes Kind, die Welt war auf den Kopf gestellt. Mein Masseur hat versucht, mir eine Technik zu erklären, mit der ich ganz allein von der Liege herabsteigen kann, auf der er eben drei Stunden lang durchgeknetet hat, was mir an Muskeln bleibt, indem ich mich auf die Seite lege, die Beine vom Tisch herabfallen lasse und mich auf einem Arm und Ellenbogen hochhebele, aber ich bin nach der Massage so kraftlos, daß meine Muskeln nicht mehr reagieren und ich mich jedesmal an den Hals des Masseurs klammern muß. Hätte mein Masseur nicht diese aufreibende Arbeit an meinen Beinen und Schenkeln geleistet, um meine verkümmerten Muskelfasern zu reaktivieren, so könnte ich heute wahrscheinlich nicht einmal mehr gehen, ich befände mich entweder in meinem Sarg oder säße im Rollstuhl. Er tat an mir eine Arbeit von sehr großer Hochherzigkeit, von erhabener Hochherzigkeit. Die Wiederbegegnung mit meinem Masseur ist bewegend gewesen, weil wir einander aus den Augen verloren hatten, seit wenigstens zwei Jahren, als ich nach Rom gegangen war, und er einen kranken, geschwächten, abgezehrten Leib vorfand, den er doch in guter Gesundheit gekannt hatte, bei Kräften eben, und sogar ein bißchen pummelig. Und nun mußte er eine Art Skelett bearbeiten, an dem einige vereinzelte Muskelfetzen hingen, Hautfalten, wie aufgeschlitzt, doch er war es gewohnt, seine Kunst an Greisen auszuüben, und er sagte zu mir, als ich mich ihm völlig nackt präsentierte, ein Körper sei für ihn nie mehr als bloß ein Körper, oder nichts als immer noch ein Körper, das heißt etwas Stoffliches, ein mehr oder minder gleichgültiges Material. Er behauptete, das Erscheinungsbild des Körpers von allem Ästhetischen und Emotionalen zu entkleiden, zwischen ihm und mir herrschte nichts mehr als ein Wettkampf mit Händen und Füßen, um meinen Körper am völligen Untergehen zu hindern und ihn aufrecht zu erhalten, gegen die Zeit. Diesen Vertrag erfüllten wir jeden Mittwochnachmittag, von fünfzehn bis achtzehn Uhr, ohne dabei auch nur ein Wort zuviel zu verlieren. An den anderen Tagen machte ich meine Übungen allein, so, wie er sie mir beigebracht hatte: den Hals strecken, mit gesenktem Kinn, seitwärts nach hinten schauen, da die Bewegung des Auges die Muskelbewegung mit sich lockt, dann, als zöge mich jemand am Ohr, einen Arm heben, dann den anderen, mich auf Zehenspitzen stellen, die Beine lockern, lieber die Übungen im Sitzen mehrmals täglich in kleiner Dosierung durchführen als in einer langen, erschöpfenden Phase im Stehen. Es war immer noch im Gespräch, daß David mir ein Heimfahrrad leihen sollte, das er von einem Onkel geerbt hatte, doch in den mehreren Monaten, seit das im Gespräch war, hatten weder Gérard noch Richard, die Freunde, die ein Auto besitzen, es transportieren können, und die Vorstellung, mich dieses Instruments bedienen zu können, stand von Tag zu Tag immer mehr in Frage, denn die Verfügung selbst über meine Beine, meine Schenkel und Gesäßmuskeln, um mich von einem Sitz zu erheben, wurde immer ungewisser. Diesem abgezehrten

Leib, den der Masseur brutal weich knetete, um wieder Leben in ihn zu bringen, und den er kraftlos, erhitzt, kribbelnd, wie frohlockend nach seiner Arbeit zurückließ, diesem Leib begegnete ich allmorgendlich als Auschwitzschem Panorama im großen Badezimmerspiegel, den der Unternehmer wie absichtlich, dabei hatte ich in meinen Badezimmern immer nur Taschenspiegel gehabt, dort hatte anbringen lassen. Ein riesengroßer Spiegel, der die gesamte Wand über dem Waschbecken auskleidete, dazu eine darüber vorstehende Leiste mit drei Lichtspots, die jeden Knochen deutlich herausmeißelten. Kein Tag, an dem ich nicht eine neue, beunruhigende Linie entdeckte, ein neues Fehlen von Fleisch auf dem Knochengerüst, es hatte mit einer Querlinie auf den Wangen begonnen, je nach gewissen Lichtwinkeln, die sie betonten, und nun schien der Knochen aus der Haut zu stehen, hautnah wie kleine flache Inseln auf dem Meer. Die Haut floß vor dem Knochen zurück, er trieb sie fort. Diese Konfrontation allmorgendlich mit meiner Nacktheit im Spiegel war eine grundlegende Erfahrung, die sich jeden Tag erneuert fand, ich kann nicht behaupten, daß diese Aussicht mir half, aus dem Bett zu kommen. Ebensowenig kann ich behaupten, daß ich Mitleid empfand für diesen Typen, es kommt auf den Tag an, manchmal scheint es mir, er wird es schaffen, denn schließlich sind Leute aus Auschwitz zurückgekommen, andere Male ist es klar, daß er verurteilt ist, unterwegs zum Grab, unausweichlich.

Als er die Plastiktüte voller DDI am Fußende meines Betts abstellte, die sich dort noch befand, als ich erwachte und so die Möglichkeit eines Traums ausschloß, flüsterte Jules mir hastig zu: «Du schwörst mir, niemals zu sagen, wie du an es herangekommen bist, ich habe selber geschworen, es kommt aus einer Doppelblindstudie über starke und schwache Dosierungen, es reicht für drei Wochen, die Hinweise auf den Beuteln sind abgerissen worden, damit man keine Rückschlüsse ziehen kann.» Wir hatten gemeinsam bei Anna zu Abend gegessen, man hatte ihn ans Telefon gerufen, er hatte lange gesprochen, dann sagte er leise nur zu mir: «Es ist soweit, ich bekomme es, ich muß es im *Scorpio* abholen, einer Kneipe auf den großen Boulevards.» Corinne hatte uns mit dem Auto heimgefahren, ich hatte Jules gesagt: «Falls du wiederkommst, ich lege die Kette nicht vor.» Danach, im Auto, hatte Corinne Jules gefragt, ob er im *Scorpio*, wohin sie ihn dann brachte, Drogen holen wollte. Doch Jules war nicht gleich zurückgekommen wie vorgesehen, ich hatte recht gehabt, das Licht nicht anzulassen und einzuschlafen, ohne auf ihn zu warten. Er hatte in der Kneipe jemanden getroffen, «ein Flittchen», wie er mir einige Tage später mit diesem Ausdruck unserer Großväter erzählte, das war der Grund, weswegen er erst um vier Uhr früh mit der Tüte vorbeigekommen ist. Das Mittel war zur Tarnung in eine Schachtel für Vitamininfusionen gelegt worden, deren äußerst komplizierte Gebrauchsanweisung mich andern Morgens ratlos machte, als ich das erste Tütchen einnahm. Es ist etwas Verwirrendes daran, ein neues Medikament einzunehmen, nachdem man das alte, von dem man erwartet hatte, daß es den Tod hinausschob, abgesetzt hat, und nachdem ich ein Jahr lang davon hatte reden hören, jedesmal in widersprüchlichem Sinne, bald wie von einem wahren Manna, bald wie von einer Plage: zuerst hieß es, es würde die Kranken retten, dann, man hatte erkannt, daß es sie umbringt, dann, daß man die Dosierung nicht kenne und dies der Grund dafür sei, daß es Kranke umgebracht habe, daß sie schon zu weit unten gewesen seien, als sie mit der Einnahme des Mittels begonnen hätten, und schließlich, daß es trotz allem eine Hoffnung darstelle. Diese Zeitspanne, die die Einnahme eines Mittels, das man absetzt, von der Erprobung eines neuen trennt, wird von den Ärzten «wash out» genannt. Der Kranke darf einen Monat lang nichts mehr einnehmen, damit man in seinem Blut genauestens die Wirkung des Absetzens des alten Medikaments beobachten kann, dann das Auftreten des neuen, mit seinem eventuellen Aufschwung, oder dem Scheitern. Mir war diese Zeit der Ausscheidung ohne Krücken so schlecht bekommen wie nur möglich, in einem Maß, daß meine Ärzte mich zwangen, Antidepressiva zu nehmen. Sie hatten sich kürzlich miteinander ins Einvernehmen gesetzt, um den Verwaltungsprozeß in Gang zu bringen, der mir erlauben würde, DDI zu erhalten. Am Tag nachdem Doktor Chandi mir die Entscheidung verkündet hatte, ich solle das AZT absetzen, um DDI einzunehmen, hatte Doktor Nacier, der mittlerweile eine der Krankheit gewidmete Zeitschrift herausbringt (sehen Sie, wieviel Mühe ich wieder habe, das Wort auszusprechen), mir die letzte Nummer gesandt, in der ich diese fettgedruckte Überschrift entdeckte: «290 Kranke in den USA nach Verschreibung von DDI gestorben.» Es wurde ausgeführt, daß nur sechs an Bauchspeicheldrüsenkrebs gestorben waren, die anderen, weil sie sich in einem zu weit fortgeschrittenen Stadium befanden. Ich rief Doktor Nacier nochmals an, um ihm zu sagen: «Du wolltest offenbar, daß ich weiß, woran ich bin, das ist dir gelungen.» Er sagte mir, der Artikel sei schon etwas veraltet, die Angaben überholt, und in einer der nächsten Nummern würden optimistischere Zahlen zu DDI veröffentlicht: eine Besserung in 40 Prozent der Fälle sei offenkundig. Was die Kranken angehe, die in den USA gestorben waren, so hatten die sich das Mittel auf eigene Hand verabreicht, nachdem sie es auf dem Schwarzmarkt erhandelt hatten, ohne die Dosierung zu kennen, und ohne ärztliche Aufsicht. Als er die Plastiktüte voller DDI-Beutelchen am Fußende meines Betts abstellte, sagte Jules zu mir: «Du mußt gleich morgen früh anfangen, es zu nehmen, ich vertraue dir, du weißt, daß es jetzt ein Vabanquespiel ist, bei dem Zustand, in dem du dich befindest, dir bleibt keine andere Wahl.» Tags darauf wartete ich, bis Doktor Chandi die Sprechstunde beendet hatte, um ihn davon in Kenntnis zu setzen, er sagte zu mir: «Aber wie hat er sich das beschafft?» Ich antwortete: «Er hat mir gesagt, das könne er nicht verraten.» – «Aber Sie sind sicher, daß es DDI ist?» fügte er hinzu. Er bat mich, die erste Einnahme zu verschieben, die Jules verlangte, da die Dosierung ungeklärt sei und seiner Meinung nach der Antrag bei der Verwaltung kurz vor seinem Entscheid stehe. Zum erstenmal belog ich Doktor Chandi, aber ihn konnte ich nicht hinters Licht führen, ihm war klar, daß ich zwangsläufig wußte, da Jules sie mir verschafft hatte, woher diese DDI-Dosen kamen, aber er blieb sich selber treu, immer gleich diskret, versuchte er nicht, mir die Würmer aus der Nase zu ziehen. Die Wahrheit ist, daß Jules die Dosen bei einem Jungen geholt hat, der gestern eingeäschert worden ist. Als Jules diesen Plan entwickelte, da er mich von Tag zu Tag schwächer und verzweifelter sah, trotz des Antidepressivums, befand sich der Junge im Koma, konnte er schon nicht mehr die Dosen einnehmen, die sein Freund um den Preis von tausend langwierigen und mühsamen Unterhandlungen erhalten hatte. Der Junge starb Samstag, und in der Nacht von Sonntag auf Montag ging Jules ins *Scorpio*, um sich die Dosen aushändigen zu lassen, er hat sie nicht wie in den USA auf dem Schwarzmarkt bezahlt, er hat nur eben geschworen, nicht zu reden, und sagte mir anderntags, er würde mich umbringen, würde ich über diese Geschichte eines Tages schreiben, womit ich eben vorgestern begonnen habe, dank der Illusion einer Besserung, die mir das Medikament zu bringen schien. So bezog ich meine Kräfte aus einer Substanz, die für einen Toten bestimmt war. Ich schüttelte Tütchen, die er hätte schütteln sollen, bevor er diese Massen Pulvers auflöste, die schnell zu einem widerwärtigen Trank wurden, mit weißen, bitteren Klümpchen. Ich hatte denselben Geschmack im Mund wie er, ich kopierte seine Grimassen, und ich verschoß seine Munition. Weil er tot war, konnte ich dieses Mittel nutzen, mit einer Woche Vorsprung, eine Zeit, die angesichts des Zustandes, in den ich geraten war, entscheidend sein konnte – eine Zeitspanne, in der der Selbstmord mit jeder Sekunde offenkundiger, notwendiger wurde. Sein Tod sollte mir das Leben retten. Zugleich würde ich eine Woche früher wissen, ob das Medikament bei mir die erhoffte Wirkung haben würde oder nicht, denn Doktor Nacier berechnete die Zeit der Besserung auf vier oder fünf Tage. Hat es die Wirkung nicht, so heißt das Tod nun in sehr kurzer Zeit. Heute sind es fünf Tage, daß ich das Medikament des Toten nehme, vorgestern fühlte ich mich ein wenig besser vom Morgen an, und ich habe diesen Bericht begonnen, der, mag er auch düster sein, mir eine gewisse Fröhlichkeit zu haben schien, die von der Dynamik des Schreibens herrührt, und von allem, das es an Unvorhergesehenem haben kann. Kein Buch ohne unerwartete Struktur, die von den Unwägbarkeiten des Schreibens gezeichnet wird. Doch gestern fiel ich in mein Loch zurück und schrieb nicht eine Zeile. Ich habe eben Doktor Nacier belogen, der mich anrief, um zu erfahren, wie es mir geht: offiziell warte ich immer noch auf dieses Medikament, das man mir, wenn alles gut geht, Montag früh aushändigen müßte, dank des Drucks, der durch Beziehungen vom Gesundheitsministerium ausgeübt wird, und von dem amerikanischen Milliardär, der in der Medizinerwelt zu Hause ist und versprochen hat, mir zu helfen. Ich habe Gustave und David belogen, meine beiden besten Freunde, denn Jules hat es von mir verlangt, indem ich vor ihnen geheimhielt, daß ich das Medikament schon seit fünf Tagen nehme, und jetzt mache ich schriftlich alles hin. Da sich mein matter Zustand seit fünf Tagen nicht wesentlich geändert hat, im Gegensatz zu dem, was mir Doktor Nacier vor wenigen Augenblicken am Telefon noch vorausgesagt hat, brauche ich ihnen kaum Theater vorzuspielen. Ich fühle mich immer noch genauso schlecht, und ich lebe in der Erwartung, daß man mir dieses Medikament aushändigt, das ich in Wahrheit seit fünf Tagen einnehme, ohne eine andere Wirkung zu spüren als die Hervorbringung dieser Erzählung. Ich habe begonnen, Jules über den Toten auszufragen, dessen

Dosen er stibitzt hat. Er war Tänzer. Jules hat es mir gestern abend auf der Straße gesagt, als wir aus dem Restaurant kamen: «Er hatte einen herrlichen Körper mit einem irrsinnigen Hintern, und davon war nichts mehr übrig.» In dem Augenblick, als er diese Worte aussprach, war dies «nichts» an Fleisch, das trotz allem dem Tänzer blieb, wie auch mir ein kleines bißchen bleibt, schon zu Asche zerstäubt. Es mußte sich bald in dieser Erzählung derjenige abzeichnen, den Jules durch sein Stillschweigen und durch meines hat beschützen wollen. Am Dienstag, dem 22. Mai 1990, nachdem ich mit Doktor Chandi gegessen hatte, der mir die Neuigkeit verkündet hatte, er wolle mich unter DDI setzen, unterbrach ich die Behandlung mit AZT. Die Präzision des Ablaufs der nötigen Schritte verlangte laut Doktor Chandi, daß ich vierzehn Tage darauf ein Blutbild machen ließe, um in meinem Blut das Verschwinden der Nachwirkungen von AZT festzustellen, dann nochmals vierzehn Tage später das Ergebnis des Antigens P 24, womit das Voranschreiten des Virus gemessen wird, ab diesem Zeitpunkt würde meine Akte ans Laboratorium Bristol-Myers gesandt werden, welches das Medikament herstellt und kommissarisch über die Aushändigung oder Verweigerung entscheiden sollte. Die gesamte Prozedur würde also mehr als eineinhalb Monate dauern, was mir erlauben würde, mit David nach Rom zu fahren und dort auf die Antwort zu warten. In Rom ging ich allabendlich um neun Uhr zu Bett, erschöpft, während David, der die ganze Nacht lang die Sause machte, indem er die Stadt durchfurchte, auf dem Rücksitz eines Motorrades, das von einem temperamentvollen jungen Mann mit roten Haaren gelenkt wurde, auf der Suche nach Pulver, das sie gemeinsam sniffen würden, auf Zehenspitzen um drei, vier Uhr morgens heimkam. Ich meinerseits störte seinen Schlaf, wenn ich in die Oberetage hochkam, um zu duschen, um Punkt acht Uhr. Es herrschte ein eigenartiges Mißverhältnis zwischen meiner Stumpfheit und den Amüsements Davids, der sich an die Erregung und Vergnügungssucht des Zwanzigjährigen angehängt hatte. Die Situation hatte sich seit unserem letzten Aufenthalt in Rom umgekehrt: Ich ging nicht mehr allabendlich aus, um mich ins *Incognito* zu begeben, und David störte mich nicht mehr allmorgendlich, wenn er ausging, während ich den Morgen verpennte. Ich war jedoch nicht neidisch auf die Lebhaftigkeit, die David im Kontrast zu meiner Lähmung entfaltete, sie lullte sie ein, es war das Geräusch von Jugend, schwach und reizend, nostalgisch, dessen Widerhall in mir, glücklicherweise, keinerlei Bitterkeit hervorrief. Ich war glücklich, daß David sich amüsierte wie ein kleiner Narr, das wog die Benommenheit ein wenig auf, die ich mit den ewigen Mittagsschläfchen in dieser Wohnung schweben ließ. Tatsache ist, mein Arzt hat es mir ein wenig vorenthalten, daß ich das AZT weniger abgesetzt habe, um DDI einnehmen zu können, sondern weil ich es nicht mehr vertrug. Bei einer am 25. Mai wegen einer Lebensmittelvergiftung eiligst durchgeführten Blutuntersuchung entdeckte man, daß ich nicht mehr als 1700 weiße Blutkörperchen hatte. Doktor Chandi sagte zu mir: «Mit einem derart niedrigen Leukozytenspiegel könnten Sie an einer verdorbenen Sardine sterben, keine Schranke mehr, überhaupt kein Schutz mehr, und schon hat sich das Gift überall in Ihrem Körper breitgemacht.» Er verschrieb mir Antibiotika, um der Infektion Einhalt zu gebieten, ich hatte fast 40 Fieber. Als ich das letzte Mal im Hôpital Rothschild ein Blutbild gemacht hatte, nebenbei, während ich meine AZT-Dosis einnahm, hatte Mademoiselle Dumouchel, die für die Kontrolle der Austeilung von antiviralen Mitteln verantwortlich ist, bereits mein Augenmerk auf diesen beunruhigenden Abfall der weißen Blutkörperchen gelenkt. Sie hatte gesagt, man müsse dies genau beobachten, und ich solle gleich nächste Woche für eine Kontrolle wiederkommen, doch das hatte ich nicht gemacht, ich hatte so getan, als ob ich es vergessen hätte, und alles laufen lassen. Am Donnerstag, dem 31. Mai, lud mich Doktor Chandi ein, mit ihm im *Select*, das zum Mittagessen zu überlaufen ist, zu frühstücken. Ich hatte ihn am Telefon beunruhigt, er wollte, daß wir außerhalb seiner Praxis miteinander sprechen, während dieser Begegnung verlangte er von mir zweierlei, was ich beides abschlug: 1) Antidepressiva zu nehmen; 2) eine Hirntomographie machen zu lassen. Er platzte vor Lachen, er konnte nicht anders, als ich meine Weigerung äußerte, das eine oder das andere zu tun. Doch am selben Abend aß ich bei meinem Freund Hedi, einem Psychiater, der fand, ich sei in einem beklagenswerten Zustand, und mich nicht fortließ, bevor ich ihm versprach, das Medikament einzunehmen, dessen Verschreibung er eben ausgefüllt hatte, Prozac nämlich, eine Kapsel jeden Abend beim Schlafengehen, es war ein neues Antidepressivum, das sehr wenig Nebenwirkungen hatte, wie einen trockenen Mund, sagte er, oder Gewöhnung. Hedi sagte, ich mache gerade eine äußerst schwere Anorexie durch, die mich am Schlucken hinderte und bei jedem Bissen drohte, mich ersticken zu lassen. Ich ließ mich sterben, und das war nicht der richtige Moment. Doktor Nacier hatte eine andere Theorie: daß ich während der Magenspiegelung verletzt worden sei, als ich mir den Schlauch, der mir die Luft nahm, aus dem Hals gerissen hatte. Und Doktor Chandi war ratlos, als er mich beim mindesten Schlucken das Gesicht verziehen sah, er wandte die Augen ab, hin und wieder sagte er: «Mein Armer...» Es widerstrebte mir sehr, das Antidepressivum einzunehmen. Ich hatte immer von Téo gehört, diese Medikamente gäben den Deprimierten die Energie, Schluß zu machen, ich sorgte mich wegen des Ausgangs, mir blieben immer noch Schutzreflexe. Ich konsultierte meinen Apotheker, und Jules und David und Gustave, die alle darauf drangen, daß ich dieses Medikament einnähme. Drei Tage lang zeigte es absolut keine Wirkung, doch in der Nacht vom Dritten auf den Vierten wurde ich von eigenartiger Furcht gepackt, die bis zum Morgen anhielt und die ich, wie mir Doktor Chandi, den ich zu Hause angerufen hatte, riet, mit Lexomil bekämpfte. Es schien, als hätte das Medikament mich in die letzte Verzweiflung gestoßen, um mir zu erlauben, ein wenig wieder aufzutauchen. Ich spürte am Abend eine Besserung, als ich mit David und seinen Freunden zum Essen ging. Ich war nicht euphorisch gestimmt, nein, aber der Zugriff der absoluten Verzweiflung war ein wenig abgemildert, er blieb unterschwellig vorhanden, doch er vibrierte nicht mehr so unerträglich. Es war eine große Erleichterung, diese Aufhebung des seelischen Leidens. Ich nahm meine Munition an Prozac nach Rom mit, mangels DDI, und ich begann wieder zu lesen, und ich begann wieder zu schreiben. Es war klar, daß ich nicht schreiben konnte, ohne einen Stil zu bewundern (Yasushi Inoué, Walter de la Mare...). Doktor Chandi hatte sich kurz vor meiner Abreise wieder dafür verwandt, daß ich diese Hirntomographie machen ließe, er hatte für mich einen Termin im Hôpital Quinze-Vingt ausgemacht, um acht Uhr dreißig am Samstag, dem 9. Juni.

Jules hat mir neulich abend, als wir aus dem Restaurant kamen, nachdem er mir gesagt hatte, daß nichts mehr von dem Körper des Tänzers übrig war, vorgeschlagen, mein Skelett zu fotografieren. Es war ein wenig Schüchternes, Zögerndes an seiner Bitte, wie jemand, der Handschuhe anzieht, um Geld zu leihen. Er äußerte diesen Vorschlag sogar so leise, daß er hernach hätte behaupten können, ihn nie gemacht zu haben, und daß nur ich verrückte Einfälle hätte, völlig versponnene Ideen. Bei mir gab es einen Augenblick des Schwankens, ich war ungeheuer erstaunt, wenn nicht gar schockiert von seinem Vorschlag, dabei hätte ich ihm denselben machen können, ein paar Wochen zuvor: ihn bitten, meinen abgezehrten Körper zu fotografieren. Ich hatte sogar erwogen, den Maler Barcelo darum zu bitten, den ich kürzlich kennengelernt hatte und bisweilen in seinem Atelier besuchte, und ich hatte die Idee, ihm als Titel der Serie nahezulegen: «Aidskranker Akt.» Ebenso war zwischen dem Regisseur und mir verabredet worden, für das Stück, das in Avignon erarbeitet werden sollte, doch das wußte Jules nicht, daß ich nackt im letzten Bild auftreten sollte. Und Hector hatte den Sinn dieser Leistung wohl begriffen, nämlich bis zum Ende einer Enthüllung zu gehen, doch war denn dieser Schritt nicht dumm, er nämlich hatte ihm sogleich widersprochen:

«Man wird sagen», hatte er gesagt, «daß Sie sich zur Schau stellen.» Ich hatte Texte wiedergefunden, die ich geschrieben hatte, als ich zwanzig war, die dieses Schauspiel schon beschrieben, diese Krankheit und dieses Nacktsein. Doch nun, erschüttert durch Jules' Vorschlag, begriff ich dessen Sinn nicht: was meinte er mit Skelett? Meinen Leichnam fotografieren, oder aber mein lebendes Skelett? Hatte er selber Lust dazu, oder war es ein Mittel, sich von einer Besessenheit zu befreien, ein Exorzismus dieser niederdrückenden Magerkeit? In der Tat wollte Jules mich nackt und lebend fotografieren. Mein Verhältnis zu meinem Körper hatte sich wahrscheinlich verändert, seit ich den Einfall gehabt hatte, ihn dem Maler oder auf der Theaterbühne darzubieten: damals hätte eine Herausforderung, ein Versuch voll Mut und Würde im Alleräußersten gelegen, jetzt war da nichts mehr als Mitleid, ein sehr großes Mitgefühl für diesen ruinierten Leib, der vor den Blicken bewahrt werden mußte. Es war höchste Zeit.

Ich habe im letzten Sommer begonnen abzunehmen, vor fast einem Jahr. Ich wog siebzig Kilo, heute wiege ich zweiundfünfzig, kürzlich las ich in der Zeitung, daß ein brasilianischer Rockstar, der an Aids starb, nur noch achtunddreißig wog. Seit Monaten schon weigerte ich mich, mich zu wiegen, der Doktor setzte mit der Fußspitze seine Waage in Gang, und ich sagte: «Nein.» Da waren wir bei achtundfünfzig Kilo. Es herrschte nun ein Stadium der Krankheit, in dem, nachdem ich zwei Jahre lang meine Gesichts- und T4-Schwankungen aufmerksam verfolgt habe, ich nicht mehr wissen wollte, an welcher Stelle des Verfalls ich mich befinde. Ich verlange nicht mehr die Zahlen meiner Analysen, ich habe sie vor Augen, wenn der Arzt sie verkehrt herum in den Händen hält, ich versuche nicht einmal mehr, sie zu entziffern. Was nutzt es zu wissen, daß ich sechs, sechzig oder minus sechzig T4-Zellen habe? Als die Analysen mir zwischen fünfhundert und zweihundert gaben, war ihr Abnehmen oder Aufschwung die entscheidende Frage, Doktor Chandi und ich hatten zwei Jahre lang an diesen Fluktuationen gehangen, sie waren es, die unseren Hoffnungs- und Sorgenbeziehungen ihren Rhythmus gaben. Es herrscht ein Stadium der Krankheit, in dem man keinen Zugriff mehr auf sie hat, wo es fruchtlos wäre zu glauben, man könnte ihre

Bewegungen bändigen. Wir sind in den Bereich des Unkontrollierbaren eingetreten. Ich mache einen Looping im freien Fall auf die Hand des Schicksals, es wäre absurd, diesen Sturz dadurch zu vermasseln, daß man die Brille hervorholt, um zu versuchen, die Linien dieser Fallschirm-Hand zu entziffern. In zwei Jahren ist mein Verhältnis zu Doktor Chandi so intensiv geworden, und so intim trotz der geringen Vertrautheit, die wir einander bezeugen, er identifiziert sich, glaube ich, derart mit mir und mit dem Leiden, das ich erdulden kann, daß er mir gewisse Dinge nicht mehr abverlangt, von denen er weiß, daß sie mir Schmerzen bereiten, oder daß ich sie ihm nicht mehr gewähre, wenn er sie dennoch von mir verlangen würde. Ich weigere mich, auf dem kleinen dunklen Rechteck der Wiegemaschine diese aus Punkten zusammengesetzten Zahlen zu sehen, die ein immer niedrigeres Gewicht anzeigen. Ich verweigere die Endoskopien: Fibroskopie, Koloskopie, Bronchoskopie, Schläuche im Hals, im Hintern, in der Lunge, ich habe schon gegeben. Es ist etwas Weiches oder Ballastartiges in diesem Kräfteverhältnis zwischen Arzt und Krankem, und gerade durch dieses Nachlassen der Macht und Effektivität des einen gegenüber dem anderen schleicht sich am meisten Menschlichkeit ein. Zur gleichen Zeit sind wir an einem Punkt angelangt, an dem er fast nicht mehr imstande ist, mein Arzt zu sein, noch ich sein Patient, wir haben unsere Kapazitäten überstiegen, und ohne Verrat würde ich andere Ärzte benötigen, eine Brutalisierung und Entpersönlichung dieser Beziehung. Als Claudette Dumouchel, die Ärztin, die mich Montag früh im Krankenhaus vor der Aushändigung von DDI untersuchte, aufforderte, mich zu wiegen, dann, mich mit nacktem Oberkörper lang auf den Behandlungstisch zu legen, zögerte ich, ihr eine Weigerung entgegenzusetzen, und dann empfand ich fast eine Art Lust, eine erschütternde Lust daran, mich hinzugeben. Ich hatte diese Untersuchung nicht vorhergesehen, morgens, als ich mich ankleidete, hatte ich nur einfach ein Hemd ausgesucht, das mich beim Aufknöpfen vor der Blutentnahme nicht zu Gefuchtel zwang. Und dann stand ich in rosa Slip und rosa Söckchen da, durch Schuld eines roten indischen Hemds, das in der Waschmaschine abgefärbt hatte, in den Händen einer jungen Frau, die jünger ist als ich, in einem eiskalten, fensterlosen unterirdischen Behandlungsraum, fertig, widerstandslos. Auf den ersten Blick ist Claudette Dumouchel eine sehr barsche Person. Ihr etwas ältlicher Name brachte mich auf die Idee, sie könnte eine Romanheldin sein. Und Montag früh, während ich am Ausgang des Krankenhauses auf meinen Bus wartete, mit einer Plastiktüte voller offiziell ausgehändigtem DDI, dachte ich, es sei möglich, daß ich mich in diese stets schlechtgelaunte junge Frau verliebe, in diese Pute, die nie ein Wort zuviel oder zuwenig verliert, die nie etwas Persönliches in die Untersuchung einfließen läßt und sie mit einem kurzen, sarkastischen Lächeln abschließt, das ich charmant fand, in diese Nörglerin, mit ihrem strubbeligen, pomadisierten Haar und den flachen Boxerschuhen, diese Meisterin der Effektivität dank der Desensibilisierung der Beziehung Arzt–Patient. Es ist fast gewiß, daß Claudette Dumouchel so sensibel ist, und daß sie derart viel Schreckliches sieht im Lauf eines Tags, angefangen bei meinem eigenen Leib, der sich elend zusammenkrümmt, um sich auf die Behandlungsliege hinabfallen zu lassen, wobei sie die Nase in die Akte steckt und so tut, als sähe sie nichts, daß sie an allen Ecken und Enden in Tränen ausbräche, hätte sie sich nicht ein für allemal mit einem

Anstrich zur Schau getragener Gefühllosigkeit gepanzert. Ich habe seit eineinhalb Monaten mit dieser Claudette Dumouchel zu tun, seit ich das AZT abgesetzt und diesen Antrag auf DDI gestellt habe, und ich hätte sie ebensogut hassen können, soviel betontes Unbeteiligtsein spürte ich in ihrer Stimme, wenn ich sie anrief, entnervt von diesem Warten, am Ende der seelischen und physischen Kräfte. Sie schickte mich zum Teufel, ganz einfach, während ich meinerseits vor Angst zitterte: «Monsieur Guibert, ich stelle fest, daß Sie mich jetzt alle achtundvierzig Stunden anrufen, aber Sie bemühen sich vergebens, ich haben Ihnen schon gesagt, ich werde Sie anrufen, sobald mir eine Antwort in Ihrer Sache vorliegt.» Sie bekümmerte sich nicht einmal darum zu erfahren, daß die Nummer, die sie hatte, nicht mehr die richtige war, und daß sie mich im gegebenen Moment eben nicht mehr würde erreichen können. Ich wäre wirklich fast vor Erschöpfung und Hoffnungslosigkeit gestorben während dieser eineinhalb Monate Wartens. Ich wäre ohne das Antidepressivum gestorben, ich wäre gestorben, hätte nicht Jules mir um vier Uhr morgens die DDI-Munition des Tänzers hingelegt, der kurz zuvor gestorben war. Am Freitag, dem 29. Juni, brachte mich nachmittags ein Anruf von Claudette Dumouchel, den ich für rettend gehalten hatte, auf den Gipfel der Verzweiflung. Ich wollte abends mit Vincent essen, und ich war zu nichts mehr in der Lage, konnte weder die Vorstellung ertragen, ihn wiederzusehen, dabei hatte sie mir soviel Freude gemacht, noch konnte ich auf ihn warten oder nicht auf ihn warten, es gab nur noch eine Tat, deren ich fähig war: die Digitalistropfen, die Herzstillstand bewirken würden, bereitzumachen und zu schlucken. Claudette Dumouchel hatte zu mir gesagt: «Ich ließ nichts von mir hören, um Sie nicht zu beunruhigen, ich spürte, daß es irgendwo klemmte. Ihr Antrag ist abgewiesen worden, wir haben es bei allen medizinischen Zentren in Paris versucht, die DDI ausgeben, aber die Quoten sind schon überzogen, und die Wartelisten sind übervoll, ich hatte versucht, Sie in eine offene Studie hineinzubekommen, wir werden es mit einer anderen Studie versuchen müssen, mit Doppelblind, was die Dosierung angeht, starke oder schwache Dosierung, der Antrag wird noch vierzehn Tage brauchen, aber dann sind Ihre Analysen von vor vierzehn Tagen überholt, Sie sollten morgen neue machen lassen, auf private Rechnung, damit es schneller geht, wenn möglich in der Rue du Chemin-Vert, denn da kennen sie es schon und heben die Blutröhrchen für mich auf.» Ich gab mir Mühe, nicht loszuschluchzen. Das bedeutete, im Morgengrauen aufzustehen, um mir am anderen Ende von Paris fünfzehn Röhrchen Blut abzapfen zu lassen und mich in ein erneutes Warten voller Ungewißheit zu stürzen, ich hatte dazu nicht mehr die Kraft. Ich stand wieder aus meinem roten Sessel auf, um Lexomil einzunehmen. Doktor Chandi rief mich in diesem Augenblick an: er erbot sich freundlich an vorbeizukommen, um mir die Verschreibung für die Blutentnahme zu bringen, ich antwortete ihm, das sei nicht nötig, am nächsten Tag würde ich die Dinge vielleicht anders sehen, aber im Moment fühlte ich mich zu entmutigt, um was auch immer zu unternehmen. Er sagte mit matter, betrübter Stimme: «Ich verstehe Sie.» Von da an, ab diesem Niveau von Verzweiflung, begannen meine besorgten Freunde, an mehreren Fäden auf einmal zu ziehen. Doktor Nacier machte von Elba aus, wo er im Urlaub war und von wo aus er mich täglich zur selben Zeit anrief, einen Vorstoß, der direkt ins Gesundheitsministerium zielte. Jules nahm die Spur des Tänzers, der ins Koma gefallen war, wieder auf. Anna versuchte, den amerikanischen Milliardär in seinem Schloß in Lugano zu erreichen, um ihn in die Zange zu nehmen.

Anna hatte mich eine Woche zuvor angerufen, sie war ganz aufgeregt: Am Vorabend hatte sie zufällig, gemeinsam mit Simon, mit einem amerikanischen Milliardär zu Abend gegessen, der, seitdem er ihn in Ronda beim Stierkampf gesehen hatte, in den jungen, aufstrebenden Novillero Rezouline verschossen war, dessen Besonderheit es war, daß er schlank, groß und rassig war, dahingegen war sein Rivale, der andere derzeit beliebte Novillero, Chamaco, ein kleiner, gedrungener, kurzbeiniger, flachnasiger Rohling, wild und selbstmörderisch in seiner Art, den Monstern auszuweichen. Im Gegensatz dazu pflegte Rezouline eine klasssische, etwas hochmütige, makellose Kunst. Er war an der Wange durch eine Verletzung mit dem Stierhorn gezeichnet, die sich entzündet hatte und der man auf den ersten Blick nicht recht ansah, ob sie nicht ein Weinfleck war, wie ein schwarzes Loch in diesem vollendeten Gesicht. Rezouline, der fünfzehn Jahre alt war, reiste nie ohne seinen Vater, einen alten, hinkenden, wunderlichen Mann, und ohne seinen Impresario, der seinerseits an Krücken ging. Dieser Apoderado hatte sich sein ganzes Leben lang mit dem Versuch abgemüht, Novilleros zu lancieren, die sich sämtlich als Nulpen entpuppt hatten, kein einziger großer Torero war seinem Stall voll Hunderten von Füllen entwachsen, und jetzt auf einmal hatte Rezouline Erfolg, er wollte nicht diese so schöne Gelegenheit verpassen, endlich den Rausch des Ruhms kennenzulernen. Doch war er sehr schlecht zuwege, sein Arzt hatte zu ihm gesagt: «Wenn Sie weiter Rezouline so bei seinen Tourneen begleiten, werden die Krücken nicht mehr ausreichen, dann wird man Ihnen zuerst mal ein Bein abnehmen müssen.» Das erste Bein war vor kurzem abgenommen worden. Rezoulines Gefolge machte den ergreifenden Eindruck kriechender Monster rings um den schönen, unschuldigen Jüngling. Nach jeder Corrida notierte der Novillero in einem Schulheft die Namen der Stiere, die er getötet hatte. Der amerikanische Milliardär folgte ihm unablässig, seit er in Ronda von seiner Anmut geblendet worden war. Er sandte ihm seine Limousinen, seine Chauffeure, seine Privatflugzeuge, um ihn von Pamplona nach Beaucaire, von Nîmes nach Madrid, von Mexiko nach Sevilla zu transportieren. Er hatte ihm zum Geburtstag einen Picasso geschenkt, doch Rezouline hätte sich eher einen Mercedes erträumt, der Impresario versuchte, den Picasso, der zehn dieser Autos wert war, gegen eines einzutauschen. «Was könnte ich Rezouline jetzt bloß schenken?» klagte der amerikanische Milliardär während des Abendessens, «seit ich ihm diese kleine *Jungfrau* von Rouault geschenkt habe, die ihm übrigens nicht sonderlich zu gefallen schien, bin ich am Ende meiner Einfälle. Rezouline hat eine Audienz beim Papst für Weihnachten von mir verlangt, die beschaffe ich ihm, aber Weihnachten ist noch zu lange hin.» Mein Name, erzählte mir Anna, sei während des Essens gefallen. «Sie kennen ihn?» hatte er gefragt. «Ich habe sein Buch noch nicht gelesen. Ich war in Amerika, als er im Fernsehen war, ich hab mir eine Kassette machen lassen. Ich habe sie schon oft gesehen... Wie geht es ihm jetzt? Sagen Sie diesem Jungen, daß ich bereit bin, alles für ihn zu tun, was nur in meiner Macht steht, ich habe die besten Verbindungen zum Gesundheitswesen in den Vereinigten Staaten, ich habe zehn Jahre in der Regierung gearbeitet...» Der amerikanische Milliardär schlug einen Handel vor: er wollte, daß ich Rezouline beim Stierkampf sehe, zu diesem Zweck würde er mir, wann immer ich es wünschte, einen Chauffeur mit einer Limousine senden, die mich zu einem seiner Flugzeuge bringen würde, das mich sei es nach Beaucaire, sei es nach Madrid brächte, ganz nachdem, wann es mir besser paßte, damit ich meinerseits von der Anmut des Novillero geblendet würde. Da er nicht imstande war, sie selber zu feiern, hatte er mich erkoren, eine schriftliche Spur seiner Liebe zu hinterlassen. Im Gegenzug würde er mir alle Medikamente besorgen, die ich brauchte. Anna hatte mir die Telefonnummer des amerikanischen Milliardärs in seinem Luganer Schloß hinterlassen, doch ich hatte ihn nicht angerufen. Allnachmittäglich hatte der amerikanische Milliardär, der sich dort wohl furchtbar langweilte, Anna angerufen, um ihr, voll Traurigkeit, zu sagen: «Heute hat mich Monsieur Guibert wieder nicht angerufen.» Anna hatte mir den amerikanischen Milliardär als einen kleinen, beleibten Mann mit ausladenden Gesten beschrieben, der etwas auf dem Schädel trägt, das wie eine graue Perücke aussieht, jedoch keine ist. Am Telefon hörte ich endlich eine matte, gesetzte, wirklich taktvolle und zuvorkommende Stimme, dieser Mann wollte seinen Plan sichtlich in die Tat umsetzen und mir helfen, auf welche Weise auch immer. Er sagte im Lauf dieses ersten Gesprächs zu mir: «Ich werde augenblicklich meine Tante Micheline anrufen, sie ist Vertrauensärztin bei der Krankenkasse.» In meiner Vorstellung klaffte eine große Diskrepanz zwischen dem sakrosankten amerikanischen Gesundheitswesen und dieser Tante Micheline, der Vertrauensärztin bei der Krankenkasse.

Jules' Haltung mir gegenüber hatte sich von Grund auf geändert, von einer Sekunde zur anderen. Früher hatte er behauptet, ich sei nicht krank, in mir greife keine Infektion um sich und würde vielleicht nie um sich greifen, und überhaupt hätte ich immer schon wegen irgend etwas gejammert, sogar bevor ich krank geworden sei, er schilderte mich als den klassischen Weinerling, als einen, der mit den Hühnern ins Bett geht, als den Spielverderber, der seine Freunde in ihren Zimmern einsperren will, damit sie sich nicht ohne ihn vergnügen können. Von einer Woche zur anderen hatte Jules begonnen, sich um meine Gesundheit zu sorgen: Er betastete meinen Körper durch meine Kleidung hindurch, um zu untersuchen, wie weit ich abgemagert sei, er sah, wie ich das Gesicht verzog, wenn ich mich aus dem Sessel hochhievte, und er begann, über meine Art des Weiterlebens herzuziehen. Ich durfte tagsüber keine Verabredungen mehr haben, vor allem nicht mit dieser Fernsehproduzentin, deren Vorschlag er entwürdigend fand, und ich durfte nicht mehr den Autobus nehmen, das sei zu anstrengend, ich mußte Taxi fahren. Wenn ich zu ihm zum Abendessen kam, grollte er mir, weil ich zu Fuß gekommen war, mit zwei Flaschen Wein, die seiner Meinung nach zu schwer für mich waren. Ich mochte dieses neue Verhalten Jules' mir gegenüber, ich hätte sagen können, seit fünfzehn Jahren, seitdem ich ihn kannte, hätte ich auf nichts anderes gewartet als hierauf, und ich hätte meine Ziele endlich erreicht. Ich hatte mit ihm keinerlei körperliche Beziehung mehr, es war mühsam geworden, schmerzhaft, genauso problematisch, wie zwei Meter zu rennen, um einen Autobus zu erwischen, es tat mir weh, Jules jedoch hatte sich darauf versteift, diese Beziehung lebendig zu halten, erotisch befand ich mich in einer Art anhaltendem Koma, er machte Wiederbelebungsversuche. Ich war froh gewesen, daß Jules seinen Pferdeschwanz abgeschnitten hatte. Er hatte sich in der Tat dieses Pferdeschwanzes bedient, um die Anziehung einzudämmen, die er ausüben mochte, da die Vorstellung sexueller Kontakte ihn entsetzte. Diese Verjüngung machte ihn wieder begehrenswert, und in der Zeit, als ich sämtliche sexuellen Kontakte mit wem auch immer aufgab, begann er wieder wie früher welche zu haben, mit Jungen, die er in Kneipen oder Sportclubs kennenlernte. Ich war glücklich zu wissen, daß Jules diese Abenteuer hatte, nicht, daß ich ihn sie stellvertretend ausleben ließ, ich war schlicht und einfach darüber glücklich, daß derjenige, den ich liebe, den Genuß, den ich ihm nicht mehr verschaffen konnte, wiederfand, und sei es auch ohne mich. Jules fand dadurch in seinem ganzen Wesen das Gleichgewicht wieder, und sogleich schien es mir, als schenke er mir mehr Liebe, denn nun wurde nicht mehr alles vom Funktionieren unserer körperlichen Beziehung geregelt wie zuvor, bisweilen zum Nachteil tiefergehender Zärtlichkeit wie der, die er mir, so war mein Eindruck, reichlicher schenkte, seit er sich, nachdem er so zäh dagegen angekämpft hatte, der offensichtlichen Tatsache meiner Krankheit fügte. Auch mir konnte es geschehen, daß ich vollkommen vergaß, daß ich krank war, und wenn ein Freund dieses Wort auf mich bezogen aussprach, fand ich ihn anmaßend und war geradezu schockiert deswegen, während ich nicht vergaß, daß die Zeitungen nach meinem Fernsehauftritt bei «Apostrophes» von mir als von einem Sterbenden gesprochen hatten, ein Journalist in der Satirezeitung *Le Canard enchaîné* hatte über mich geschrieben: «dieser Sterbende». Man nannte mich einen Sterbenden, als ich mich wohl fühlte, und als ich mich an der Schwelle des Todes fühlte, sagte man zu mir: «Finden Sie nicht, daß Sie ein ganz klein wenig übertreiben?»

Regelmäßig fragte mich eine ungeschickte Assistenzärztin, die mich in dem Krankenhaus untersuchte, wo ich als Notfall eines kleinen Fiebers wegen eingeliefert worden war: «Aber Sie sind nachts nicht allein zu Haus?» Irgendeine Freundin ließ nicht locker: «Brauchst du wirklich niemanden daheim bei dir?» Ich habe immer allein gelebt, es war mir nie möglich, neben wem auch immer zu schlafen, ohne unser beider Schlaf zu stören. Es käme mir nie in den Sinn, dem Menschen, den ich liebe, zuzumuten, den Alptraum gewisser Nächte mit mir zu teilen, wenn es ganz schlimm kommt, kann ich ihn immer noch anrufen. Doch immerhin beginnen diese von Ärzten oder Bekannten, die mich gar nicht so gut kennen, geäußerten Sorgen, mich besorgt zu stimmen. Das Schlimmste, was mir im Augenblick widerfahren könnte, wäre, eines Nachts aus dem Bett zu fallen, wenn ich aufstehe, um pinkeln zu gehen, ich könnte nicht ohne fremde Hilfe wieder aufstehen, ich sage mir, ich würde bloß bis zum Telefon zu kriechen oder auf allen vieren zu krabbeln brauchen, um Jules anzurufen, der sein Telefon nachts immer aushängt. Ebenso will man mir eintrichtern, ich sei verrückt, allein ins Krankenhaus zu gehen, zu den Blutabnahmen und all diesen unerträglichen Untersuchungen, Schläuche im Magen oder der Lunge, wo doch jeder mit seinem Freund oder seiner

Mutter dorthingeht. Man sagt zu mir, ich müßte mit Jules hingehen, ich jedoch habe keine Lust, daß Jules das kennenlernt, ich verberge ihm die Schrecken, die ich sehe, und zugleich habe ich das Bedürfnis, sie ihm zu schildern, was für ihn vielleicht noch schlimmer ist. Gestern abend, ich war am Ende meiner Kräfte, nachdem ich fünf Stunden im Krankenhaus verbracht hatte, gründlich zur Ader gelassen, im Krankenwagen von einem Krankenhaus zum anderen gekutscht worden war, um irgendeine Untersuchung über mich ergehen zu lassen, nachdem ich zwei Stunden lang auf einen Scanner gewartet hatte, mit gräßlichem Kopfweh, das ich in keiner Weise lindern konnte, ebensowenig wie den Durst in diesem überheizten Raum, dabei hatte man mir gesagt, man würde mich wegen meines Zustandes bevorzugt drannehmen, nachdem ich dann in die Notfallabteilung des Hôpital Rothschild zurückgekehrt war, um wieder bei Claudette Dumouchel vorzusprechen, die mir eine Röntgenaufnahme der Lungen, dann der Nebenhöhlen befahl und mir für heute morgen eine Verschreibung für eine Blutabnahme verpaßte, die ich geschwänzt habe, nachdem ich schließlich lieber mit ausgehängtem Telefon geschlafen hatte, bekam ich Lust, Jules, der mich um neun in der Notfallabteilung abholte, eine Szene zu schildern, der ich beigewohnt hatte, und die mir besonders gräßlich erschienen war. Doch begriff ich, daß Jules gestern abend keine Lust verspürte, sie zu hören, und also konnte ich diese gräßliche Szene niemandem schildern und mich nicht von ihrem Bild befreien. Muß ich dies nicht hier tun, kann ich es nicht tun? Beim vorletzten Mal, als ich im Hôpital Rothschild war, um den ersten Vorrat an DDI-Dosen abzuholen, machte ein Mann, der draußen auf der Rampe vor der Station gemeinsam mit einem anderen Luft schnappen wollte, die Bemerkung, als ich vorüberging: «Na los, ein kleines Lächeln für den großen Schriftsteller!» Dieser ausgemergelte Mann, ohne Zweifel nicht ausgemergelter als ich, mit einer Brille auf der Nase und einem kleinen Täschchen in der Hand, trat danach auf mich zu, um über gemeinsame Bekannte zu reden. Ich traf diesen leutseligen Mann gestern wieder, wir beide waren allein auf der Station, doch ich fühlte mich furchtbar, ich hatte dieses schreckliche Kopfweh, hatte Fieber, ich hatte morgens meine Medikamente erbrochen, ich wartete auf die Krankenwagenfahrer, die mit einer Bahre ankamen, und war gewiß nicht sehr gesellig. Der Mann mit der Brille und dem kleinen Täschchen sagte zu mir: «Ich würde Ihnen gern den Freund vorstellen, mit dem ich hergekommen bin, seine Nachttischlektüre war lange *Blinde*.» Als ich etwas später wieder durch das Wartezimmer kam, sah ich den fraglichen Freund, er war eingeschlafen und ächzte, sichtlich erschöpft. Es scheint mir, als hätte ich diesen Jungen schon einmal gesehen, an dem Morgen, als ich die Bronchiallavage gemacht hatte. Wir warteten zu viert auf die Untersuchung, saßen aufgereiht neben jener Tür, hinter der sie vor sich ging, wir versuchten, das Kommen und Gehen zu begreifen, erlauschten die Geräusche, die zu uns drangen, und suchten, sobald diese Tür sich ein wenig öffnete, Teile der Apparatur zu erblicken, die uns foltern würde: ein sehr junger Schwarzer, der stark hustete, ein sehr kranker Mann im Rollstuhl mit einer Bactrim-Infusion, und dieser schmale, nervöse, blonde junge Mann, wenn er es wirklich war. Als das schwarze Kind, nachdem es die Untersuchung durchgemacht hatte, sich wieder zwischen uns setzte, fragte der blonde junge Mann es: «Tut es weh?» – «Ja», hatte das schwarze Kind bloß geantwortet und den Kopf gesenkt. Als man dann den nächsten aufrief, den Mann mit der Infusion, sah ich, wie der junge Mann sich auf seinen Rollstuhl stürzte und ihn selber in den Raum rollte, wo die Untersuchung vor sich ging, und hörte, wie der Pfleger sagte: «Sie helfen einander also?» Doch anders, als man meinen mochte, hatten der blonde junge Mann und der Mann im Rollstuhl noch nie ein Wort miteinander gewechselt. Ich begriff später, daß der junge Mann sich einzig und allein auf den Rollstuhl gestürzt hatte, zum Mißvergnügen von dessen Insassen, um einen ersten Erkundungsblick in den Raum werfen zu können, vor dem er sich selber so fürchtete. Eine schreckliche Angst stand ihm ins Gesicht geschrieben. Als er an der Reihe war, hörte ich ein hitziges Gespräch hinter der Tür, und die junge Ärztin sagte: «Ich kann und will Sie zu nichts zwingen, aber wenn Sie Ihre Meinung ändern, sind Sie jederzeit willkommen», während der junge Mann sich fluchtartig entfernte. Ich fragte die Ärztin hernach über den jungen Mann aus, ich fragte sie, ob er schon die Narkose bekommen hatte, bevor er auf die Untersuchung verzichtete, oder ob er sie mittendrin abgebrochen hatte. Nein, er hatte sich nicht einmal die Narkose geben lassen, ihn hatte sofort, bei der ersten Erklärung, die Angst gepackt. Daß sich der junge Mann so entzogen hatte, gab mir einen eigenartigen Mut, mich dem zu unterwerfen, dem er soeben entgangen war. Die Ärztin sagte zu mir: «Zehn Prozent der Patienten halten die Untersuchung nicht aus und reißen den Schlauch heraus, vor allem alte Menschen.» Und nun also traf ich diesen blonden jungen Mann wieder, es sei denn, ich hätte zwei einander sehr ähnliche Gesichter verwechselt, er schlief, auf seinen Ellenbogen gestützt, über ausgeleierte Sessel gebeugt, mit in der Mitte eingeknicktem Körper, den jungen Mann, der jetzt aufheulte, schrie, daß er es nicht mehr aushalte, daß er zu erschöpft sei, daß er nach Hause wolle, man solle ein Taxi rufen, so schnell wie möglich. Ich wich seinem Blick aus. Dies also war der junge Mann, dessen Lieblingsbuch lange *Blinde* gewesen war. Doch in demselben Augenblick, als ich in den Nachbarraum gehen wollte, um ihm zu entwischen, schlug er die Augen auf, sein Blick traf mich wie ein Peitschenhieb, und in diesem Blick lag unglaublicher Haß. Mir kam der Gedanke, daß ein gewisses Maß an Erschöpfung jegliche Bewunderung verhindert, jegliche Treue, jegliche Erinnerung, jeglichen Zusammenhang zwischen den Ereignissen seines Lebens, daß in diesem skelettierten Leib nichts mehr war als ein ununterbrochener Schrei.

Mein Fieber war über Nacht von allein gefallen, ohne Hilfe der Antibiotika, die Claudette Dumouchel mir verschrieben und die ich nicht eingenommen hatte. Beim Aufwachen hatte ich nur noch 37°, und ein wenig später am Tage, nachdem ich im Hôpital Clamart herumgegangen war, um den großen Professor Stifer zu treffen, hatte ich immer noch nur 37,2°. Ich fragte mich auf einmal, ob ich nicht diesen fiebrigen Prozeß einzig und allein in Gang gesetzt hatte, um Claudette Dumouchel wiedersehen zu können, die dabei doch alles getan hat, mir aus dem Weg zu gehen und mich in andere Hände zu übergeben. Ich hatte sie am Morgen vor meinem Fieberstoß angerufen, und sie hatte mich abblitzen lassen, ich hatte sehr wohl verstanden, daß ich sie an diesem Tag nicht mehr würde sehen können. Als die Krankenwagenfahrer mich um neun Uhr abends mit dem Ergebnis der Scanneruntersuchung in die Unfallstation des Hôpital Rothschild brachten, empfand ich eine Art Triumph in dem Augenblick, als ich Claudette Dumouchel aus einer Tür kommen sah, in ihrem weißen Kittel, ihr Stethoskop hing ihr, ich weiß nicht wie, um den Hals, in genau dem Moment, als ich bei der diensthabenden Schwester nach ihr verlangte. Doch Claudette Dumouchel tat so, als hätte sie ihren Namen nicht gehört, so wie sie tut, als würde sie meine Anwesenheit hier in dem Saal der Unfallstation nicht bemerken, in dem sich nur noch ein kleiner nerviger Schwarzer aufhielt, der versuchte, aller Welt eine Cola-Dose anzudrehen, die niemand haben wollte, weder die Krankenwagenfahrer noch irgendein Pfleger, denn er konnte es nicht trinken, sagte er, es sprudelt so stark. Ich blieb dann in einiger Entfernung von Claudette Dumouchel, saß abseits, so weit von ihr weg wie möglich, während sie den Umschlag mit den Scannerabzügen öffnete, deren beruhigende Ergebnisse ich schon kannte, denn der Röntgenassistent hatte mir mitgeteilt, daß keinerlei von der Toxoplasmose hervorgerufene Verletzung zu erkennen sei. Doch hatte man mir den Zugang zu diesen Ergebnissen verwehrt, man hatte sie dem Krankenwagenfahrer in die Hand gegeben, der sie dem diensthabenden Arzt aushändigen sollte. Und statt mich Claudette Dumouchel zu nähern, um an ihrem Blick den Sinn ihrer Lektüre zu erfassen, spielte ich denjenigen, der genügend Kaltblütigkeit bewahrt hat, um abseits zu warten, bis er aufgerufen wird. Was Claudette Dumouchel auch sogleich tat, mit einem kleinen Wink des Zeigefingers, der mir schon recht vertraut war. Sie teilte mir mit, was ich schon wußte, und ich war stolz, ihr gegenüber diese Gleichgültigkeit an den Tag zu legen angesichts der Mitteilung des tröstlichen Ergebnisses. Als sie sich über einen Fernschreiber beugte, um die Etiketten abzuziehen, die eben mit meinem Namen und meinem Aktenzeichen ausgedruckt worden waren, bemerkte ich, daß sie barfuß in Sandalen steckte. Die Jahreszeit ist danach, aber mir gefiel sie in ihren flachen Boxerschuhen besser. Sie wurde ans Telefon gerufen, sie nahm nörgelnd den Apparat zur Hand: «Immer reden, immer reden, wann wird das einmal enden?» fragte sie sich selbst. Es war jedoch ein privater Anruf, von dem ich nicht ein

Wörtchen verpaßte und der ihre Aufmerksamkeit zu beanspruchen schien. Es ging um eine Transaktion mit einem Notar, in einem gegebenen Moment sagte sie: «Wie auch immer, er ist eine Ratte.» Ich war befriedigt, daß sie von einem anderen Mann als von mir so sprach. Der kleine Schwarze meckerte, daß man ihn so lange warten ließ, Claudette Dumouchel gab ihm zurück: «Ich warte auch, Monsieur Sabourin, ich warte auf Ihre Röntgenbilder, ich dachte, in Guinea hat man etwas mehr Geduld.» Ich wartete, daß Jules mich mit Richard abholen käme, saß auf einem Stuhl vor dem Krankenhaus am Straßenrand, es gab dort diese drei eigenartigen Stühle von roter Farbe, die ohne irgendeine Funktion angebracht schienen. Der kleine Schwarze kam und setzte sich auf den dritten Stuhl, wobei er einen Platz zwischen uns freiließ, ich hatte befürchtet, er würde das nicht tun, ich wäre augenblicks aufgestanden, um ihm zu entgehen, ich fürchtete, er würde versuchen, mir seine Cola-Dose anzubieten. Er begann ein Gespräch: «Sie hat mich rausgeworfen», sagte er zu mir, «sie hat mir gesagt, ich solle an die frische Luft gehen, oder besser gesagt mal draußen nach dem Wetter sehen, während sie drinnen meine Verschreibung fertigmacht, sonst würde sie sie nicht fertigmachen, denn sie erträgt es nicht, wenn ich ihr so auf der Pelle sitze. Im Grunde ist sie ein gutartiges Mädchen, sie wirkt erst mal unfreundlich, aber in Wahrheit ist sie sehr nett, wir haben uns aneinander gewöhnt, ich komme oft vorbei und falle ihr ein bißchen auf die Nerven, jedesmal sagt sie, sie nimmt mich nicht dran, weil ich nicht in der Krankenkasse bin, aber jedesmal nimmt sie mich doch. Wissen Sie, ich war auch sehr krank, vor zehn Jahren, da habe ich Tuberkulose gehabt, man hustet, man ist erschöpft. Und dann geht es besser, sehen Sie. Warten Sie auf ein Taxi oder warten Sie auf Ihre Frau?» Diese völlig belanglosen Worte hatten für mich doch einen geradezu unmittelbaren Sinn, bevor sie in dieser Erzählung abgebildet wurden.

Ich bin zutiefst aufgewühlt worden, heute früh, von Claudettes Untersuchung. Mich dieser jungen Frau, die immer freundlicher zu mir wird, in die Hände geben. Ich habe sie aus der Entfernung beobachtet, während sie den vorigen Patienten hinausbrachte. Ich bemerkte, daß sie heute sehr elegante Sommerschuhe trug, mit schwarzweißem Muster, und ich dachte, daß die Schuhe, die mir neulich auf der Unfallstation mißfallen hatten, eher welche waren, die man Espadrilles nennt, als Badesandalen. Ich bemerkte auch, daß ihre Haut an den Knöcheln eher rosig ist, im Gegensatz zu ihrem Gesicht, das blaß ist; sie wird im September Urlaub nehmen. Eine leichte Hose, ohne Zweifel aus Leinen, sah unter dem Kittel hervor und ließ ihre Waden bloß. Ich fragte mich, ob Claudette Dumouchel wohl hübsche Beine oder eher etwas schwere Beine hat, die sie in Hosen versteckt, ich habe sie noch nie in Rock oder Kleid gesehen. Ich hatte mir Blut abnehmen lassen; ich erwartete sie in einem dieser zerschlissenen, zu niedrigen Sessel, aus denen die meisten Patienten nur mit Mühe hochkommen. Der Mann mit der Brille und dem kleinen Täschchen streifte wieder umher, auch diesmal bat er mich, ihm ein Minütchen zu gewähren, und ich gewährte es ihm, er sagte zu mir: «Meinem Freund geht es sehr schlecht, er ist in der Tagesklinik, er brütet eine Pneumozystose aus, er ist sehr stark abgemagert, wenn Sie möchten, können Sie einfach mal so einen Blick auf ihn werfen. Irgendwie ist er mein Vincent, dieser junge Junkie, und ich bin ein bißchen wie ein Vater für ihn, ich lasse ihn nicht mehr allein, ich kümmere mich Tag und Nacht um ihn.» An diesem Morgen im Hôpital Rothschild habe ich Menschen in einem furchtbaren Zustand gesehen. Junge Leichen, wirklich mit Glutaugen, wie auf Plakaten von Horrorfilmen, auf denen die Toten aus ihren Gräbern steigen und schwankend ein paar Schritte tun. Mir scheint, ihnen geht es schlechter als mir, aber vielleicht sieht niemand sich selbst, wie er ist, vielleicht lebt ein derartiger Narzißmus noch in dem übelst zugerichteten Menschen fort, daß er immer nur dazu imstande ist, die Verwüstung der anderen zu bemerken. Ich sagte mir, daß man diese wandelnden Leichen nicht filmen können würde, wie ich es einen Moment lang wegen des Vorschlags der Fernsehproduzentin vorgehabt hatte, daß dies tatsächlich ein echter Skandal wäre, ein uninteressanter Skandal. Seit ich ins Hôpital Rothschild gehe, sehe ich eine sehr schöne Frau, reiferen Alters, von iranischem Typus, die einen jungen Mann begleitet, der ihr Sohn sein muß. Zunächst begriff ich den Grund für die Anwesenheit dieses jungen Mannes mit seiner Mutter auf dieser Station nicht, denn er schien bei bester Gesundheit zu sein, doch in wenigen Monaten habe ich auf unerhörte Weise seinen Verfall gesehen, rote und braune Flecken haben sich auf seiner Nasenspitze eingegraben, er fiel vom Fleisch, die Haare gingen ihm aus, heute früh konnte er nur mühsam gehen und mußte sich auf den Tresen stützen, um sich aufrecht zu halten. Seine Mutter bewahrt ihr Lächeln, ein feines, unmerkliches Lächeln auf ihrem schönen, heiteren Gesicht, das mich betrachtet, und das wohl im Lauf der Monate meinen Verfall sah, wie ich meinerseits gesehen habe, wie ihr Sohn vor meinen Augen dahinsiechte. Claudette Dumouchel nahm mich in das Untergeschoß mit, wo ihr kleines, dreckiges und verschlamptes Sprechzimmer liegt, mit dem Schnurren der Lüftung. Wenn sie es betritt, die Akte aus Kraftpapier unter dem Arm, reißt sie das weiße Papier, das dem vorhergehenden Patienten gedient hat, von der Untersuchungsliege ab und zieht ein neues Stück Papier von der Rolle, auf das ich mich legte, in Unterhose und T-Shirt, barfuß, nachdem ich mit dem Kopf auf den Tisch geprallt war, denn meine Nackenmuskulatur erlaubt es mir immer noch nicht, mich auszustrecken, ohne mich zu stoßen oder auf das Kissen fallen zu lassen. Ich wollte mich oben herum nicht freimachen. Claudette lupft mein T-Shirt und setzt mir ihr Stethoskop auf die Brust, in das Loch. Beim erstenmal hat sie mich gefragt: «Was ist denn das?» Ich habe geantwortet: «Trichterbrust.» Und sie: «Von Geburt an?» – «Ja.» Ich schämte mich fast nicht mehr, es ist jetzt wie eine Liebkosung, ich habe keine andere Wahl. Claudette lüftet den Gummibund meiner Unterhose, um meinen Bauch abzutasten. Wir spielen Doktor. Wir machen eine ganze Serie Tests. Der erste, als ich noch völlig angezogen vor ihr saß, bestand darin, die Finger gespreizt vorzustrecken und dabei die Augen zu schließen. Jetzt nimmt sie meinen großen Zeh, und ich muß sagen, ob sie ihn nach vorn oder hinten richtet, das heißt auf sie zu oder auf mich. Meine Augen sind geschlossen, sie bewegt meinen Zeh, und ich sage: «Sie. Ich. Sie. Sie. Ich. Ich. Sie. Ich. Sie. Sie. Ich.» Ich sage zu ihr ich-Sie, ich und Sie, bis mir die Luft ausgeht, bis ich außer Atem gerate, mir scheint es wie ein Zauberlied, eine erzwungene und verschleierte Erklärung. Ich frage mich, wie alt Claudette wohl sein mag, ob sie jünger ist als ich oder nicht, das letzte Mal schien mir, sie sei viel jünger, ob ich es wage, sie danach zu fragen? Und außerdem, ich bin verrückt, was soll man mit einem Kerl anfangen, der den Tod in den Eiern trägt? Und zudem bin ich schon verheiratet. Claudette wandert über meinen Körper mit dem Hämmerchen, Reflexe sind da. Dann schraubt sie es auseinander, um mit der Spitze meine Fußsohlen in einem grauenerregenden Zickzack zu bestricheln. Sadomasochismus. Claudette greift mir mit einer Hand hinter den Nacken, um mir zu helfen, mich auf den Tisch zu setzen. In meinem Rücken zieht sie mein T-Shirt hoch, um mir die Lunge abzuhören, ich atme kräftig mit geöffnetem Mund. Sie nimmt etwas, dessen Papier sie aufreißt, ich glaube, es ist der Holzspatel, ich sage zu ihr: «Nein, nicht den Holzspatel, ich kann den Mund selber weit genug aufmachen.» Sie lacht. Sie sagt: «Nein, es ist nicht das Zungenstäbchen, es ist etwas anderes, aber wenn Sie wollen, können wir gleich einmal einen Blick in Ihren Mund werfen.» Claudette inspiziert meinen Hals mit dem Leuchtstab, sie sieht meine Zähne, sie sieht meinen Gaumen, sie sieht meine Zunge und die Unterseite meiner Zunge, sie sieht das, was geküßt hat und was das Geschlecht von Männern und Jungen genossen hat. Was sie auspackte, war eine kleine Spitze, mit der sie mich bald piekt, mal gerade so, mal tiefer, bald beklopft oder wie mit Fingerspitzen streift. Ich habe mich wieder hingelegt, ich schließe die Augen. Von den Armen zu den Händen, von den Schenkeln über die Waden zu den Füßen piekt Claudette mich, berührt mich, beklopft mich, piekt mich, von oben nach unten und auf jeder Seite des Körpers. Ich muß sagen: «gepiekt–berührt–berührt–gepiekt», immer schneller. Claudette sagt: «An den Beinen gibt es ein paar leichte Ungenauigkeiten.» Sie will die Kraft meiner Muskeln messen, sie nimmt meine Hand, sie drückt sie in ihrer geschlossenen Hand, ein wenig so, wie es Verliebte beim Spazierengehen tun, und ich muß versuchen, meine Finger zu spreizen. Dann, meine Hand zu heben, «nein, nicht den Arm», sagt sie, während sie ihn fest hinabdrückt. Dann ihre Hand wegzudrücken, die meinen Fuß ergriffen hat, ich beginne zu verstehen, das erste Mal sagte sie zu mir: «Nein, nicht so, sondern als würden Sie auf ein Gaspedal treten.» Ich sagte: «Ich habe keinen Führerschein.» Und sie: «Wir sind zu zweit.» Claudette sagte: «Sie haben etwas mehr Kraft als beim letztenmal, Sie können sich wieder anziehen.» Sie füllt meine Akte für das DDI-Studienprotokoll aus, ich blättere in meinem Terminkalender, versuche, einen Aufbruch auszuhandeln. Ich sage zu Claudette: «Ich möchte gehen», und Claudette antwortet mir: «Ich lasse Sie nicht gehen.» Ich habe nichts anderes zu tun in Paris, als mich mit Claudette zu treffen, deren Gefangener ich bin und es schließlich gerne bin. Ich wäre furchtbar enttäuscht, wenn sie mir grünes Licht gäbe, ich würde mich von ihr im Stich gelassen fühlen. Ihr Kopf ist über die Akte geneigt, die Spitzen ihres krausen Haars sind ein wenig rötlich getönt. Sie sagt: «Sie sind fünfunddreißig, stimmt das?» Das Telefon läutet. Jetzt kann ich die Gelegenheit nutzen, jetzt oder nie, ich zögere, ich springe ins kalte Wasser, ich frage: «Und Sie?» – «Achtundzwanzig.» Sie meldet sich am Telefon, sie hängt ein, sie wiederholt: «Achtundzwanzig», ich sage: «Das hatte ich gehört.» Ich rechne aus, daß ich sieben Jahre älter bin als Claudette, zehn älter als Vincent, zehn weniger als Téo, sechzig weniger als meine Großtante Suzanne. Die Untersuchung ist beendet. Wir gehen wieder ins Erdgeschoß hinauf, Claudette fragt mich, ob ich den Aufzug nehmen oder über die Treppe gehen möchte, sie sagt: «Ich frage Ihretwegen, mir selber ist es gleich.» Wir müssen auf die Ergebnisse der Blutuntersuchung von heute morgen warten, Claudette blättert in der Tagesakte, sie sind noch nicht eingetroffen, sie ruft im Labor an, um sie zu erfahren, wir müssen noch eine Viertelstunde auf die Auszählung warten. Claudette machte mir dann eine Verschreibung für die Bronchoskopie am Donnerstag fertig samt einem Empfehlungsbrief. Im Gang traf ich den Neurologen, der die Hirnabzüge der magnetischen Untersuchung dechiffriert hatte, er verlangt ein Elektromyogramm von mir, ich frage Claudette, was das ist, sie sagt: «Man setzt Ihnen Nadeln in die Muskeln und sendet Stromstöße hindurch, es tut nicht sehr weh.» Claudette schließt sich mit dem Neurologen in dem Sekretariatsbüro ein, um die Verschreibung für das Elektromyogramm abzufassen, das ich Freitag nachmittag im Hôpital Saint-Antoine machen soll. Eine Frau naht mit einem weißen Wauwau, einer DDI-Schachtel voll leerer Beutelchen, die sie aus einer Plastiktüte zieht, und einem Karton voll exotischer Pflanzen. Sie spricht mit Liliane, der wohlfrisierten Blonden am Empfang, die von allen Kranken Liliane genannt und geduzt wird, Liliane hat Tränen in den Augen, ich begreife, daß es um die Tochter dieser Frau geht, die zu Hause bettlägerig ist und an der man DDI erprobt, die letzte Karte. Doch diese Frau scheint voller Energie zu sein. Ihr Hund ist mit seinem langen weißen Fell in den Raum entwischt, wo die Blutentnahmen durchgeführt werden, sie schreit, um ihn zurückzuholen. Der Mann mit dem Täschchen spaziert noch immer hin und her, immer fahler. Der Professor, der die Station leitet, durchquert die Halle, watschelnd wie ein hinterlistiges Frettchen aus einem Zeichentrickfilm, eine Verschreibung in der Hand, stets von einem Patienten gefolgt. Die Frau übergibt ihm den Karton mit den exotischen Pflanzen; mit einem kleinen genierten Auflachen fragt der Professor: «Wie kommen Sie denn dazu?» Als die Frau fort ist, sagt er zu Liliane: «Stellen Sie mir das ins Sekretariat.» Claudette ist mit einem anderen Patienten wieder vorbeigekommen. Liliane rät mir, selber das Ergebnis meiner Untersuchungen in der hämatologischen Abteilung abzuholen, im Gebäude gegenüber, hinter der Krippe, zweiter Stock. Dort sagen sie zu mir, indem sie auf Blutröhrchen in einem Träger weisen: «Eben das sind Ihre, sie sind gerade eingetroffen.» Es ist schon nach Mittag, um halb zehn ist die Blutentnahme gemacht worden, ich muß noch länger warten. Doch nein, die Auswertung ist schon per Fax in die Tagesklinik gesandt worden, man gibt mir das Original, falls es nicht angekommen sein sollte. Im Aufzug werfe ich einen Blick auf das Blatt, es scheint, als gäbe es eine sehr leichte Verbesserung. «1700 weiße Blutkörperchen statt 1500 in der Vorwoche.» Liliane rät mir, Claudette die Analyse in ihr Büro zu bringen, ich finde es nur mühsam im Labyrinth des Tiefgeschosses, ich zögere, ob ich an die Tür Nummer 7 oder Nummer 8 klopfen soll. Ich spreche Claudette durch die Tür Nummer 8 hindurch an, sie öffnet sie nicht, sie ist mit meinem Nachfolger beschäftigt, ruft mir zu, sie käme gleich hoch. Ich warte eine halbe Stunde lang auf sie. Der Mann mit dem Täschchen schenkt mir ein Buch, das er mir widmet. Ich sehe seinen Freund wieder vorüberkommen, sein verstörter Blick ist voller Haß, der ohne Zweifel etwas anderes ist. Claudette kommt mit ihrem Patienten hoch, sie studiert meine Analyse, ihr Patient wirft mir einen eifersüchtigen Blick zu. Da ist etwas in meiner Analyse, das Claudette nicht begreift. Sie begreift nicht die Woche mit dem DDI des toten Tänzers.

Seit Freitag, dem 13. Juli, geht es mir bedeutend besser. Oder eher, seit Freitag, dem 13. Juli, ging es mir bedeutend besser, denn jetzt bin ich wieder schlapp, hänge in meinem roten Sessel, mich deprimiert das. Gestern abend konnte ich nicht einschlafen, so wenig müde war ich, und derart kribbelte mein Buch in mir. Doch jetzt bin ich wieder von einem Augenblick zum anderen fertig, habe ich mich verloren gegeben, bin ich von Müdigkeit niedergeworfen. Gestern hatte ich Lust zu diesem neuen Buch und hatte sogar Lust zu dem Film, ich rief die Fernsehproduzentin wieder an, um ihr mitzuteilen, daß mein Anwalt noch an dem Vertrag arbeite, daß ich sie aber jetzt schon, ohne Verpflichtung meinerseits, um den fraglichen Apparat bäte, damit ich ihn ausprobieren könnte. Sie brach am Telefon in Lachen aus: «Wie unwiderstehlich Sie doch sein können, mit Ihrer Angst, sich zu verpflichten!» Diese Frau hat ein Mordsfeuer, sie ist bei zu guter Gesundheit. Gestern wollte ich die Donnerstagmorgen-Bronchoskopie nutzen, um sie zu filmen, eine einzige große Einstellung auf mein Gesicht mit dem Schlauch, der im Hals verschwindet. Heute widert mich diese Vorstellung an. Ich bin erleichtert, daß es der Produzentin nicht gelungen ist, die Kamera zu bekommen, die sie ausleihen muß, wegen einer Wettbewerbsregel. Ich habe wieder Krämpfe in den Beinen, mit denen sich vielleicht die Neuropathie ankündigt, die mich daran hindern würde, weiter das DDI einzunehmen. Vielleicht war es jedesmal, wenn ich aus Aberglauben sagte: «Man darf nicht zu früh hurra rufen oder das Fell des Bären versaufen, ehe man es hat», schon eine Art, zu früh hurra zu rufen und mein Bärenfell zu versaufen. Gestern abend war ich bei einem wunderbaren Wiedersehensmahl mit Pierre und Suzanne, ich berichtete ihnen vom Selbstmord von Eugènes Freund, dessen Schal Gustave und ich im Ofen verbrannt hatten, wie zwei Irre, wie zwei Barbaren, ohne uns mit einem Wort abzusprechen. Doch ich habe nachgerechnet, es war der 31. Dezember 1983 oder der 1. Januar 1984, und dieser physisch so häßliche, aber zweifellos charmante Mann, schließlich war er Eugènes Freund, hatte länger als sechs Jahre durchgehalten. Mein Tod wird nichts anderes bewirken. Man soll über Tote nichts Schlechtes sagen, ich habe mir da nie Zwang angetan. Meine Mutter hat mir heute früh die Ohren vollgejammert, ich habe sie angefahren. Sie spürte wohl, daß mein Tod naht, sie brach zusammen. Nein, meine lieben Eltern, ihr werdet weder an meinen kranken Körper kommen noch an meine Leiche, noch an meine Knete. Ich werde nicht in euren Armen sterben, wie ihr es euch erhofft, und dabei sagen: «Papa – Mama – ich liebe euch.» Gewiß liebe ich euch, aber ihr geht mir auf die Nerven. Ich möchte in Ruhe krepieren, ohne eure Hysterie und ohne die, die ihr in mir auslöst. Ihr werdet meinen Tod aus einer Zeitung erfahren.

Am Freitag, dem 13., erwachte ich erholt und gut aufgelegt, da mein Fieber auf geheimnisvolle Weise gefallen war, ohne die Antibiotika, die zu kaufen ich keine Zeit gehabt hatte, über Nacht. Meine Erschöpfung war verflogen, es war beeindruckend. Tag und Nacht, Tag und Nacht stehen zueinander genau wie Schreiben und Nichtschreiben. Die Mittagsruhe wurde entbehrlich. Mir kam es vor, als würde ich täglich eine kleine Bewegung zurückerwerben, die ich über einige Wochen hin verloren hatte: den Arm heben, um das Deckenlicht im Bad anzuschalten, in den Autobus steigen, und sei es, indem ich mich an den zwei Griffen hochzog, weniger Schmerz empfinden beim Bremsen oder Gasgeben. Mein Schlaf wurde wieder lustvoll. Es war keine Riesenaffäre mehr, keine schreckliche Affäre, mich im Bett umzudrehen oder den Arm zu bewegen, um die Decke zurechtzuziehen. Mein Körper war nicht mehr ein gefesselter Elefant mit stählernen Rüsseln anstelle der Gliedmaßen und auch kein gestrandeter, ausgebluteter Wal. Ich lebte wieder. Ich schrieb wieder. Ich bekam wieder einen hoch. Bald, bald vielleicht würde ich wieder vögeln. Bis dahin, das heißt vier Tage lang, durchlebte ich gesegnete Tage. Ich dachte, selbst falls ich wieder einen Rückfall erleiden sollte, dürfte ich sie nicht vergessen. Ein Abendessen mit Jules ohne diese ungeheuerliche Müdigkeit, der

Abend mit Zouc, der um fünf Uhr früh, auf dem Feuerwehrball, zu Ende ging. Es gibt die Dinge, die in der Vergangenheit einen Sinn haben, und die Dinge, die in der Gegenwart einen Sinn haben, selbst wenn sie zeitlich ungefähr zusammenfallen.

Die erste Gastroskopie war ein wahrer Alptraum gewesen: wie das Schweineabstechen auf dem Land. Hôpital Rothschild, Gastroenterologische Station Professor Bihiou, Folterkammern im Erdgeschoß. Wenn ich an dem Gebäude vorbeigehe, sehe ich die für die Wagen der Ärzte von Professor Bihious Station reservierten Parkplätze. Die Box von Doktor Domer, der bei mir diese Endoskopie durchführen sollte, steht immer leer. Würde ich sie eines Tages besetzt vorfinden, ich stäche ihm die Reifen auf. Am Schalter wird man mitleidig angesehen, wenn man zu einer Gastroskopie kommt, die Sekretärinnen wissen, worum es geht, hinter den Türen haben sie das Würgen gehört, die Protestschreie, die Erstickungsanfälle, Weinkrämpfe oder Nervenzusammenbrüche, das Erbrechen, das ruckartige Schlucken, die Spasmen. Im Wartezimmer fragt eine junge Frau, ob es weh tut. «Nein, es ist nicht schmerzhaft», das antworten die Schwestern gewohnheitsgemäß und laut ihrer Anweisung, «aber es ist ein wenig unangenehm.» Ein wenig, du hast gut reden, es tut schrecklich weh, ja, es ist unerträglich, ein Alptraum, die Brutalität dieser Untersuchung läßt augenblicks die Notwendigkeit des Selbstmords auftauchen. Ich liege auf dem Rükken, allein, man hat mich die Jacke ausziehen lassen, «Entspannen Sie sich», sagt die Krankenschwester zu mir, «öffnen

Sie den Mund, und strecken Sie die Zunge heraus, ich tröpfele Ihnen etwas Valium ein, es schmeckt übel, sehr bitter, Sie werden es gleich merken, aber das ist schon das Unangenehmste an der Untersuchung, hinterher geht alles leicht, Sie werden sehen, ich komme sofort wieder.» Ich spüre meine Angst nicht vergehen. Die Schwester seift in einem Becken den dicken schwarzen Schlauch ein, den sie mir gleich in den Hals schieben werden. Die Schwester bindet mir eine Art großes Lätzchen unter das Kinn und sagt, ich solle mich auf die Seite legen. Sogleich geht die Tür auf, das Schweineschlächterkommando betritt den Schauplatz und fällt über mich her. Die Krankenschwester hält mir einen Zerstäuber hin und fragt: «Damit habe ich Sie anästhesiert, nicht wahr?» Ich antwortete: «Nein.» – «Ach, habe ich das vergessen, das macht nichts, öffnen Sie den Mund, weit.» Sie sprüht mir einige Spritzer Xylocain in den Rachen, und sofort stopft mir ein entsetzter Lehrling, dem Doktor Domer aus etwas Entfernung Order gibt, mit angewidertem Gesicht diesen dicken schwarzen Schlauch in den Mund und drückt ihn am Zäpfchen vorbei, um ihn runterzuschieben. Ich bekomme keine Luft mehr, ich ertrage diesen Schlauch nicht, der mir in die Gurgel gestopft wird, bis er im Magen ankommt, ich habe Spasmen, Zuckungen, Würgereflexe, ich möchte ihn raushaben, ausspucken, auskotzen, ich sabbere und ächze. Der Gedanke an Selbstmord kehrt zurück, und der an die absoluteste, endgültigste Demütigung. Ich reiße mit einem einzigen Ruck meterweise den Schlauch heraus, den man mir bis in den Grund meines Leibs gestopft hat, und werfe ihn zu Boden. In diesem Augenblick habe ich mich wohl verletzt, was mich jetzt daran hindert, irgendwelche feste Nahrung zu schlukken. Doktor Domer sagte erbost zu mir: «Was Sie da getan haben, nutzt Ihnen überhaupt nichts, wir werden alles von vorn beginnen müssen, und das Einführen des Schlauchs ist das Unangenehmste, danach geht im Prinzip alles leicht, klemmen Sie sich die Hände zwischen die Schenkel und drücken Sie fest, damit Sie nicht mehr in Versuchung kommen, sich den Schlauch noch einmal herauszureißen.» Ich hatte kein Glück gehabt. Doktor Chandi hatte keine Zeit gehabt, mir für Doktor Domer ein Empfehlungsschreiben zu verfassen, und ich hatte es versäumt, quer durch Paris zu seiner Praxis zu fahren, um es abzuholen. Mehrfach hatten mich die Sekretärinnen und Krankenschwestern, dann Doktor Domer selbst gefragt: «Wo ist der Brief?», und ich hatte geantwortet: «Ich habe keinen Brief.» – «Wo ist Ihre Akte?» – «Ich habe keine Akte.» Unbewußt hatte ich allein zu dieser sehr schmerzhaften Untersuchung kommen wollen. Tapfer, stolz hatte ich zu Doktor Domer sagen müssen: «Wir suchen nach den Ursachen für einen Gewichtsverlust von zwölf Kilo im Zusammenhang mit einer HIV-Infektion.» Für Doktor Domer war ich nichts als ein weiterer kleiner infizierter Schwuler, der sowieso abkratzen würde und ihm seine Zeit stahl. Er schlug zwei Fliegen mit einer Klappe: Er sorgte für die Durchführung der Gastroskopie, wofür er vom Krankenhaus honoriert wurde, doch führte er sie nicht selber durch, denn ich war ein Niemand, damit er nicht unter den Unannehmlichkeiten zu leiden, weder das Gewürge noch die Spritzer von den Würgereflexen abzukriegen brauchte, und zugleich brachte er sein Metier einem tolpatschigen Lehrling bei, der von meiner Qual in Angst und Schrecken versetzt war. Ich will gar nicht behaupten, daß Doktor Domer trotz seiner Sadistenphysiognomie wie aus einem Nazifilm nicht ein guter Mensch ist, was weiß ich. Aber er war von meiner Qual belästigt, ihrer im höchsten Maße überdrüssig und von dieser Qual angewidert, der er ohne Ende zusehen mußte, da es sein Job war, in diesem Moment verlor er alle Sensibilität, und er bereute voll Bitterkeit seinen gesamten Lebensweg. Das Schweineschlächterkommando machte sich immer noch um mich herum zu schaffen. Es mußte so schnell wie möglich gehen, denn es war unerträglich. Der Lehrling hatte mir den schwarzen Schlauch wieder eingeführt und ihn entrollt, indem er ihn mit Kraft hineinschob, bis er auf meinen Magen stieß, ich versuchte, mich zu konzentrieren, um ihn nicht wieder auszustoßen, ich mühte mich, tief durch die Nase zu atmen, trotz des Erstickungsgefühls. Doktor Domer sprach in dieser Situation keines dieser beruhigenden Worte aus, die ich so wahnsinnig brauchte, er sagte nicht: «Alles ist in Ordnung, das Schlimmste ist vorbei, atmen Sie ruhig, es ist bald geschafft.» Er hatte durch das Okular geschaut, in einigem Abstand, und er hatte gesagt: «Es liegt eine Speiseröhrenkandidose vor, ganz gewiß, sie ist mit bloßem Auge erkennbar, und zwei Geschwüre im Magen, wir machen Biopsien.» Man schob in aller Eile lange Drähte durch den schwarzen Schlauch hindurch, an deren Enden eine Art kleiner Klammern befestigt war, kleine Anker, Förderschaufeln. Man schabte mir das Innere des Magens ab, man zog ihm die Haut ab, um hier und da kleine Teilchen zu entnehmen, es war vollkommen schmerzlos. Doktor Domer sagte mit trockener und abgehackter Stimme: «Öffnen, schließen, öffnen, schließen, noch eine, dann ist es genug, öffnen, schließen.» Er meinte die kleinen Backen der Klammern, die von einem Mechanismus bewegt wurden. «So, fertig», sagte Doktor Domer, «ruhen Sie sich aus.» Ich sagte zu ihm: «Da Sie eine Speiseröhrenkandidose und zwei Geschwüre im Magen festgestellt haben, nehme ich an, daß sie behandelt werden, aber ist es jetzt noch nötig, daß ich die Darmspiegelung mache, die für Freitag angesetzt ist?» – «Ja», antwortete er, «denn aus der Kandidose und den Geschwüren allein läßt sich ein so beträchtlicher Gewichtsverlust nicht hinreichend erklären. Auf Wiedersehen, Monsieur.» Er verschwand mit sämtlichen Mitgliedern des Schweineschlächterkommandos durch die Tür, durch die sie hereingekommen waren, und ließ mich allein auf der papierbezogenen Behandlungsliege in dem großen, leeren Saal zurück. Es war vorbei, ich litt keinen Schmerz mehr, ich konnte mir sagen, daß ich es hinter mir hatte, doch wußte ich, welches Trauma die Untersuchung, so wie sie abgelaufen war, hatte hinterlassen können. Als man einige Monate später meine Großtante Louise dieser Untersuchung unterzog, folgte bei ihr ein regelrechter Wahnsinnsanfall, die Krankenschwestern fanden sie nachts, wie sie auf der Suche nach ihrer Zwillingsschwester, die dreihundert Kilometer weit von ihr entfernt war, durch die Gänge irrte. Ich rief Jules von einer Zelle aus an und nahm allein den Autobus, mit gräßlichen Magenkrämpfen, zutiefst beunruhigt, da man mir nicht erklärt hatte, daß das ganz schlicht Blähungen waren von der Luft, die man mir in den Magen gepumpt hatte. Zu Hause schlug ich mein Tagebuch auf, und ich schrieb hinein: «Gastroskopie.» Nichts sonst, nichts mehr, keinerlei Erklärung, keinerlei Beschreibung der Untersuchung und keinerlei Bemerkung zu meiner Qual, unmöglich, zwei Worte nebeneinander zu setzen. Spucke weg, offener Mund. Ich war unfähig, mein Erlebnis zu schildern.

Die zweite Gastroskopie, genau fünf Monate später, dabei hatte ich mir geschworen, mich nie wieder einer zu unterziehen, und hatte sie meinen Ärzten verweigert, die mich seit Monaten bedrängten, ich stand unter Prozac und schon unter DDI, sechs Tage nach jenem Freitag, dem 13., der den Beginn meiner Wiederauferstehung markierte, diese zweite Gastroskopie war fast ein Spaziergang. Doktor Nacier, dem ich die Zustimmung gegeben hatte, die ich Doktor Chandi versagte, hatte sich, gestützt auf die Diagnose von Professor Stifer, der mir geraten hatte, eine Kontrolluntersuchung machen zu lassen, dazu eine augenärztliche Untersuchung und eine des Darms, mit Ultraschall, und mir vorschlug, sie unter Kurznarkose zu machen, eine Art halber Betäubung, die einen nur zwei Stunden lang benommen macht, Doktor Nacier, der beschlossen hatte, die Dinge wieder in die Hand zu nehmen, da er mich so geschwächt und sich selbst so blühend fand, wobei wir doch dieselbe Krankheit teilen, hatte sich, aus Freundschaft und Mitleid, alle nur denkbaren Fragen gestellt, bevor er entschied, wo ich diese Untersuchung vornehmen lassen sollte, die mir beim erstenmal soviel Schmerzen bereitet hatte, in einem Krankenhaus oder einer Privatklinik, und welcher Arzt imstande sein würde, meine Furcht und mein Leid weitestgehend zu lindern, denn ich hatte die Kurznarkose abgelehnt. Er hatte sich auf einen Kollegen festgelegt, einen entfernten Freund, wie sie alle welche sind, Doktor Oskar, einen Gastroenterologen, der im Krankenhaus arbeitete, aber auch, «um sich etwas dazuzuverdienen», wie Doktor Nacier es nannte, in seiner Praxis am Boulevard de La Tour-Maubourg. Doktor Nacier kam mich gegen halb zehn zu Hause abholen. Ich hatte schreckliche Angst, ich mußte nüchtern sein, ich hatte das Prozac nicht einnehmen können. Ich fühlte mich schlecht. Ich dachte, daß ich mir wieder einmal etwas hatte reindrücken lassen, das war wirklich das treffende Wort, von diesen Ärzten, die eigentlich gegen meinen Willen handelten. Ich hatte mir eine hypermoderne, funktionale, ganz in Weiß gekachelte Klinik vorgestellt, mit schweigsamen Sekretärinnen an ihren Computern. Ich fand mich neben Doktor Nacier, der mit seiner Konversation versuchte, mich auf andere Gedanken zu bringen, in ein tiefes Sofa gepfercht, das von Bildern, fernöstlichen Porzellanvasen, Diwanen und Stilmöbeln umgeben war, Doktor Oskars Praxis. Eine Handvoll Patienten warteten würdig, steif in Empiresessel gesetzt, rund fünfzigjährige Männer und Frauen, daß Doktor Oskar sie aufrufe. Doktor Nacier stellte ihn mir vor: er war in Hemdsärmeln, ohne Kittel, hatte einen sympathischen, entspannten Stil; er sagte zu mir: «Sie werden sehen, es geht ganz wunderbar, bei mir spüren Sie nichts, und beim geringsten Problem hören wir sofort auf und versuchen es ein andermal, machen Sie sich keine Sorgen.» Nachdem er mich in seinem Sprechzimmer in Anwesenheit von Doktor Nacier über die Gründe befragt hatte, aus denen diese Endoskopie notwendig war, den Gewichtsverlust, der mittlerweile achtzehn Kilo in einem Jahr betrug, und die Unmöglichkeit, feste Nahrung zu mir zu nehmen, wies mich eine Helferin in einen

Verschlag neben dem Sprechzimmer, eine Art ausgebauter Wandschrank, von dem ich mir schlecht vorzustellen vermochte, daß man in ihm eine ähnliche Untersuchung vornehmen könnte wie die Schweineschlächter, die einen etwas baufälligen Krankenhaussaal in eine mittelalterliche Folterkammer verwandelt hatten. Die Helferin, die ebenfalls keinen weißen Kittel trug, um den Kindern und großen Kindern keine Angst einzujagen, bat mich, mich auf den papierbedeckten Tisch zu legen, streifte durchsichtige Handschuhe über und sprühte mir einige Spritzer Xylocain in den Rachen, sie waren äußerst bitter, die ich schlucken sollte. Dann erschien Doktor Oskar und sagte: «Wir geben Ihnen eine Valiumspritze, das bringt die phantastischste Entspannung, die es überhaupt gibt.» Ich sah in den behandschuhten Händen der Helferin die kleine Spritze mit der kurzen Nadel, genau dieselbe, mit der ich mich in meinen Träumen gemeinsam mit Vincent spritzte. Man injizierte mir das Valium, «atmen Sie tief durch den Mund» sagte Doktor Oskar, «damit es sich gut verteilt, Ihnen wird es gleich ein bißchen schwindelig. Geben wir ihm noch eine, das ist sicherer bei ihm.» Man injizierte mir noch mehr Valium, das mich ganz außerordentlich entspannte und mich in einem sensiblen, wachen Halbbewußtsein schweben ließ. Man hatte mir einen Latz umgebunden und mich auf die Seite gelegt, Doktor Oskar schob mir einen feinen schwarzen Schlauch in den Mund, der zwar mühsam, aber immerhin durch den Hals glitt. Ich spuckte nicht mehr, hatte auch keine Spasmen, die Untersuchung lief ab, ich hatte überhaupt kein Gefühl mehr dafür, wie lange sie dauerte. Doktor Oskar schaute durch das Okular des Schlauchs und bot Doktor Nacier an, seinerseits hindurchzuschauen, er sagte: «Nichts mehr, weder Speiseröhrenkandidose noch Geschwüre im Magen, alles ist sauber und klar.» Ich bedauerte später, daß ich nicht selber durch das Okular geschaut hatte, und stellte Doktor Nacier Fragen, ich dachte, dort drinnen müsse alles dunkelrot sein, karminrot, blutfarben. «Überhaupt nicht», antwortete Doktor Nacier, «es ist hellrot, lebhaft rosa.» Rosa wie die Gedärme, die aus der Flanke des Pferds bei meiner letzten Corrida hervorquollen. Ich hatte nicht mitbekommen, daß man die Biopsie entnahm, die auf Claudette Dumouchels Verschreibung verlangt wurde, und doch sandte ich selbst wenig später in einem gefütterten Umschlag mein Magenstückchen an ein Laboratorium. Doktor Oskar bot mir an, mich auf ein Sofa zu legen, in einem Ruheraum, den ich leicht schwankend betrat, um dort ein Gemetzel zu entdecken: dieselben Patienten wie zuvor im Wartezimmer, wo sie steif und würdevoll gesessen hatten, diese fünfzigjährigen Männer und Frauen lümmelten sich jetzt verstreut, den Schuß Valium noch im Blut, auf den Sofas eines bürgerlichen guten Zimmers oder einer psychoanalytischen Fließbandpraxis, die in eine Opiumhölle verwandelt war. Eine Frau, deren Händen Patrick Modianos *Hochzeitsreise* entfallen war, schnarchte geräuschhaft. Eine junge Frau mit getöntem Teint durchquerte das Schlachtfeld, eine Kaffeekanne in der Hand, und schenkte den Unglückseligen, deren Lider flatterten, kleine Tassen voll sehr schwarzen Kaffees aus, der mit einer Zuckerzange gesüßt wurde. Hinter den Vorhängen sah man die von der Sonne beschienenen Bäume des Boulevard de La Tour-Maubourg, der jetzt im Juli menschenleer dalag. Mitten in der Opiumhölle thronte nun die Helferin an einem Designerschreibtisch, sie hatte ihre Valiumspritzen verbraucht und die durchsichtigen Einmalhandschuhe weggeworfen, ihre Finger tippten geräuschlos die Untersuchungsergebnisse auf eine Computertastatur. «Haben Sie den Kaffee bei sich behalten?» fragte mich Doktor Oskar, als er seine Narkoseburg betrat. «Dann ist das ein gutes Zeichen.» Wieder in seinem Sprechzimmer, bat er mich, ihm meine erste Gastroskopie zu schildern. Er sagte: «Ich mache das schon ziemlich lange, da können Sie sich vorstellen, wie viele detaillierte Schilderungen von alptraumhaften Gastroskopien ich von meinen Patienten schon zu hören bekommen habe. Ihrer würde ich Platz zwei auf meiner Schreckensliste geben, Platz eins ist schon von einer Frau belegt, die im Hôpital Cochin eine Gastroskopie machte, auch sie konnte den Schlauch nicht ertragen, riß ihn heraus, warf ihn zu Boden und rannte weg. Zwei Pfleger fingen sie in einer Allee wieder ein und brachten sie unter Gewaltanwendung auf den Tisch zurück, sie banden sie fest und schoben ihr den Schlauch wieder in den Mund, davon waren Sie nicht allzuweit entfernt.» Ich stellte der Helferin einen Scheck über sechshundert Francs aus und verließ gemeinsam mit Doktor Nacier die Praxis, wir waren beide erleichtert. Ich konnte nicht behaupten, daß diese Gastroskopie eine Lustpartie gewesen wäre, aber sie hatte tatsächlich geflutscht wie geschmiert. Falls ich mich entschied, den Film zu machen, den die bestialische Produzentin von mir wollte, welche der beiden Gastroskopien würde ich filmen? Die aus dem Horrorfilm, die doch so üblich ist, oder die aus dem valiumgesättigten Bürgersalon? Meine so fotogene Qual, oder ihre Erleichterung?

Am Tag nach der ersten Endoskopie sperrte ich mich in meinen Keller ein. Ich holte den Staubsauger, den die Umzugsleute mit alten Kartons dort hineingestellt hatten, es war höchste Zeit, diesen Staubsauger zu holen, doch hatte ich keine Zeit gehabt, es zu tun, und die versoffene savoyardische Putzfrau, die Jules mir empfohlen hatte, würde zum erstenmal kommen, und was soll eine Putzfrau ohne Staubsauger, hatte ich mich gefragt. Ich hatte also beschlossen, früh zu Mittag zu essen, um den Staubsauger aus dem Keller zu holen und zur verabredeten Stunde die sagenhafte Marie-Madeleine zu empfangen, die, in Klammern gesagt, als sie in *La Vie catholique* den Artikel las, aus dem sie erfuhr, daß ich Aids habe, mir trotz ihres heuchlerischen Säufergesichts, das so aussah, als würde man ihr unter dem Vorwand, ihr die Ohren zu putzen, durch kleine Löcher das Hirn restlos aussaugen, ohne Umschweife ihre Schürze in die Hand drückte und, nachdem sie sich geweigert hatte, die Gläser zu spülen, aus denen ich getrunken hatte, zu mir sagte: «Es stört mich nicht wegen mir, sondern wegen meinem Mann.» Ungefähr zu derselben Zeit weigerten sich die Zimmerdiener der Spanischen Akademie, die mir stets zuvorkommend begegnet waren, vielleicht, da ich darauf geachtet hatte, sie genügend zu schmieren, die Räume zu putzen, in denen ich mich aufgehalten hatte, und

, in die ich jetzt zufällig zurückgekehrt war, bei David. Wenn diese Trottel, wie David sagte, Angst hatten, sich beim Putzen Aids einzuhandeln, warum sollte ich sie dann dazu zwingen? Die Affäre wäre beinahe bis Paris gedrungen, bis zum Kultusministerium, denn David, giftig wie üblich, hatte sie sich zunutze gemacht, um den neuen Geschäftsführer rausschmeißen zu lassen, der sich als völlige Null benommen hatte, wie es wiederum für ihn üblich war, und der seine wilden Abende damit beschloß, die Platte der zaïrischen Lastwagenfahrer aufzulegen: *Hüten wir uns vor Aids*. Der Direktor, der die Eingaben der Zimmerdiener abfangen wollte, faßte schließlich eine Hausmitteilung ab und gab acht, sie nicht zu unterschreiben, in der er ihnen erklärte, daß Aids gemäß dem spanischen Gesetz keine ansteckende Krankheit sei und sie demzufolge verpflichtet seien, in den von mir bewohnten Räumen zu putzen, allenfalls könnten sie Gummihandschuhe überziehen, die die Direktion ihnen zur Verfügung stellen würde, ein Vorschlag, wie Doktor Chandi, dem ich die Geschichte erzählte, zu mir meinte, der diese LePen-hafte Panik nur noch verstärken mußte. Glücklicherweise ist Aids in der Tat eine akrobatisch übertragbare Krankheit, sonst schriebe ich Ihnen aus meiner Zelle, hinter Gittern. Ich öffne also die Tür zu meinem Keller, der Materialverwalter der großen Versicherungsgesellschaft, die mir meine neue Wohnung vermietet, hatte die gute Idee, sie mit Metall zu verblenden, was uns vor ein Rätsel gestellt hatte, als wir den Keller auffinden wollten, um ihn für die Umzugsleute zu öffnen, denn die Tür ähnelt nicht im geringsten diesen üblichen Holztüren, die Einbrecher so leicht aufbrechen können, sondern eher einer stahlverblendeten Tresortür. Ich stieg zum drittenmal in diesen Keller hinab: noch am Vortag war ich mit Jules hierhergekommen, um Kartons voll schlechter Bücher unterzustellen. Ich wollte abends mit ihm ins Kino gehen, und mit seinem Lover, zuvor jedoch, sobald ich meine versoffene Savoyardin kennengelernt haben würde, sollte ich schnell bei meinem Verleger vorbeischauen, für ein erstes Gespräch über mein Buch mit dem Journalisten einer großen belgischen Tageszeitung. Ich hatte das automatische Treppenlicht angeschaltet, um die Kellertreppe im Innenhof des Gebäudes hinabzugehen, meine Hausmeisterin schließt üblicherweise die Zugangstür nicht ab. Ich hatte wieder die Metalltür in dem Labyrinth gesucht, die einzige Tür im Kellergeschoß, an der keine Nummer angeschrieben stand, eine eigentlich vollkommen versteckte Tür, und in einer Ecke hatte ich am Boden eine kleine Pyramide roter Körnchen entdeckt, mit denen die Ratten umgebracht werden sollten. Kaum hatte ich meinen Keller betreten, um in Windeseile meinen alten Staubsauger zu nehmen, da schlug die Metalltür, die ich mit dem Bund von drei gleichen Schlüsseln geöffnet hatte, weit bis zur Wand hin geöffnet, wobei ich unklugerweise die Schlüssel im Schloß hängen ließ, ohne jeden Luftzug, als hätte eine unsichtbare Hand sie hinter meinem Rücken angestoßen, hinter mir zu. Unmöglich, rauszukommen. Meine allerersten Gedanken sind völlig kaltblütig: eben habe ich im Restaurant ausgiebig gegessen und getrunken, also habe ich noch etwas Zeit, bevor Hunger und Durst sich melden; zweitens ist das Wetter mild geworden, so sehr, daß ich am selben Morgen überlegt hatte, meinen Wintermantel gegen den Übergangsmantel einzutauschen, am Ende hatte ich, einer Inspiration folgend, darauf verzichtet, bin also warm gekleidet, ich werde nicht erfrieren, es ist Mittwoch, der 21. Februar. Dann durchsuche ich den Keller, ob es zwischen den Kartons etwas gibt, das mir helfen könnte: nein, nichts als Bücher, der sperrige Luftbefeuchter, den Gustave mir hinterlassen hat, der Staubsauger, ein großer, häßlicher Teppich. Das automatische Treppenlicht erlischt. Ich rufe um Hilfe. Ich schreie um Hilfe. Ich schreie mir die Lunge aus dem Hals, besser, ich spare meine Kräfte und gehe überlegt vor. Was wird die Putzfrau tun, wenn sie an der Sprechanlage klingelt, und ich melde mich nicht? Vielleicht ruft sie Jules an? Was wird die Pressesprecherin des Verlags tun, wenn sie feststellt, daß ich, der ich doch so pünktlich bin, die Verabredung mit dem belgischen Journalisten verpaßt habe? Sie wird bei mir anrufen, niemand wird sich melden, ich setze in Gedanken die neue Wohnung zusammen, in der das Telefon klingelte, ins Leere, und fand darin kein Zeichen, das auf mein Verschwinden hindeutet. Alles war aufgeräumt, ohne Spuren, mein Kalender und Adreßheft konnte nur falsche Fährten liefern, die nicht in diesen verdammten Keller wiesen. Am gräßlichsten war, daß dies Fortsein nicht auf ein Kidnapping, sondern auf ein Verschwinden deuten würde, denn das war eines meiner großen Phantasmen: Verschwinden für Jules, der spürte, daß ich diese Putzfrau eigentlich nicht wollte; Verschwinden für die Pressesprecherin, die meinen würde, daß ich dies Buch nicht ertrug und nicht genug Mumm hätte, Journalisten gegenüberzutreten. Was würde Jules tun, wenn er, in Begleitung seines Lovers, mich nicht wie besprochen zur verabredeten Zeit vor dem Bienvenüe-Montparnasse-Kino ankommen sähe, zur Zwanzig-Uhr-Vorstellung? Würde er wieder ins Kino gehen, mit dem Gedanken, daß ich mich schlicht verspätet hätte und nach Beginn der Vorstellung zu ihm stoßen würde, in den ersten Reihen, wo wir seit fünfzehn Jahren gewohnheitsgemäß saßen? Würde er auf die Idee kommen, mit meinen Wohnungsschlüsseln, von denen er ein Doppel besaß, zu mir zu gehen? Würde ihm der Keller einfallen? Würde ihm der Keller einfallen können? Würde er bemerken können, daß der Bund mit den Kellerschlüsseln fehlte, den wir am Vortag zusammen in der Küche vom Zählerkasten genommen hatten? Ich befand mich im Zweifel, bald in der vollkommensten Verzweiflung. Das automatische Treppenhauslicht war ausgegangen, doch während dieser Überlegungen hatte ich die Zeit gehabt, mich an das Halbdunkel zu gewöhnen, das lediglich von den runden Milchglasscheiben durchlöchert wurde, die also zum Innenhof hin gehen mußten und ebenfalls bei Anbruch der Nacht dunkel werden würden. Vielleicht würde ich die Nacht in diesem Keller zubringen müssen, an diese Vorstellung mußte ich mich gewöhnen und mich vor Tagesende einrichten. Ich faltete den großen Teppich auseinander, in den ich mich zum Schlafen einrollen würde, wenn ich fröre, ich begann, die leeren Kartons zusammenzusammeln, sie auseinanderzunehmen und die freie Ecke damit auszukleiden, um mich gegen die Feuchtigkeit der Wände und den nächtlichen Ansturm der Ratten zu schützen, ich richtete mir eine kleine Nische ein und probierte sie aus, indem ich mich am Boden auf den Teppich setzte, in die Ecke kauerte und mich mit zerlegten Kartons bedeckte. Probe für die Schrecken der Nacht. Ich hatte Hunger und Durst. Vielleicht würde Jules der Keller mitten in seiner Schlaflosigkeit einfallen, und er würde mich in tiefer Nacht erretten? Hoffnung, Verzweiflung. Schweigen, Schreie. Heiterkeit, Qual. Da sah ich mich leibhaftig vor Augen, wie ich Monate später entdeckt werde, in diesem Keller verreckt, vor Durst, vor Hunger, vor Kälte und nervöser Erschöpfung, wie die Schüler im Labyrinth der Villa Medici, ein unter den Kartons zusammengerolltes Skelett. Ich hatte einen Stift in der Tasche und Papierstücke, wenigstens konnte ich schreiben, meine letzten Worte aufschreiben, wie dieser Japaner für seine Familie in dem Flugzeug, das im freien Fall abstürzte, doch was kann man in dieser Situation schreiben? Abgesehen davon, Jules und Berthe nochmals zu sagen, daß ich sie liebe, aber das wissen sie schon. Ich dürfte David nicht vergessen, auch Gustave nicht, und Edwige, die Liste zog sich in die Länge, ich hatte furchtbar Lust einzuschlafen, um mich für ein paar Augenblicke von dieser unerträglichen Nervenanspannung zu befreien, daß ich hinter einer verblendeten Tür in einem Keller eingesperrt war. Nein, ich durfte nicht schlafen, wieder aufzuwachen und mir ein zweites Mal der Situation bewußt zu werden wäre gräßlicher noch als die Müdigkeit, ich mußte mich vor allem daran hindern einzuschlafen. Würde ich mich, wenn ich schliefe, vielleicht um die einzige Möglichkeit bringen, heil und gesund davonzukommen? Wenn das automatische Treppenhauslicht wieder angeht, bin ich gerettet. Ich werde schreien, und ich kann nur gerettet werden. Was mich beunruhigte, war, daß dieser Keller nicht als Keller genutzt wurde, im Gegensatz zu dem meiner vorigen Wohnung, in dem die Hausmeisterin die Mülltonnen abgestellt hatte, meine neue Hausmeisterin benutzte einen eigenen Raum dafür, der keine Verbindung zum Keller hatte. Ich stellte statistische Berechnungen an, um die Möglichkeit einer Befreiung genauestens abzuwägen: sieben Etagen in diesem Haus, zwei Treppen, zwei Wohnungen pro Etage, das machte also mindestens achtundzwanzig Mieter und vielleicht das Doppelte, plus die Hausmeisterin; doch ich, wie viele Male in sieben Jahren war ich in meinen vorigen Keller gegangen? Ein einziges Mal vielleicht, na also. Ich durfte mich auf diese statistischen Berechnungen nicht verlassen, sie taugten nichts. Jemand trippelte über die Glaskacheln des Innenhofs. Ich schrie um Hilfe. Ein Hund. Der Hund pfiff drauf. Kein Hund ohne Menschen in diesem Innenhof, doch vielleicht hatte man ihm nur die Tür aufgemacht, damit er pissen konnte. Vielleicht konnte man mich nicht hören, da das Glas der Kacheln zu dick war. Es müßte mir gelingen, direkt dagegenzuschlagen. Ich erhob mich wieder aus meiner Nische, nahm diesen blöden Staubsauger und reckte ihn zu dem Lichtrund hoch, es war nicht bequem, das Ende des Stiels erreichte eben so das Glas, ich schlug mehrere Male, der Hund war verschwunden. Ich ließ mich wieder auf den Boden fallen. Ich ließ deutlich wie einen Film im Schneideraum meinen Tod vor meinen Augen ablaufen, wie ein aberwitziges Arzneimitteletikett mit Verfallsdatum, das vom Schicksal in dieses andere, größere Etikett des Unglücks eingeschrieben wäre, welches vielleicht jedoch gewisser war als dasjenige des Kellers, aus dem man mich befreien würde, es war das von Aids, das zum ablaufenden Film meines Lebens geworden war. In diesem Keller sterben, wenn man eigentlich an Aids erkrankt ist, so kann nur ich enden, dieser Tod in meinem Keller gehörte bereits zu meiner Biographie, mit all seiner Absurdität und all seinem Schrecken. Einer zu gut geölten verblendeten Tür in die Falle gegangen, die von selbst zugeschwungen ist. Ich durfte nicht anfangen, an die Hand eines Toten zu denken, vor allem nicht an Muzils Hand, der mir dies erste Interview ausreden wollte, begann ich erst, an dergleichen zu denken, dann war es das Ende, der galoppierende Wahnsinn. Ich spürte wohl, daß ich mich wegen dieser katastrophalen Situation am äußersten Rande des Wahnsinns befand, des Nervenzusammenbruchs, der Verblödung. Zugleich sagte ich mir, ich könnte diese katastrophale Extremsituation am Rande des Wahnsinns im Keller vielleicht als Lernmöglichkeit für jene andere, vielleicht noch extremere und katastrophalere Situation nutzen, die Aids ist. Ich hatte keine Uhr. Ich hatte kein Zeitbewußtsein mehr. Ich wußte nicht, ob ich schon eine Stunde in diesem Keller verbracht hatte oder aber fünf Stunden. Ich würde als besorgniserregenden Anhaltspunkt die Dämmerung haben, die Zeit des Abendbrots, des Hungers, der letzten Metro, ich hörte sie in beiden Richtungen vorbeipoltern und die Wände zum Hallen bringen, hätte ich rechtzeitig daran gedacht, so hätte mir die Metro als Rechenbrett für die Zeit dienen können, doch vielleicht hätte das auch wie eine fixe Idee gewirkt, die das ganze Denken beherrscht und zur Verblödung führt. Doch was zählt schließlich die Zeit, außer der Dauer des Durchhaltens, was allein zählt, ist, befreit zu werden. Ich wollte nichts auf meine Papierstücke schreiben, ich wollte mich vor letzten Worten hüten, so wie ich mich davor hüten wollte, noch ein Buch zu schreiben. Natürlich hatte ich sämtliche Schlüssel aus meinen Taschen ausprobiert. Als ich ein Kind war, in Croix-de-Vie, hatte meine Mutter mir gezeigt, wie man einen Schlüssel im Schloß blockiert, damit der Kinderdieb ihn nicht von der anderen Seite der Tür auf ein Blatt Papier fallen lassen kann. Ich entfaltete unter der verblendeten Tür eines der Papierstücke aus meiner Tasche, an der Stelle, über der das Schlüsselbund hing. Mir war ein Stück zusammengedrehter, rostiger Draht aufgefallen, das über der Tür aufgehängt war und wohl aus den Zeiten der alten Holztür stammte, ich bog ihn vorsichtig auf, wobei ich acht gab, mich nicht zu verletzen, wegen Tetanus, gegen den ich mich nie hatte nachimpfen lassen, in der hoffnungslosesten Situation blinken die Überlebensreflexe auf. Ich führte das Ende des Drahts in das Schloß ein. Entweder traf ich auf einen Widerstand, den er nicht beiseite schieben konnte, oder er schien durch einen zwecklosen Durchschlupf glatt durchzurutschen, bis er auf der anderen Seite der Tür hinausschaute. Ich sagte mir, daß ich mich mit diesem Stück Metall auch nicht allzusehr abplagen dürfte. Ich setzte mich wieder auf meinen Teppich und klappte die ersten Kartons über mich. Das automatische Treppenlicht ging an. Ich war erlöst. So schrie ich mit weniger Kraft und Überzeugung, denn ich war von vornherein erlöst, ja, mein furchtsamer Retter mochte gar an einen üblen Streich, an einen räuberischen Hinterhalt glauben und fliehen. Wenigstens würde er dann der Hausmeisterin davon erzählen, es war nicht möglich, daß er niemandem davon erzählte und so, in seiner Feigheit, meinen Tod besiegelte. Die Stimme des alten Mannes sagte zu mir: «Wo sind Sie denn? Ich finde Sie nie in diesem Durcheinander!» Ich versuchte, mich so überzeugend wie nur möglich zu stellen: «Doch, gewiß schaffen Sie es, lassen Sie sich von meiner Stimme führen, ich werde unaufhörlich mit Ihnen reden, und ich bin hinter der einzigen nichtnumerierten Tür, hinter der einzigen verblendeten Tür, einer Metalltür, Sie werden sehen, natürlich finden Sie mich, Sie können mich nicht hier drin lassen, versetzen Sie sich in meine Lage!» Der alte Mann mißtraute der Sache. Als er mir die Tür öffnete, sagte ich zu ihm: «Sie sind mein Retter.» Ich hätte niederknien können, um ihm die geröteten, kurzen Finger zu küssen, jetzt ist es mir immer ein bißchen peinlich, wenn ich ihm samt seiner Frau im Aufzug begegne, ich übertreibe wohl meinen Hang zur Dankbarkeit. Er hat mir vielleicht das Leben gerettet. Von nun an war ich unfähig zu denken: «Ich werde dem, der mir mein Todesurteil verkündet, die Hände küssen», sondern genau das Gegenteil. Ich ging in meine Wohnung hinauf, klopfte mir den Staub ab, trank ein Glas Wasser, blickte auf den Wecker, um festzustellen, daß ich drei Stunden lang im Keller eingesperrt gewesen war, rief Jules an, der einen Lachanfall bekam, dann die Pressesprecherin, die mich schon im Krankenhaus gesehen hatte, schwankte, ob ich ein Lexomil nehmen oder ein Glas Portwein trinken sollte, verzichtete darauf, in Tränen auszubrechen, und verließ meine Wohnung, um mein Buch signieren zu gehen, das an diesem Tage aus dem Druck kam.

Die Bronchiallavage wurde, obgleich die Prozedur selber barbarisch ist, im Gegensatz zur ersten alptraumhaften Endoskopie dank des Fingerspitzengefühls einer jungen Ärztin und zweier Krankenschwestern nachgerade zu einem Quartett, in dem ich die vierte Stimme spielte, im stillen Einverständnis mit den drei anderen. Es geht darum, durch die Nase einen langen, dünnen Schlauch einzuführen, den man bis in die Lunge hineinschiebt und durch den man Wasser schickt, das sogleich wieder abgesogen wird, um den vielleicht vorhandenen Pilz, den Pneumocystis carinii, der von seinem ersten Auftreten an im Röntgenbild unsichtbar ist, oder die Tuberkelbazille, von welcher eine Kultur angelegt werden soll, auszuwaschen. Meine Ärzte hatten mich zu dieser Untersuchung überreden können, weil ich keine Lust hatte, im letzten Augenblick meine Zusage zur Teilnahme an der Sendung «Apostrophes» zurückziehen zu müssen. Ich hustete, ich hatte Fieber, noch war ich nicht unter Bactrim gesetzt, trotz meiner T4-Helferzellenrate, die ein gutes Stück weit unter 200 gefallen war; Doktor Gulken, der zusätzlich konsultiert wurde, war überzeugt, daß ich eine beginnende Pneumocystis ausbrütete. Er sagte zu mir: «In diesem Zustand halten Sie niemals bis zu Ihrer Sendung am Freitag durch. Es muß schnellstmöglich eine Bronchiallavage durchgeführt werden, denn je früher eine Pneumocystis erkannt ist, desto besser ist sie in den Griff zu bekommen. Wir werden am Nachmittag nach der Untersuchung wissen, ob Sie eine haben, und wenn es der Fall sein sollte, setzen wir Sie umgehend unter hochdosiertes Bactrim, damit wir den Pneumocys gründlich angehen, und Sie werden sehen, Sie können an ‹Apostrophes› teilnehmen.» Doktor Chandi versäumte ebenso wie Doktor Gulken, mich darauf hinzuweisen, daß man nüchtern erscheinen muß, andernfalls besteht ein Erstickungsrisiko. Auch mußte vor der Untersuchung eine Blutabnahme gemacht werden sowie die sagenhafte «Blutgas» genannte Analyse, vor der mich mich fürchtete und die ich schon einmal verweigert hatte, denn so wollte man den Grad an Atemlosigkeit und die Risiken einer derartigen Untersuchung abschätzen. Die Krankenschwester, Jeanne, fürchtete sich auch davor, mir dieses Blutgas zu messen, sie hatte mir beim erstenmal zugeflüstert, daß es in der Hälfte der Fälle gutgehe, toi toi toi, daß es klappt, und die andere Hälfte der Fälle sei ein Gemetzel. Man treibt eine dicke Nadel ins Innere des Handgelenks, in jene von den Adern blau schimmernde Zone, die für die Krankenschwester fast unentzifferbar ist, es sei denn durch Betasten. Jeanne machte ihre Sache auf Anhieb gut: ich spürte nicht einmal die Nadel, die ich ins Innere meines Handgelenks getrieben sah. Jeanne war derart froh, daß alles gutgegangen war, daß sie eine ihrer Kolleginnen hinzurief, damit aus der Nadel gleich auch das Blut für die Numerierung abgenommen und mir so erspart würde, nochmals in den Arm gestochen zu werden. Doktor Chandi hatte mir, wegen der ersten Endoskopie, ein langes Empfehlungsschreiben für die Ärztin mitgegeben, in dem er auf die traumatische

Endoskopie anspielte und meine außergewöhnliche Sensibilität herausstrich, genau die Art Brief, wegen der mich das Schweineschlächterkommando vor Wut kurzerhand abgestochen hätte. Die junge Frau las es in meiner Gegenwart, wobei sie sich dazu anschickte, ihr ganzes Gesicht zu maskieren, während eine der beiden Schwestern den Schlauch desinfizierte, der in die Lunge des jungen Schwarzen eingedrungen war, den sie vor mir drangehabt hatten, und die andere mich in einen großen Stuhl setzte, wie diejenigen, in denen in den Vereinigten Staaten die Kindermörder mit elektrischem Strom hingerichtet werden. Die junge Ärztin sagte mit einem kleinen nervösen Lachen, das sei kein Brief von Arzt zu Arzt, lieber Kollege und freundliche Grüße, sondern ein wahrer Roman. Ich mißtraute dieser jungen Frau, sie schien mir allzu schön. Ich hatte sie über den Warteflur gehen sehen, ohne ihren weißen Kittel, zwischen zwei Bronchiallavagen. Sie hatte zuviel Chic für eine Krankenschwester, mit der kleinen schwarzen Samtschleife im schnurgerade, wie ein modernes Kunstwerk, abgeschnittenen Pferdeschwanz, den flachen Große-Frauen-Schuhen, dem gewissen Etwas. Ich sagte mir, eine so elegante Frau konnte keinesfalls die Brutalität der Handlung ertragen, auf die man mich vorbereitet hatte. Sie zog einen Stuhl auf Rollen an mich heran, war beinahe unkenntlich in einem grünen, bis unter das Kinn hochgezogenen, fast mit Klebstreifen festgemachten Kittel, mit ihren durchsichtigen Handschuhen, ihrer antiseptischen Haube, ihrer Gasmaske wie eine japanische Radfahrerin, ihrer Vergrößerungsbrille. Die hübsche junge Frau war durch eine Berührung mit dem Zauberstab zu einer grausigen grünen Kröte geworden, die mir erklärte, wie wir die Sache anfangen würden: zunächst würde sie mich anästhesieren, eine etwas unangenehme Prozedur, die darin bestand, mir mit einer Pipette Xylocain in die Nase einzuführen, wozu ich abwechselnd einatmen und schlucken sollte, gemäß ihren Anweisungen, um das Mittel durch die Luftröhre bis in die Lunge zu bringen. Hierbei, während des Durchlaufs der Flüssigkeit, die mich würgen ließ, und dann beim Einführen des langen, biegsamen schwarzen Schlauches, wurde ich mir körperlich jener Tatsache bewußt, daß wir zwei Arten von Röhren im Hals haben, die eine, die in den Bauch führt, zur Nahrung, zur Kacke und den Geschwüren wie bei der gräßlichen Gastroskopie, die andere, aus der mein Vater mich die verbotene gelbe Pastille hatte ausspucken lassen, an der ich erstickte, indem er mich bei den Füßen hochhob und schüttelte. Durch diese Röhre hier überflutet das Seewasser die Lungen der Ertrunkenen. Durch diese Röhre auch würde man nun Wasser in meine eigene Lunge injizieren und es wieder absaugen, wovor ich mich fürchtete. Diese Röhre führte mit Gewißheit zum Tod, sie führte zur Todesursache der meisten Aidskranken, zum Tod durch Ersticken. Wahnhaft wurde mir bewußt, daß ein Verstoß gegen die Verteilung der Elemente, Nahrung, Luft, Wasser, auf die eine oder andere dieser beiden Röhren verhängnisvoll sein konnte. Ich rang nach Luft, ich sabberte, ich würgte, ich spuckte durch die Nase das Mittel wieder aus, das ich nicht durch die Luftröhre hatte hinunterbringen können. Ich hatte die hübsche Prinzessin, kurz bevor sie sich in eine Kröte metamorphosierte, gebeten, mir nach und nach alles, bevor sie es tun würde, detailliert zu erklären, und sie ging ruhig vor, mit der größten Präzision. Die Fee verbarg sich gut im Krötenkleid. Ihre dicken Lurchenaugen waren ganz nah vor meinen angsterfüllten, in Kußnähe. Ihre Anweisungen drangen hinter den kleinen Löchern in der japanischen Gasmaske hervor zu mir: «Atmen Sie jetzt ruhig, die Betäubung wirkt gleich. Ich werde Ihnen dann einen hauchdünnen schwarzen Schlauch in die Nase schieben, der mit dem dicken Gastroskopieschlauch überhaupt nicht zu vergleichen ist.» Sie tat es, es war gräßlich, unerträglich, grauenvoll schmerzhaft, doch vergaß ich nicht, daß sich unter der Krötenmaske die Fee verbarg. Die Injektion, dann das Absaugen des Wassers aus der Lunge schienen mir, ganz anders, als ich es gedacht hätte, schmerzlos. Die Kröte hielt ihr vorgewölbtes Auge an das Ende des Schlauchs und inspizierte meine Lungenflügel. «Ganz rosa», sagte mir hernach die wiederauferstandene Fee. Die zwei Krankenschwestern machten sich schweigsam um uns zu schaffen, um die Qual zu verkürzen. «Es ist gleich vorbei», sagte die Kröte, «ich werde noch ein bißchen saubermachen, bevor ich mich zurückziehe, und dann ziehe ich Ihnen den Schlauch heraus.» Der Hausputz war nicht sonderlich angenehm. Es war vorbei. Die junge Ärztin streifte ihre Maske und ihre Handschuhe ab, als wäre sie erleichtert, und ging ins Sprechzimmer, um ihren Bericht in ein Kassettengerät zu diktieren. Eine der beiden Schwestern fragte mich: «Und, wie war es?» Ich antwortete: «Ein Greuel, ich sagte Ihnen nichts Neues, aber ich möchte Ihnen sagen, Sie drei waren großartig, ich danke Ihnen, und ich hoffe, Sie sind zu allen Patienten so.» Danach scherzte ich mit der jungen Ärztin, ich sagte zu ihr: «Ich hätte nicht gedacht, daß eine so hübsche Frau über derartige professionelle Fähigkeiten verfügt.» Sie lachte herzlich. Ich durfte zwei Stunden lang nichts essen, und man hatte mich darauf hingewiesen, daß ich vielleicht einen Fieberschub bekommen würde. Am Nachmittag wurde mir das Ergebnis der Bronchiallavage mitgeteilt: negativ. Ich hatte keine Pneumocystis. Was die Tuberkulose anging, so würden die Ergebnisse in drei Wochen vorliegen. Mein Fieber fiel sogleich, und ich hörte zu husten auf.

Mein Vater wollte, daß ich Medizin studiere. Mir kommt es so vor, als würde ich, durch diese Krankheit, den Medizinerberuf studieren und ausüben zugleich. In der Literatur liebe ich die medizinischen Berichte, die, in denen die Krankheit ins Spiel kommt, über alles: Tschechows Erzählungen, in denen es um seine Kunst als Arzt und die Beziehungen zu manchen seiner Patienten geht, die ihm erlauben, merkwürdige Schicksale zu schildern: die *Erzählungen eines jungen Arztes* von Bulgakow… Die Medizin war das Schicksal, das mein Vater mir auferlegte, also verweigerte ich mich ihm. Als ich fünfzehn war, in dem Alter, da die Wahl zu treffen war und ich meine Wahl bereits getroffen hatte, widerten Seziertische mich an. Nun würde ich gern wieder zur Schule gehen und diesen Beruf erlernen, den mein Vater mir bestimmt hatte, so wie mein Vater, der über sechzig ist, als Rentner die Idee hatte, einen neuen Beruf auszuüben, Bouquinist oder Trödler. Heute würde ich gern an einem Seziertisch arbeiten. Meine Seele seziere ich nun in mühevoller Arbeit an jedem neuen Tag, der mir vom DDI des toten Tänzers geschenkt wird. An ihr stelle ich allerart Untersuchungen an, Querschnittnegative, Kernspinuntersuchungen, Endoskopien, Röntgenbilder und Scanneruntersuchungen, deren Abzüge ich Ihnen aushändige, damit Sie sie auf der Leuchttafel Ihrer

Sensibilität entziffern. Le Poète, der einsam auf seinem Bauernhof auf dem Lande lebt und die Landschaften des Lubéron betrachtet, schrieb mir vor zwei Jahren: «Der Beruf des Landwirts ist doch der schönste Beruf der Welt.» Als Claudette Dumouchel, nach der Untersuchung, mich über die Treppe begleitete, die sie viel schneller hinaufging als ich, der ich außer Atem war und zurückblieb, ließ ich eine Bemerkung fallen: «Jedenfalls habe ich den Eindruck, daß man sich gut um mich kümmert.» Sie sagte etwas zu mir, das ich ungefähr so verstand: «Das ist nicht die Aufgabe des Arztes», wobei sie, ich wunderte mich und bat sie, es zu wiederholen, eigentlich das genaue Gegenteil zu mir sagte: «Es ist die Aufgabe des Arztes, sich gut um seine Patienten zu kümmern.» Es gibt wohl gegenwärtig für einen Arzt, einen Arzt jedenfalls, der dieselbe hohe Berufsauffassung hat wie meine Ärztin, keine aufregendere und anrührendere Situation, als sich mit Aidskranken zu befassen, auch wenn manche, wie Claudette Dumouchel auf den ersten Blick, es scheinbar kühl, funktionell, wie desensibilisiert anfangen; denn der Kranke kreuzt ständig zwischen Leben und Tod, den beiden Polen und Fragen, zwischen denen sich die Tätigkeit des Arztes befindet, und der Arzt muß in einer bemessenen Zeitspanne, die er aber durch seine Hartnäckigkeit auch verschieben und ausdehnen kann, gemeinsam mit seinem Patienten die wohltuende Beziehungsform herausbilden. Auf der Treppe hatte ich mich enthalten, meinem kurzen Wortwechsel mit Claudette Dumouchel hinzuzufügen: «Sie haben den schönsten Beruf der Welt.»

Ich fahre wieder mit dem Autobus, ich klammere mich an die beiden Griffe, um die Stufe hinaufzusteigen, und gebe acht, nicht das Gleichgewicht zu verlieren, wenn ich mit der Hand loslasse, um den Fahrschein in den Entwerter zu stecken. Im Autobus sehe ich hinter der Sonnenbrille die jungen Frauen an. Ich finde sie hübsch, beinahe verlockend. Ihre Arme sind entblößt bei dem Sommerwetter. Sie lesen Bücher oder betrachten wie ich durch die Fenster die Leute auf der Straße. Sie sind allein. Diejenigen, die ich ansehe, sind immer allein. Sie finden meinen Blick wahrscheinlich aufdringlich, selbst hinter meiner sehr dunklen Sonnenbrille. Ich habe die Empfindung, daß er ihnen unerklärlich ist. Sie sind nicht wirklich erbost, doch drehen sie sich häufig nochmals nach mir um, wenn sie erst einmal ausgestiegen sind und der Bus wieder angefahren ist, wenn wir füreinander wieder unerreichbar sind. Ich zaudere, sie anzusprechen, aus Angst, verrückt zu wirken, wie ein plumper Anmacher. Ich sehe ihre Arme an, ihre Schultern, ihre Beine, ihre Knie, ich denke an die Einstellung aus dem Film von Almodovar zurück, den ich vor drei Tagen gesehen habe, eine Großaufnahme von der Möse einer liegenden Frau, die man gleich beschlafen wird. Corinne, eine charmante junge Frau, hat uns beide, Anna und mich, neulich abend gefragt: «Wißt ihr, wie man das weib-

liche Geschlecht neuerdings nennt? Verfluchter Rasen.»
Anna war entsetzt. Hätte ein Schwuler den Witz gerissen, so
wäre ich selbst es gewesen, doch da Corinne die reizende
junge Frau ist, die mir gefällt, gefiel mir auch ihr guter oder
schlechter Witz, wie er ihr auch selber gefallen hatte, da sie
ihn ja weitererzählte. Ich denke an die Großaufnahme aus Al-
modovars Film zurück, und ich frage mich, ob auch ich, eines
Tages, wie alle oder fast alle, den verfluchten Rasen beweiden
werde.

Das DDI des toten Tänzers ist es, zusammen mit dem Prozac, das mein Buch schreibt, an meiner Stelle. Diese 335 Milligramm weißen Pulvers, in Ickenham, Middlesex, Irland, hergestellt, sind es, die mir zusammen mit der täglichen 20-Milligramm-Kapsel Fluoxetin Hydrochlorid die Kraft zu leben wiedergeben, zu hoffen; einen Steifen zu bekommen, für das Leben einen Steifen zu bekommen, und zu schreiben. Jemand anderer, ein Maler oder ein Lebensmittelhändler, dem man diese Dosen an DDI und Prozac eingäbe, finge ohne Zweifel nicht zu schreiben an, und der Maler würde vielleicht nicht malen, im Gegensatz zum Lebensmittelhändler, dennoch aber macht es mir etwas aus zu wissen, daß chemische Substanzen ein Buch schreiben. Ich habe niemals irgendein Buch unter chemischem Einfluß geschrieben, nichts als verstörte und doofe Tagebuchaufzeichnungen, wacklig, kaum lesbar, unter dem Zugriff eines ausschweifenden Besäufnisses oder irgendwelchen allzu starken Grases: zum Wegwerfen, völliger Schrott. Ich komme mir nicht vor, als sei ich nicht mehr ich selbst, noch aus mir herausgetreten, noch ein anderer geworden. Ich bin derselbe, der so denkt und der es schreibt, dem das Medikament bis auf Widerruf die körperliche und seelische Kraft gibt, es zu tun. Glücklicherweise habe ich keine Schweigeverpflichtung im DDI-Studienprotokoll unterzeichnet. Unter dem Siegel der Verschwiegenheit und des Weins vertraute mir Téo, es ist vielleicht fünfzehn Jahre her, eines Abends an, daß es ihm manchmal so vorkäme, und das war für ihn schrecklich, daß nicht er der Urheber jener Schauspiele wäre, die ich derart bewunderte, sondern die Amphetamine, mit denen er sich vor den Proben vollstopfte, um seine Mitarbeiter, die keine einnahmen, totzuarbeiten und in ihren Augen als Gott und Genie dazustehen. Ich hege den Verdacht, daß Téos Schauspiele seit dem Tage, an dem er aufhörte, Amphetamine zu schlucken, weniger inspiriert waren. David hat drei Bücher geschrieben: eins unter Kokain, eins unter Heroin, eins unter Cannabis. Mehr und mehr Drogen werden beschlagnahmt, wie die Zeitungen berichten, der Preis des Stoffs ist gestiegen, David schreibt nicht mehr. Stéphane sagt, es gebe keinen DDI-Skandal, und Doktor Nacier sagt, es gibt einen. Stéphane sagt, DDI sei keine Therapie, sondern die Erprobung einer Therapie, und man dürfe hier nicht die Dummheiten wiederholen, die an den Anfängen von AZT in den Vereinigten Staaten begangen wurden, als die Kranken sich auf dieses Mittel stürzten, das sie sich auf dem Schwarzmarkt verschafften, und derart massive Dosen schluckten, daß sie daran verreckten. Er behauptet, es bestünden nur drei Monate Verzögerung zwischen den Erprobungen, die in den Vereinigten Staaten durchgeführt werden, und denen, die in Frankreich laufen. Er sagt, daß die Dosierung von DDI, die je nach Krankheitsstand verschrieben werden muß, noch nicht genau bekannt ist und es durchaus möglich sein könnte, daß man wegen der hohen Toxizität von einer Woche auf die andere die Erprobung und Auslieferung des Mittels abbricht. Er sagt, die Situation in den Staaten sei katastrophal, und deswegen hätten die Aktionen des

Vereins Act Up dort einen Sinn, während sie in Frankreich nichts als Faxen seien: um in Amerika angemessen behandelt zu werden, behauptet Stéphane, müsse man als Schwuler weiß und braun gebrannt sein und Kohle haben. Kein Junk, denn die mischen die Mittel mit Substanzen, die die Untersuchungen durcheinanderbringen. Kein Schwarzer, denn die sind arm und daher unterernährt und abgemagert, unzuverlässig, Raptänzer, Hans Guckindielufts, und sie tauchen nur zu jedem zweiten Termin auf. In einer medizinischen Zeitschrift wurde mir nach einem Interview der Vorwurf gemacht, ich betreibe primitiven Antiamerikanismus: wo auch immer werde nichts unversucht gelassen, um die Kranken zu retten. Ich würde sagen, daß Doktor Chandi, daß Claudette, daß der große Professor Stifer in der Tat alles tun, vielleicht gar zu viel, ich zweifle nicht einen Augenblick lang daran, um mir zu helfen davonzukommen. Doch weiß ich nur zu gewiß, aus verläßlichen Quellen, die mich von allerhöchster Stelle aus informieren, daß Aids in ein Netz von Lügen verstrickt ist. Beispielsweise, was die Erprobung von Melvil Mockneys Impfstoff angeht: auf dem Kongreß in San Francisco stellte man die ersten Ergebnisse vor und sagte, das Mittel sei an Schimpansen und danach an gut sechzig Personen erprobt worden, seit einem Jahr, dabei weiß ich, daß es seit drei Jahren, völlig unschädlich übrigens, aber ohne jede greifbare Wirkung, da man sich offensichtlich nicht die Mittel zugestanden hat, die Erprobung effektiv durchzuführen, Hunderten und Aberhunderten von Patienten injiziert worden ist, die man Entlastungsbescheinigungen und Schweigeverpflichtungen hat unterschreiben lassen. Die sechshundert infizierten Matrosen der Basis in San Diego wurden im Double-blind-Verfahren gespritzt, mit einem Placebomittel für 50 Prozent der Teilnehmer. Siebenhundert Kranke warten auf einer Warteliste, in Los Angeles, daß sie gespritzt werden. Und in Frankreich verweigert die Ethikkommission für Aids die Erprobung, da die Oberen des Laboratoriums, die die Lizenz erstanden haben, wegen des Einflußgerangels zwischen Paris und Lyon das Projekt dermaßen lau angemeldet haben, daß die Ethikkommission verordnete, man müsse alles von vorn anfangen, mit Schimpansen. Die Leute verrecken, aber uns erzählt man immer noch von Affen. Doktor Nacier, der mich gebeten hat, ihm die AZT-Rationen zu überlassen, die ich noch übrig hatte, da er selber krank und unter einem falschen Namen in dem Krankenhaus registriert ist, in dem er praktiziert, und da dies in der Urlaubszeit Probleme mit der Apotheke bereitet, sagt, daß man manchen Kranken DDI tatsächlich vorenthält, sei ein wahrer Skandal. Doktor Nacier fügt hinzu: daß die Krankenhausambulanzen nach Büroschluß und am Wochenende geschlossen sind, daß man auf die Arbeit der Leute und ihren Tagesablauf nicht die geringste Rücksicht nimmt, daß eine Krankenschwester sechstausend Francs bezahlt bekommt, ein Arzt als Berufsanfänger achttausend, «deine Claudette», sagte er damals zu mir, «kriegt wahrscheinlich runde zwölf», und der große Professor Stifer siebzehntausend Francs, daß all dies nicht gehe und man es schaffen müssen werde, es zu ändern. Etwas Fieber heute abend, Krämpfe in den Beinen, wieder die Sorge. Wenn das, was ich schreibe, Tagebuchform annimmt, dann habe ich am stärksten den Eindruck, es sei Fiktion.

Ich habe mittlerweile Angst vor der Sexualität, abgesehen von allen mit dem Virus einhergehenden Einschränkungen, so wie man Angst vor der Leere hat, vor dem Abgrund, dem Leiden, dem Schwindel. Ich habe nach wie vor ästhetische Empfindungen, oder erotische, auf der Straße, wenn ich jungen Männern begegne, doch die Eventualität von Sexualität scheint mir entweder unmöglich oder unerträglich. Ich habe Angst, einen jungen Mann zu beschmutzen, und ich habe Angst davor, daß ein Mann mich übel zurichtet. Dies Hingezogensein zu immer jüngeren Männern war ein Problem vor dem Auftauchen von Aids. Mark Aurel huldigt in seinen *Selbstbetrachtungen*, daran erinnerte mich Georges, seinem Großvater, der ihn gelehrt hatte, daß «es ein Alter gibt, ab dem man den von Jünglingen geschenkten Genüssen entsagen muß». Habe ich dies Alter erreicht? Das mag davon abhängen, ob ich fünfunddreißig bin wie in meinem Paß oder aber achtzig wie in meinem Körper. Vielleicht ist diese Maxime von Mark Aurels Großvater eine Dummheit. Georges jedoch, der zu der Zeit wohl schon sechzig und zeit seines Lebens ein Liebhaber von Jünglingen gewesen war, wandte sie auf sich selber an, um seinen Entschluß zum «Rückzug» zu erklären. Sein Fett, sagte er mir vor fünf Jahren, widerte ihn an neben dem lebensvollen und festen Fleisch eines jungen Mannes. «Wenn man noch schlank ist», sagte er zu mir, «dann kann es recht schön sein, wie ein Skelett, das die Hand reicht.» Das Skelett, zu dem ich geworden bin, hat offensichtlich nicht den Mut, sich an jungen Männern zu wärmen, und es ist darauf kein bißchen stolz.

Ich entbehre dermaßen viel Fleisch auf meinen eigenen Knochen, in meinem Bauch, da ich seit Monaten weder Fleisch noch Fisch mehr esse, auf meiner Zunge und unter meinen Fingern, in meinem Hintern und meinem Mund diese Leere, die zu füllen ich keine Lust mehr habe, daß ich bereitwillig zum Kannibalen würde. Wenn ich den schönen, entblößten Körper eines Arbeiters auf der Baustelle sehe, habe ich fast nicht nur Lust zu lecken, sondern zu beißen, zu fressen, zu reißen, zu kauen, zu schlucken. Ich würde nicht einen dieser Arbeiter auf japanische Art kleinschneiden, um ihn in meiner Kühltruhe zu verstauen, ich würde das rohe, zuckende Fleisch essen wollen, das warme, süße und verruchte.

Claire hat mir die letzten Lebenswochen Brunos geschildert, der an Aids gestorben ist. Er hat sich mit dem Menschen entzweit, den er ohne Zweifel in seinem Leben am meisten geliebt hatte, einem schwarzen Tänzer. Er war mit ihm zu einer langen Reise aufgebrochen, nach Mexiko, Acapulco, dann nach Guatemala City, um noch einmal ein Pfahldorf zu besuchen, in dem er eine Geschichte erlebt hatte, von der er nie jemandem erzählt hatte. Die meisten Kranken unternehmen so, wenn es auf das Ende zugeht, eine Reise, so weit fort wie nur möglich, von der ihre Ärzte ihnen angesichts ihres Zustandes auf das entschiedenste abraten, die sie dennoch antreten, um ihren Ärzten hinterher vorwerfen zu können, daß sie sie nicht am Fortreisen gehindert haben. Oder aber sie begnügen sich damit, auf der Stelle zu treten, und werden fromm. Doch das ist dieselbe Abreise. Bruno zerstritt sich, aus unbekanntem Grund, mit seinem schwarzen Freund, dem Menschen, den er auf der Welt am meisten liebte, schon an den ersten Tagen der Reise, in Mexiko trennten sie sich, und Bruno fuhr trotz seines Zustandes allein nach Acapulco. Vom amerikanischen Zoll wurde er durchsucht, man fand das AZT in seinem Gepäck, man stellte ihn unter Quarantäne. Schließlich dann gelangte er nach Guatemala City, doch war er zu schwach, um auf die Suche nach jenem Pfahldorf zu gehen, dessen Anblick er vor seinem Tod unbedingt hatte wiedersehen wollen, er kehrte nach Paris zurück. Claire, die eben ein Stipendium erhalten hatte, damit sie einen Film schreiben konnte, bot es ihm an. Sie einigten sich auf ein Drehbuch, das am Ende nie geschrieben wurde, über den Elfenbeinschmuggel in Afrika, und gingen nach Lissabon, um es dort gemeinsam zu verfassen. Sie hatten jeder ein Zimmer im Hotel *Senhora do Monte*, wo ich zusammen mit Jules, im Dezember 1988, höllische Tage verbracht hatte, und wo ich hatte das Buch ansiedeln wollen, das auf *Dem Freund, der mir das Leben nicht gerettet hat* hätte folgen sollen und *Gaspars Tod* geheißen hätte. Ich fürchtete eine Hirnattacke, ich hatte zu Jules gesagt: «Wenn mir das passiert, dann tu bitte folgendes, hier sind die Telefonnummern meines Arztes in Paris und meine Mitgliedsnummer bei der Krankenversicherung für den Heimtransport.» Jules hatte mir entgegnet: «Ich werde niemanden anrufen, ich werde dich ins Koma fallen lassen und nichts tun, damit du so schnell wie möglich krepierst.» Diese Vorstellung von zwei Freunden in diesem Hotelzimmer in Lissabon, mit der erhebenden Aussicht auf den Hafen, der eine bei guter Gesundheit, der andere im Koma, der nur noch einige motorische Reflexe bewahrt, spricht, ißt, gewisse Bewegungen vollführt, erschien mir auf phantastische Weise romanesk. Ich befragte Doktor Chandi, während ich zugleich Notizen machte, über das Koma, und ging mehrmals in die Buchhandlung in der Rue de l'Ecole-de-Médecine, um in einem äußerst dickleibigen Buch zu blättern, das *Koma und Stupor* hieß, doch jedesmal wurde ich am Ende von seiner Dicke, seinem Jargon und seinem Preis abgeschreckt, unglücklicherweise gab ich dies Buchprojekt auf, das sehr schön hätte werden können. Bruno setzte sich selber die Morphin-

Injektionen, mit dieser kleinen, kurznadeligen Spritze, mit der man mir das Valium für die Gastroskopie injiziert hatte. Weder Bruno noch Claire gelang es, das Drehbuch zu schreiben, Bruno wollte die Dialoge schreiben und meinte, Claire solle den szenischen Ablauf entwerfen, aber das klappte nicht. Zudem kreuzten Brunos Mutter und sein Bruder in Lissabon auf, im selben Hotel. Die Mutter, eine Furie, machte sich daran, Brunos Konten mit den Autorenhonoraren zu zerpflücken und ihm vorzuwerfen, er habe für diese absurde und überflüssige Reise nach Guatemala City ein Wahnsinnsgeld ausgegeben. Um der Mutter und dem Bruder zu entkommen, die ihnen beide so zusetzten, hatten Bruno und Claire es sich zur Gewohnheit gemacht, sich um sechs Uhr morgens zu treffen, um auf der Aussichtsterrasse des Hotels *Senhora do Monte* ihr Frühstück einzunehmen. Doch tauchten Mutter und Bruder nun ihrerseits morgens um sechs Uhr auf der Terrasse auf. Claire hielt es nicht mehr aus, sie ging fort, um allein durch die Stadt zu laufen, und begann von einem ganz anderen Film zu träumen. Ich erfuhr von Brunos Tod aus der Zeitung, ich wußte nicht, daß er krank war. Er starb am selben Tag wie der Alte-Damen-Mörder, Thierry Paulin, der, so sagte er, an dem Tag, da er, zwanzig Jahre alt, erfahren hatte, daß er an Aids erkrankt war, verfügt hatte, er würde die größtmögliche Anzahl alter Frauen töten, vergewaltigen und foltern. Seine Mordserie war der ihm eigene Wettlauf mit dem Tod.

Meine Bestände gehen allmählich zur Neige. Als Jules um vier Uhr morgens am Fußende meines Bettes die mit dem DDI des Tänzers gefüllte Plastiktüte hinlegte, der am Vorabend oder selbigen Morgens gestorben war, sagte er zu mir: «Es reicht für drei Wochen.» Ich zählte die Tütchen, die aus der Originalverpackung genommen worden waren, um die Spur zu verwischen, für alle Fälle, so wie auch die Codenummer des Studienprotokolls abgekratzt worden war: es waren genau zweiundvierzig. Die Behandlung des Tänzers, seine letzte Karte, war augenscheinlich nach der ersten Woche abgebrochen worden, dabei hatte sein Freund, ein Arzt, sich abgerackert, um ihn in ein Studienprotokoll hineinzubekommen, in das Verzweiflungsprotokoll. Doch der tote Tänzer bekam diesen widerlichen Trunk nicht länger als eine Woche hinunter, er konnte nichts mehr aufnehmen, weder feste Nahrung noch Getränke, sein Mund und seine Speiseröhre waren mit Läsionen überzogen, er hatte Sonden in der Nase, durch die er künstlich ernährt wurde. Sein Freund, der Arzt, trieb ihn ins Koma, begab sich dann zu dem Treffen mit Loïc, samt den DDI-Beständen, und Loïc rief Jules bei Anna an, um mit ihm das andere Treffen abzumachen, um Mitternacht, im *Scorpio*. Lionel, der Arztfreund des Tänzers, wußte, daß er viel riskierte, vor allem mit mir. Zugleich war er mit allem am

Ende, war verängstigt und erleichtert, am letzten Ende dieses dreijährigen Kampfes, den er neben diesem strahlenden Tänzer geführt hatte, dessen Verfall begonnen hatte, als er sich in ihn verliebte. Unaufhörlich log Jules und wich mir aus, gleichzeitig, um Lionel zu decken und um meine fast abergläubische Angst zu lindern, das dem Sterbenden bestimmte Mittel zu stehlen: er manipulierte das Todesdatum, den Augenblick, da er ins Koma fiel, und den, da er eingeäschert wurde, immer wieder verschob er diese Anhaltspunkte, bis er die ganze Transaktion für mich völlig undurchschaubar gemacht hatte. Heute, am Samstag, 21. Juli, sind in meiner Schachtel nur noch vierundzwanzig volle Tütchen, ich zähle sie wieder und wieder aufs neue, und die Rechnung stimmt, unglückseligerweise, meine Tage sind gezählt: ich begann am Abend des Montags, 2. Juli, das DDI einzunehmen, ich habe bis zum heutigen Tage achtunddreißig Beutelchen verbraucht, und offiziell habe ich die Behandlung erst am 9. Juli begonnen. Die Blutentnahme vom 9. Juli und die Urinanalyse haben mich nicht verraten. Claudette Dumouchel hat nichts erfahren.

Am Samstag gegen 16 Uhr, an der Haltestelle des 58er Busses in Montparnasse, sah ich, wie vor meinen Augen ein Mann an einem Herzanfall starb. Ich hatte mich den ganzen Nachmittag lang herumgetrieben, die beiden kleinen Bilder, die ich eben gekauft hatte, waren in Plastikpolster gehüllt, in ihrer Verpackung unsichtbar. Ich glaube, es war mehr als 40 Grad heiß. Ich befand mich genau im Gesichtsfeld des Mannes, der nach Luft rang, der erstickte, wobei er sich fester und fester die linke Seite hielt, mit einer Hand, die bereits eine leichenhafte Starre aufwies, als würde sie sich nie wieder von dem Herzen entkrümmen, auf das sie sich preßte. Mir war zunächst etwas Unnormales im Verhalten dieses Mannes aufgefallen, der sich in einer Entfernung befand, die ich auf zwischen fünf und zehn Meter schätzen würde, und sich an einen Pfeiler aus Marmorimitat lehnte. Als mir klar wurde, daß er im Sterben begriffen war, war ich gelähmt, festgenagelt, versteinert, unfähig, einen Schritt auf ihn zuzugehen, unfähig zu jeglicher Gedankenbewegung, zu einer Entscheidung, von Starrkrampf befallen, schlimmer als tatenlos. Diese Lähmung, die mir gräßlich lang zu dauern schien, dauerte wahrscheinlich nicht länger als dreißig Sekunden. Ich dachte nur: ich bin exakt im Gesichtsfeld dieses Mannes, der gerade stirbt, mit meiner Sonnenbrille, meinem abgezehrten Körper, den

Bildern in meiner Tasche mit der nackten Frau und dem Miniaturstilleben, und zudem sieht er mich an, während er sein Herz preßt und immer schwerer Luft bekommt, und ich gehe keinen Schritt auf ihn zu. Eben hatte ich zum Händler gesagt: «Und außerdem bin ich froh, daß es eine Frau ist. Das ist mein erstes Frauenbildnis.» Dann folgte auf die Lähmung das Zögern: soll ich auf diesen Mann zulaufen? Oder in ein Café laufen, um den Notarzt zu rufen? Ist es an mir, etwas zu unternehmen, in meinem Zustand? Derart viele Leute sind ringsum, die dasselbe sehen wie ich. Die Lähmung, die endlose Lähmung, dauerte wohl kaum zehn Sekunden, und das Zögern ebenso kurz. Es wurde vom Eingreifen eines alten Mannes beendet, der dem keuchenden Mann die Umhängetasche aus der Hand riß und anfing, ihm damit zuzufächeln. Der Mann bekam immer weniger Luft, preßte die Hand immer stärker aufs Herz. Der Autobus kam. Der Mann ließ sich langsam gegen den Pfeiler aus Marmorimitat sinken und saß auf einmal auf dem Boden. Während ich in den Autobus stieg, schrie ich dem Fahrer zu: «Rufen sie sofort einen Krankenwagen, da stirbt jemand an der Haltestelle!» Der Fahrer funkte sofort die Nummer an: «Scheiße, besetzt», sagte er, «ich versuch's noch mal.» Ich trug noch immer meinen Totenkopfanstecker, mit dem blauen Hut und der Brille, am Revers meiner mandelgrünen Leinenjacke: ein Buspassagier hatte mich sichtlich wiedererkannt, und er mußte darüber lächeln, daß auch ich meinerseits Krankenwagenfahrer spielte. Durch das Fenster des anfahrenden Busses konnte ich noch, als ich mich umwandte, erkennen, daß der alte Mann, der dem keuchenden Mann zugefächelt hatte, sich mit dessen Tasche davonstahl.

Am Sonntag, 22. Juli, um zehn Uhr dreißig, begann ich gemeinsam mit dem Masseur, mit Videofilm zu experimentieren. Ich lasse mich seit zwei Jahren nicht mehr fotografieren, und ich habe mich nie nackt aufnehmen lassen, Gorka hatte es mir vorgeschlagen, Jules auch, und Gustave, ich habe immer abgelehnt. Nun bin ich nackt in den Händen des Masseurs, und die Kamera läuft. Die Nacktheit ist zu etwas anderem geworden, sie ist asexuell, das Geschlechtsteil hat von nun an keine andere Wertigkeit mehr als ein Finger oder das Haar. Ich suchte einen guten Winkel, während ich den Camcorder auf seinem Stativ anbrachte, ich drückte auf den roten Knopf, kontrollierte, ob tatsächlich «Record» im Sucher erschien, und legte mich auf der Massagebank flach auf den Bauch, den Kopf zur Bibliothek gewandt und also vor dem Objektiv versteckt. Kaum habe ich dies Experiment begonnen, da denke ich: jedenfalls habe ich die Freiheit, alles zu zerstören, alles zu löschen, all das gehört mir, ich habe der Produzentin nichts unterschrieben, sie hat auch nicht ein von mir geschriebenes Wort betreffs unseres Projektes in Händen, ich hingegen habe ihren Brief, in dem sie mir ihren Vorschlag schildert, und den, in dem sie mich daran erinnert, ihren Vertragsentwurf, ihre Postkarte von den Bahamas. Der Masseur reibt sich die Hände, bevor er sich an die Arbeit macht, ich habe ihn kaum richtig gefragt, ob es ihm recht ist, zwischen uns versteht sich stets alles von selbst, es reichte zu sagen: «Es stört Sie doch nicht, wenn ich die Massage filme?» Er trägt den Kittel der Pariser städtischen Krankenhäuser, ich bin splitternackt, ich filme diese abgezehrte Nacktheit, sie ist anrührend und beängstigend zugleich, zu welchem Zweck? Der Masseur streift meinen Rücken, knetet ihn durch, wendet sich dem von der sitzenden Schreibhaltung verkrampften Bereich zu. Wenn er auf die andere Seite der Bank tritt, um bequemer zu arbeiten, dann zeigt er der Kamera den Rücken, dachte ich, und vielleicht verbirgt er mich, vielleicht, dachte ich noch, macht die Wirkung des Verbergens das Bild interessanter. Wenn der Masseur dem Apparat den Rücken zukehrt, wende ich ihm den Kopf zu, wie ich es instinktiv abwechselnd tue, um Krämpfe zu vermeiden, so bleibt wenigstens ein Gesicht im Bild, wenn es auch gegen das Kissen gedrückt ist wie das eines Körpers, der erhängt wird. Man darf die Kamera nicht vergessen, das ist übrigens kaum möglich, doch muß man so tun, als vergäße man sie. Der Arbeit des Masseurs und unserer gemeinsamen Schufterei überlagert oder unterlagert sich die Arbeit des Films, der sich währenddessen selber dreht und dessen zwei Akteure unleugbar wir sind, zwei Laienschauspieler voller Genie. Ein Leierkasten beginnt unter meinen Fenstern zu spielen, Geschenk des Zufalls, vielleicht wird man ihn beim Mixen löschen müssen, er würde auf der Tonspur allzu gemacht wirken, schade drum. Wie üblich reden wir nicht miteinander. Nach fünfundvierzig Minuten hörten wir das Geräusch der Kassette, die Aufnahme war beendet. Der Masseur half mir aufzustehen, ich klammerte mich an seinen Hals, Claudette Dumouchel möchte davon nichts wissen, sie läßt mich ganz allein klarkommen, ohne mir zuzusehen, und fällt per Zufall ihr Blick auf meine kleine Gymnastik, die darin besteht, unter meine Schenkel zu langen, so meine Beine hochzuwerfen und Pendel zu spielen, um mich aufzurichten, macht sie eine ironische kleine Bemerkung, à la: «Schau an, die Guibert-Methode.» Durch den Sucher suche ich einen neuen Blickwinkel, nachdem ich eine neue Kassette in den Apparat eingelegt habe, für den zweiten Teil der Massage, Arme und Beine, die durchgeknetet und gegerbt werden, bis ihre erloschenen Fasern zu sich kommen. Der Masseur selber wird den passenden Winkel für die dritte Einstellung finden, die Kopfmassage, das ist die vielleicht beklopteste Hantierung, ich komme mir vor, als befände ich mich in einer Levitation und als atmete mein Schädel, ich schlafe ein, ich bekomme einen Steifen, ich vergesse mich, ich habe einen Lachanfall, ich verliere jegliches Zeitgefühl, ich fürchte, meine Schwester könnte in diesem Augenblick erscheinen, ich denke: ich brauchte nur den Masseur zu bitten: «Sagen Sie meiner Schwester durch die Gegensprechanlage, daß ich gleich komme, sie soll solange unten warten», das wird lustig und gibt einen guten Anknüpfungspunkt für das Interview mit meiner Schwester. Doch kaum habe ich die Kamera gestoppt, da läutet die Gegensprechanlage. Der Zufall spielt immer für uns und gegen uns. Ich entließ den Masseur, ich sagte zu ihm: «Ich glaube, wir haben da eben einen der sonderbarsten Dokumentarfilme gedreht, die es je gab.» Ich dusche mich geschwind und setze mich zu meiner Schwester ins Auto, ich habe die Kamera in eine Plastiktüte gesteckt, aufgekratzt wie ein junger Hund bei der Vorstellung, ein Interview mit Suzanne zu filmen, die fünfundneunzig Jahre alt ist, und mit Louise, fünfundachtzig, ein Interview über Aids. Ich finde Suzanne in der dunklen Wohnung, die Fensterläden sind wegen der schweren Hitze geschlossen, sie liegt in ihrem Liegesessel, ihren Urinbeutel neben den Füßen, sie ist fast bewußtlos und ächzt, vom Lamento der polnischen Haushaltshilfe begleitet, die ununterbrochen sagt: «Heiß. Zu heiß. Madame müde. Sehr müde heiß.» Vor allem jedoch entdecke ich schon vom Eingang aus, wo ich eben meine Kamera tarne, daß Suzanne zum erstenmal nackt ist unter einer aufgeknöpften, blaßblauen Pyjamajacke, die unten aufgedrückt wird von diesem enormen und unwirklichen Wanst, der von Wasser oder Tod, von Winden, von Ballons gebläht ist und den mir Louise als eine alptraumhafte Sache bei ihrem Erwachen beschrieben hat. Suzanne riß sich immer die Kleidung vom Leib. Ich hatte stets davon geträumt, sie nackt zu sehen. Sie blieb schön. Mein Blick vollführte vom Eingang aus einen Vorwärtszoom auf das Fleisch des Dekolletés zwischen den beiden von der Pyjamajacke bedeckten Brüsten. Doch wenn der Blick instinktiv diesen Vorwärtszoom vollführte, sollte man ihn dann sofort mit dem Camcorder abpausen oder eher den Augenblick einer Rekonstruktion abwarten, wo zwei verschiedene Emotionen und Geschwindigkeiten einander überlagern würden? Ich ließ meine Kamera in ihrer Tüte unter dem Pantherfell des Schreibtischsessels und ging stehenden Fußes, um diesen Spalt so zarten Fleisches zu streicheln, vor den Augen der polnischen Haushaltshilfe, zwischen den beiden Brüsten meiner Großtante. Junges und erotisches Fleisch, trotz seiner fünfundneunzig Jahre. Ich empfinde nicht den geringsten Widerwillen gegen dies bisweilen schlaffe Fleisch sehr alter Frauen, sondern im Gegenteil eine sehr große Zärtlichkeit, bin wie angezogen, ein fröhliches Angezogensein, kein lüsternes. Suzanne spürt wohl, daß ich ebensoviel Vergnügen daran habe wie sie, bei unserem Eskimokuß meine Nase an ihrer zu reiben, seit wir nicht mehr miteinander reden können, und ihr mit einer wiederholten Bewegung am Haaransatz die Stirn zu streicheln, ihre Hand fest in meiner zu halten, wir sind zwei sterbende Kranke, die noch ein wenig Wollust auf Erden suchen, bevor wir uns in der Hölle wiederbegegnen. Suzanne sagt zu mir: «Eine Hand tut wohl. So wohl, daß ich mich gar nicht erinnern kann, was ich hatte, bevor ich diese Hand da hatte, aber gewiß keine so sanfte Hand.» Ich gehe hoch, Louise besuchen, setze ihr meine Idee auseinander, sie tut so, als wollte sie nörgeln: «Du hast uns in Frieden gelassen, gut zehn Jahre lang, nachdem du uns mit deinen Fotos gründlich ins Schwitzen gebracht hast.» Sie fügt für meine Schwester hinzu: «Das hättest du mal sehen sollen, dies Kleid und jenes Nachthemd mußten wir anziehen für ihn, und vor allem bloß nicht lächeln, meine Güte, was für ein Theater, diesmal wird es wenigstens wirklich wahr sein, aber beeil dich, ich habe Kreuzweh.» Ich setze den Apparat in Gang. Ich frage Louise, seit wann sie weiß, daß ich Aids habe. «Seit mehreren Jahren», antwortet sie, «als du plötzlich anfingst, so besorgt unsere Gläser auf dem Tisch anzuschauen, als hättest du Angst, sie könnten vertauscht werden, damals wußte man noch nicht so recht, wie man sich diese Sache holt.» Louise sagt, Aids sei eine Mikrobe, bald würde man herausgefunden haben, wie man sie erledigt, jedoch würde sogleich eine andere auftauchen. Sie schildert ihre Leiden, der Rücken, das Korsett, die Mühe, wie auch ich sie habe, beim Aufstehen und Hinlegen. Sie protestiert, als ich von Selbstmord spreche, sie sagt zu mir: «O nein, ich wäre wirklich untröstlich, wenn du dir das Leben nehmen solltest, ich wäre furchtbar traurig, ich liebe dich, stell dir mal vor.» Sie hat mir das nie gesagt, doch die Fürsprache der laufenden Kamera erlaubt ihr, es zu sagen, das ist unglaublich. Meine Schwester hat mir ausgeschlagen, daß ich sie filme, ich bin darüber fast erleichtert. Ich bereite die Einstellung mit Suzanne vor. Anfangs wirkt sie völlig klar. Sie sagt, sie wisse, daß ich Aids habe, seit ich es ihr mitgeteilt habe, sobald ich es erfahren hatte, daß sie jedoch nicht mit ihrer Schwester darüber gesprochen habe, worum ich sie gebeten hatte, später wird sie sagen, sie habe es erfahren, während sie Kreuzworträtsel löste. Sie sagt, ich würde durchkommen, das müsse ich, man dürfe niemals die Hoffnung verlieren, auch nicht die Lebensneugier, natürlich sei der Tod verführerisch und ein hartnäckiger Gedanke, doch das Leben müsse am Ende Oberhand behalten. Als ich im Sucher kontrolliere, ob es korrekt dreht, bemerke ich, daß ich nichts aufgenommen habe: die Inschrift «Record» fehlt, nochmals habe ich ein Phantombild zustande gebracht, das der endlich entblößten Suzanne, die mir diese außergewöhnlichen Liebesworte sagte, ein *unsichtbares* Meisterwerk.

Ich habe den Videorecorder nicht zu meinem Termin heute vormittag bei Claudette mitgenommen. Ich hätte ihn in einer Fnac-Tüte verbergen und auf Batteriebetrieb stellen können, um ihn herauszuholen, wenn die Dinge sich günstig entwickeln. Ich hatte jedoch keine Lust, dies Dings zwischen uns zu stellen. Es ist dafür noch zu früh, man muß die Beziehung sich ganz allein auf Blicke und Worte bauen lassen, zu zweit, auf mündlichem Wege, gemeinsam. Wir müssen sie weiter erdenken. Ich glaube, ich mag Claudette immer lieber. Sie tut immer so, als sähe sie mich nicht, wenn sie unvermittelt wie ein Wirbelwind auftaucht, einen Aktendeckel unter dem Arm, ihr Stethoskop wie eine Halskette, sie rutscht in ihren beigen Samtschuhen mit schwarzweißen Rauten (die Beschreibung wird genauer), geht mit geneigtem Kopf, und sie flüstert, wenn sie an mir vorbeikommt, ohne mich anzusehen: «Guten Tag, Monsieur Guibert.» Heute morgen habe ich geantwortet: «Guten Tag, Mademoiselle.» Blaue Hose. Sie war über den Tresen gebeugt. Ich versuchte wieder, ihr Fleisch zu sehen oder etwas darüber zu denken, doch interessierte es mich weniger als letztes Mal. Mir tat es in der rechten Wade weh und im rechten Oberschenkel, zu meiner Seite hatte ich einen anscheinend alten Mann, der von der Ermattung tief gebeugt war, er hatte zwei schöne hölzerne Stöcke, ich dachte: «So einen Stock müßte man haben, aus rohem Landholz, kein dandyhafter Silberknauf.» Ich hatte meinen Anstecker nicht an, den Totenkopf mit Sonnenbrille und blauem Hut. Ich bringe gern blaue Farbe in einer Erzählung, selbst wenn es eine Wiederholung nach nur zehn Zeilen bedeutet. Hinter dem Mann mit den Stöcken befand sich ein Mann mit einer Krücke. Und dann kam der Leichenhafteste vom letztenmal in Jogginghosen vorüber, verstört und schwankend, und zog auf Rollen zwei Infusionsflaschen mit sich, im Vorübergehen versuchte ich, einen Namen auf einem der beiden Etiketten zu lesen, es war Glukose. Mir selbst gegenüber nämlich bin ich jedesmal der Voyeur, der Dokumentarist. Ich ernähre mich nur noch von vitaminangereicherter Kondensmilch im Karton, von Gemüsesuppen, gekochten Eiern, Müsli, Melonen, Austern und Erdbeeren, von rohen Fischen. Dann betrat ich den Blutentnahmesaal, Claudette hatte den Termin auf zwölf Uhr mittags angesetzt, zu dieser Zeit wird kein Blut mehr abgenommen, der Raum war voller Leute, die an durchsichtigen Plastikschläuchen lutschten, mit dem Zischen des Aerosols, das das Pentadimin in ihren Bronchien verteilte. Einer hatte von Tranquilizern verdrehte Augen, ein anderer war fesch, kleingelockt und geschwätzig. Ein gespenstisches Schauspiel, all diese Lutscher. Jeanne war nicht da, ich fragte eine der Krankenschwestern, ob meine Verschreibung bereitliege, Claudette macht alles sehr ordentlich. Ich fragte sie: «Werden Sie mir das Blut abnehmen?», und sie antwortete mir furchtsam: «Warum? Wollen Sie nicht?» Mir scheint, daß Jeanne es mittlerweile umgeht, mich zu stechen, sie kam in dem Augenblick in den Saal zurück, als die Nadel eindrang, und hielt mir ein Gespräch über die Ferien, damit ich nicht hinsehe. Ich mag die Krankenschwestern nicht allzusehr, die, bevor sie stechen, einen fragen: «Haben Sie gute Venen?» und klopfen und die Armbinde fester zerren und zu zaghaft, zu langsam einstechen. Ich trug selber den Beutel mit all meinem Blut rüber in die Hämatologie, gern würde ich perfekt den Medizinerjargon handhaben können, er ist wie eine codierte Geschichte, es vermittelt mir ihnen gegenüber die Illusion, nicht die Rotznase zu sein, in deren Anwesenheit man Englisch spricht, wenn es um Bumsgeschichten geht. Ich mag diese flüssige Vermischung von Fachausdrücken und Umgangssprache, und jetzt mag ich es, mein Blut zu tragen, während ich früher umgekippt wäre, weiche Knie bekommen hätte. Ich mag es, wenn es so direkt wie möglich zwischen meinem Denken und Ihrem hin und her geht, wenn der Stil die Transfusion nicht behindert. Ertragen Sie eine Erzählung mit derart viel Blut? Erregt es Sie? Vincent sagte einmal zu mir: «Klar hat dein Buch Erfolg, den Leuten gefällt das Unglück anderer.» Jetzt mag ich Bücher voller Blut, es müßte in Bächen strömen, Pfützen bilden, Seen, Schwimmbäder voll, es müßte den Text überschwemmen. Robin macht gerade eine Fotoserie, die er «Die Opfer» nennt. Er besprengt ganze Gebirge mit klatschmohnrotem Saft, Klippen, die See, den Himmel, er läßt das Blut in Strömen über die Provencelandschaft fließen, nachdem er monatelang nach einer trügerischen Farbe gesucht hat. Es war für überhaupt nichts gut, daß ich in die Hämatologie ging, nur für die Neugier; der kleine schwarze Bote mit dem Ohrring läuft ständig zwischen den Stationen hin und her, er rennt und hüpft, springt auf die Geländer, läuft auf den Händen, balanciert auf seinem Negerschopf diese Hektoliter HIV-infizierten Blutes. Und dann werden die Ergebnisse per Fax übersandt, das ist noch eine Art Jargon, den ich gerne handhabe:

die Namen der neuen Werkzeuge, die in den vor zehn Jahren geschriebenen Büchern noch nicht vorkamen. Die gute Frau in der Hämatologie war nicht sonderlich liebenswürdig, sie sagte zu mir: «Lassen Sie das auf dem Tresen und gehen Sie, ja, so ist es üblich.» Ich wartete, daß Claudette aus dem Untergeschoß hochkäme, mit ihrem letzten Patienten in einem der ausgesessenen und zu niedrigen Rollstühle, aus denen ich ohne Stock und ohne Krücke schlecht hochkomme. Der Stationschef kam vorbei und flüsterte mir zu: «Na, geht's besser?» Über alles auf dem laufenden. Ich ging hinaus, um Luft zu schnappen und meinen Körper in die Ecke der Balustrade zu lehnen, im Schatten herrschte ein köstlicher sanfter Wind, auf die Gefahr hin, lächerlich zu wirken, begann ich meine Beinübungen, die Zehenspitzen, die Beugungen, dann die Beugungen auf Zehenspitzen, während ich durch das Fensterglas den weißbekittelten Gestalten nachspähte, die dahinter vorbeigingen. Dutzende weißbekittelter Gestalten, die ich mittlerweile mit einem Blick identifiziere: der Inder mit dem Bärtchen, der furchtsame Iraner, der große, tolpatschige Ire, Leute, die ich nie kennenlernen werde. Das Fenster der Apotheke war wegen der Hitze geöffnet, ich las Namen verschiedener Mittel in den Regalen, und ich fragte mich, wo ein Junkie wohl entlangkäme, um dies Fenster, wenn es verschlossen ist, aufzubrechen. Ich interessiere mich sehr für Junkies. Ich möchte so gern den Flash kennenlernen, bevor ich sterbe, den Flash mit Vincent. Claudette ist wieder mit ihrem letzten Patienten vorbeigekommen, ich mag Claudettes Patienten nicht, und sie mögen mich nicht, zwangsläufig. Sie darf nicht zu einem freundlicher sein als zum anderen, sonst gibt es Krieg. Claudette hat mir ihr kleines Zeichen mit dem Zeigefinger gegeben, damit ich ihr folge. Claudette ist der pünktlichste Arzt der Station. Es gibt Probleme mit dem Geschlecht mancher Substantive: Arzt, nur Maskulinum? Oder Ärztin, nur Femininum? Claudette ist auch pünktlicher als die Ärzte, nicht nur als die anderen Ärztinnen. Ist Claudette nicht ein wenig maskulin? Ich weiß nicht recht, ich finde nein. Claudettes Untersuchung lief auf genau dieselbe Weise ab, bis auf einige Varianten, wie das letzte Mal. Ich frage sie, ob es ihr nicht auf den Wecker geht, von morgens bis abends immer dieselben Handhabungen zu wiederholen, ich wählte absichtlich die Wendung ‹auf den Wecker gehen›, sie fragt mich ja auch: «Tut es weh, wenn Sie pissen?» Sie berührt mich, alles beginnt erneut, ich bin fast glücklich, ich kann nicht wissen, zwischen Leidenschaft und Widerwillen, sei es etwas derart Unbeteiligtes, wie eine Untersuchung es häufig für mich ist, sei es etwas anderes, ich werd nie wissen was. Mein Vater hatte recht, ich hätte Provinzarzt werden sollen, mit einer Claudette verheiratet; er wird mir zu allem Überfluß auch noch glauben und in Tränen zerfließen. In seinem letzten Brief teilt er mir mit, er weine beim Schreiben. Claudette sagt, ich hätte mehr Kraft in den unteren Gliedmaßen, in den oberen sei es jedoch noch nicht berühmt, sie verdächtigt mich, meine Schwäche zu übertreiben. Daß der Test des großen Zehs mir letztes Mal so nahe gegangen ist, hat sie vielleicht gespürt, denn sie bat mich nicht, zu sagen: «Auf Sie zu – auf mich zu», dann einfach «Sie. Ich. Sie. Sie. Ich. Ich. Ich», wie eine verliebte Beschwörung, sondern einfach «Vor. Zurück», vereinfacht durch die Geschwindigkeit der Vor-Zurück-Bewegung. Ich fügte mich dem. Ich war enttäuscht. Es war nichts Besonderes mehr. Beim linken großen Zeh sagte ich von selber wieder: «Sie. Ich. Sie. Ich.» Ohne Kommentar, das bedauerte ich hernach. Ich zögerte, nach der Untersuchung, ihr zu gestehen, daß ich zweimal andere Unterwäsche anprobiert hatte, trotz der Mühsal meiner Bewegungen beim Ankleiden, zugleich, damit sie hübsch sei, nicht zu lächerlich, nicht zu umständlich für die Untersuchung, und damit sie bequem den Bund meiner Unterhose lüften kann. Zum Glück habe ich den Schnabel gehalten, sonst hätte ich mich hinterher vielleicht verpflichtet gefühlt, dummerweise, den Arzt zu wechseln. Es ist gut, daß ich bruchlos habe den Arzt wechseln können, vielleicht gehe ich später wieder zu Chandi, für die Agonie, doch die Intensität, die zwischen uns herrschte, hatte uns etwas die Luft genommen. Claudette fragte mich, ob ich Konzentrationsschwächen verspürte, Gedächtnislücken. «Konzentrationsschwächen nicht, glaube ich», antwortete ich ihr, «denn ich arbeite wieder gut derzeit; und auch keine besonderen Gedächtnislücken für mein Dafürhalten, aber mir kommt es vor, als würde ich immer häufiger ein Wort an Stelle des anderen sagen.» Sie sagte: «Dann machen wir mal einen kleinen Test: sagen Sie mir die Zahlen von Zwanzig bis Null rückwärts auf.» Das klappt, eine Eins. «Sagen Sie jetzt die Monate rückwärts auf.» Sehr gut, ebenfalls eine Eins. «Jetzt sage ich Ihnen etwas vor: Monsieur Jean Coignet, Rue de la Grande-Halle-au-Vin 47 in Bordeaux», ich wiederholte es sofort. Doch fünf Minuten darauf bat sie mich: «Lassen Sie doch noch mal Namen und Adresse dieses Herrn hören.» Ich sagte: «Unmöglich. Bordeaux. Rue Jean-Moulin?» – «Eine Drei», sagte sie. Claudette ist meine neue Lehrerin. Danach sagte ich irgendwas in der Art «Die Milch enthält Dosen», und ich sagte zu ihr: «Genau das ist die Art Fehlleistungen, die mir unterlaufen, daß ich sage, der Kühlschrank aus der Cola.» Claudette erlaubte mir, morgen nach Elba zu reisen, sie wird mir fehlen. Ich rief augenblicks an, um im Reisebüro die Flugtickets fertigmachen zu lassen. Ich gehe nach Elba, um mich von der Videofilmerei zu lösen und meine Liebesgeschichte mit Claudette zu schreiben. Morgen esse ich eigentlich mit dem amerikanischen Milliardär zu Mittag, er soll mich mit seinem Chauffeur abholen. Das kleine Seestück von Aiwasowski kostet hundertdreißigtausend Francs, ich erfuhr es heute abend am Telefon, und das riesige Gemälde mit dem ungestümen Reiter, das ich durch die Gitter eines Geschäfts an der Place Colette entdeckt hatte, kostet neunundfünfzigtausend. Der Reiter aus den Napoleonischen Kriegen, so sagte mir die Händlerin am Telefon, ist eine Studie zu einem größeren Bild, das ich weiß nicht wem zugeschrieben wird. Studien sind oftmals schöner als die vollendeten, ausgearbeiteten Bilder.

Jules hat mir erzählt, daß Lionel, der Mann, der ihm das DDI des Tänzers besorgt hat und den er hatte decken wollen, denn er ist Arzt und geht das Risiko ein, aus der ärztlichen Standesvereinigung ausgeschlossen zu werden, eine derartige Strafe erging kürzlich für einen Fall von Euthanasie mit Champagner und Schokoladenkuchen, zwei Tage mit dem Leichnam seines Freundes, den er selber hat ins Koma fallen lassen, zusammengeblieben ist, ohne sein Gesicht zu bedekken, auf ihrem Bett liegend, ohne, wie es sich gehört, den Leichenkühlwagen zu rufen. Ich bin Lionel nie begegnet, doch nächsten Monat müßte ich ihn eigentlich sehen, auf Elba. Er spielt Klavier. Er ist es, der von den DDI-Tütchen die Aufschriften entfernt hat, die auf seine Spur hätten weisen können. Er hat einfach gesagt, eine Putzfrau hätte sie versehentlich weggeworfen. Jules, der mich jetzt «Auschwitz-Baby» nennt, sagte mir, Lionel verkrafte den Tod seines Freundes sehr schlecht, den er seit erst drei Jahren kannte, und er habe begonnen, neurotisch sämtliche Wände ihrer Wohnung mit Fotos des Tänzers beim Training zu bepflastern. Ich sagte zu Jules: «Drei Jahre, das ist ja nicht viel», er entgegnete: «Das läßt sich nicht in Zeit messen.» Es ist mehr als vierzehn Jahre her, daß ich Jules begegnet bin.

Aids hat mich eine Zeitreise vollführen lassen, wie in den Märchen, die ich als Kind las. Durch den Zustand meines Körpers, der abgezehrt und geschwächt ist wie der eines Greises, habe ich mich, ohne daß die Welt um mich herum sich so schnell bewegt hätte, ins Jahr 2050 geschnellt. 1990 bin ich fünfundneunzig Jahre alt, dabei bin ich 1955 geboren. Eine Rotation hat stattgefunden, eine beschleunigte Drehbewegung, die mich wie eine Jahrmarktsschleuder hingeschmissen und meine Glieder in einem Mixer zerbröselt hat. Das bringt mich Suzanne nahe, die selber fünfundneunzig ist, es könnte sein, als hätte sie mich behext, damit wir uns weiterhin lieben, trotz der sechzig Jahre Altersunterschied und trotz des Momentes, da die Freundschaft aushakt wegen Unzulänglichkeit und Verfalls des Hirns. Nunmehr können wir einander wieder begreifen und uns wieder miteinander verständigen. Wir sind fast gleich in unseren Körpern und in unseren Gedanken durch die Erfahrung des äußerst hohen Alters. Endlich sind wir Mann und Frau geworden. Und ich habe meine Eltern überrundet, sie sind meine Kinder geworden. Ich bin unglücklich und glücklich zugleich darüber, daß ich in meinem Körper die Verfassung des Greises kennenlerne. Glücklich, zu gehen wie ein Greis, aus einem Taxi zu steigen wie ein Greis unter den Blicken der Cafégäste auf der

Terrasse des *La Coupole*, eine Stufe hochzusteigen wie ein Greis, weiterhin das Leben zu durchqueren, das zerbrechlicher ist denn je, am Rande des Sturzes, von dem man nicht mehr allein aufstehen kann. Jeder Schritt, jeder Augenblick des Alleinseins ist ein gewagter Würfelwurf auf dem Spielbrett des Zufalls. Ich gehe drauflos, hebe den Kopf hoch und halte den Rücken so gerade wie möglich, trotz des Schmelzens der Rückenmuskeln, das gemeinsam mit dem vom Schreiben bedingten Zusammensinken diesen Stich in der rechten Seite verursacht, ich wanke durch die Straßen mit meiner Sonnenbrille, die für mein eingefallenes Gesicht zu groß geworden ist, und ich spüre lauter Güte in den Gesichtern der Leute. Seit jenem Freitag, 13. Juli, dem Tag der Wiedergeburt, da ich wieder zu leben begonnen habe, dank des DDIs des toten Tänzers, wobei ich die ganze Zeit der wandelnde Leichnam blieb, zu dem ich im Laufe etlicher Monate geworden war, könnte ich nicht sagen, ob ich gut geworden bin, doch ich glaubte, nun den Sinn von Güte und ihre absolute Unabdingbarkeit im Leben begriffen zu haben. Dies war das ständige Thema Robins, der mir gegenüber durch sein Alter im Vorsprung war, und den ich vielleicht durch die Krankheitserfahrung und durch diesen brutalen Vorwärtszoom durch die Zeit überrundet habe. Wenn er mit diesem Thema der Güte wieder anfing, schien mir etwas Richtiges, Offensichtliches, doch auch aus der Mode Gekommenes daran zu sein, dem man die schlechte Gewohnheit veralteter Werte ansieht. Ich wollte nicht, daß Robin zum Abbé Pierre wird. Ich habe ganz allein, mittlerweile, das Lied von der Güte begriffen und erlernt. David sagte mir neulich, ich sei böse, furchtbar böse, mit einem boshaften Zucken auf seinem Gesicht, und angesichts meines Erschreckens, meiner Zurückweisungen und meiner Betrübtheit sagte er zu mir: «Du weißt es doch aber, nicht wahr, daß du böse bist? Böse wie ein Kind. Du kennst ja wohl deine Bücher, oder?» Ich hingegen glaube nicht, daß meine Bücher böse sind. Wohl spüre ich, daß sie unter anderem von Wahrheit und Lüge durchzogen sind, von Verrat, von diesem Thema der Bosheit, doch würde ich nicht sagen, sie seien grundlegend böse. Ich kann mir kein gutes Werk vorstellen, das böse wäre. Das berühmte Prinzip des Sadeschen Zartgefühls. Mir scheint, was ich hervorgebracht habe, ist ein barbarisches und zartfühlendes Werk.

Die junge Frau, die sich im Autobus mir gegenübersetzte, oder der ich mich gegenübersetzte, ich beachtete ihr Dasein und ihre Anwesenheit zunächst nicht, begann, mir gegenüber eine Erregung zu zeigen, die immer spürbarer wurde und die sie immer mehr verbarg, genau gesagt nicht zu entschlüsseln war, sie sah mich nie direkt an und wandte den Blick ab, wenn ich, sie hinter meiner Sonnenbrille musternd, versuchte, den Sinn ihrer Aufregung herauszufinden, und wenn sie die Straße und die Passanten hinter dem Fenster betrachtete, war es deutlich, daß sie nichts sah, da sie völlig in Anspruch genommen war von dieser inneren Erregung, die sie bisweilen die Augenbrauen runzeln ließ, in denen sich Zögern, dann Verzicht ausdrückte, sie prüfte sich über die Rechtmäßigkeit des Schrittes, den zu tun sie sich anschickte, über seinen Takt oder seine Taktlosigkeit, sie wählte die Worte dazu, reinigte sie, schliff sie, sollten auch die Umstände es wollen, daß sie sie nie aussprechen würde. Ich bemerkte, daß diese junge, braunhaarige Frau, sie trug Berberschmuck, hübsch war. Ich wollte David im Restaurant treffen. Es war tagsüber sehr heiß gewesen. Ich trug jene blaß mandelgrüne, schon zerknitterte Leinenjacke mit den Knöpfen aus Elfenbeinimitat, die ich einige Tage zuvor bei «Comme des garçons» gekauft hatte, wobei Jean-Marc, der reizende Verkäufer, im Moment der Anprobe diskret verschwunden war, um mich nicht in meiner Magerkeit noch bei der Mühsal meiner Bewegungen zu überraschen, zugleich war er besorgt, mich vor diesem großen, schrecklichen Spiegel allein zu lassen, mit einem aufgeknöpften T-Shirt unter der Jacke, das beinahe nichts von meiner Abgezehrtheit verbarg, und der jungen Frau im Autobus gegenüber hatte ich mir meine leeren Hände flach auf die Oberschenkel gelegt. Das war vor Freitag, 13. Juli, und mir ging es gewiß besonders schlecht, doch war ich heiter, ich lächelte ganz leicht. Ich stand auf, um an der Haltestelle am unteren Ende der Rue de l'Odéon auszusteigen, die junge Frau stand ihrerseits auf und faßte an den Griff, an dem auch ich mich hielt, symmetrisch zu mir, als der Autobus bremste, zögerte noch sichtlich, sprang dann ins kalte Wasser. Mit einem feinen Lächeln voller Anmut und Zurückhaltung sagte sie zu mir: «Sie erinnern mich an einen sehr bekannten Schriftsteller...» Ich antwortete: «Sehr bekannt, ich weiß nicht...» Sie: «Ich habe mich nicht geirrt. Ich wollte Ihnen nur sagen, daß ich Sie sehr schön finde.» In diesem Augenblick stiegen wir beide aus dem Autobus, und ohne ein weiteres Wort, und ohne sich umzudrehen, verschwand sie nach rechts, und ich ging nach links fort, bestürzt, dankbar, zu Tränen gerührt. Ja, die Schönheit der Kranken, der Sterbenden galt es zu entdecken. Das hatte ich bis dahin noch nicht akzeptiert. Ich war sehr schockiert gewesen, als im vorigen Sommer, beim Tod Robert Mapplethorpes, *Libération* auf der Titelseite ein Foto von ihm veröffentlichte, auf dem dieser Vierzigjährige zu einem ausgemergelten Greis geworden war, der sich verhutzelt auf seinen Stock mit einem Totenkopfknauf stützt, faltig und gealtert vor der Zeit, mit nach hinten gekämmtem Haar, im Rollstuhl transportiert, wie es in der Bildunterschrift hieß, die diesen letzten öffentlichen Auftritt kommentierte, und in Begleitung einer Krankenschwester mit einem Sauerstoffzelt. Beim Anblick dieses Fotos war es mir kalt den Rücken hinabgelaufen, ich war entrüstet, daß *Libération* es auf der Titelseite zeigte statt eines der zahlreichen Fotos, auf denen Robert Mapplethorpe sich selber fotografiert hatte, jung und schön, als Christus, Frau oder Terrorist. Jules jedoch, der das Foto zugleich mit mir entdeckte, kommentierte es ganz anders und wunderte sich, daß es auf mich so jämmerlich wirkte: «Das ist absolut herrlich», sagte er zu mir, «zweifellos ist er nie so schön gewesen.» Jules sagte dies etwas wehmütig, da er, im Gegensatz zu mir, Robert Mapplethorpes Äußeres stets bewundert hatte. Als die junge Frau aus dem Autobus mich sah, war ich von diesem Zustand der Gebrechlichkeit nicht allzu weit entfernt. Doch sie sagte mir von Herzen und mit Aufrichtigkeit, ich sei schön, das wärmte mich, verhalf mir dazu, Jules' Reaktion zu begreifen, und versöhnte mich mit diesem grausigen Foto. Einige Wochen zuvor hatte Jules, dem ich meinen Körper zeigte, welcher begann, vom Fleisch zu fallen, der von einer Allergie angegangen war und von roten Flecken bedeckt, den folgenden Satz zu mir gesagt, an dem ich ebenfalls schwer zu kauen hatte: «Weißt du, es ist zweifellos vorzuziehen, mit dreißig ein Greis zu sein statt mit neunzig.» Dieser Satz war mir oft ins Gedächtnis gekommen, auf unangenehme Weise, und die Bemerkung der jungen Frau ließ mich ihn endlich begreifen.

Ich war so glücklich, gestern abend, wieder hier zu sein, ich hatte geglaubt, ich würde diese Landschaft nie wiedersehen, glücklich, wieder bei Gustave und Gérard, wieder in meinem Zimmer, der Sakristei, zu sein, mit dem alten Eisenbett unter dem kuppelförmigen Moskitonetz und all den Gegenständen, die ich von meinem Aufenthalt in Rom mitgebracht hatte: das Gemälde des Mönchs, das gerahmte Manuskript Eugènes, der Harlekin im buntgewürfelten Rock, der auf seinem Jahrmarktswurfspiel balanciert, die hölzerne Jungfrau mit beweglichen Gliedmaßen, die ich mit Jules in Lissabon gekauft hatte, die vergoldete Lupe aus dem 18. Jahrhundert, der Pinocchio, den Eugène mir schenkte, und seine sternförmige Lampe, Mancinis schwarzgekleidetes Kind mit dem blutbefleckten Hemd, die Miniatur mit den zwei gefesselten Liebenden, die sich gleich in die Wellen stürzen werden, die ausgestopfte Eule, das kleine Porträt des Albinokindes, der große Abzug von Robins Foto, vom größten bis zum kleinsten, anmutig von Gustave kurz vor meiner Ankunft überall im Zimmer wieder aufgestellt. Ich liebe diese Gegenstände dermaßen, daß ich zögere, sie nach Paris mitzunehmen, das hieße, diesen Ort ihrer zu berauben, diesen Ort, an dem ich begraben werden möchte, unter der Lentiske mit Seeblick, und zugleich fehlen sie mir in Paris. Das Lachen der

Malaien, die heute abend Schattentheater spielen werden, klingt aus dem Garten zu mir herauf, sie duschen wie wir aus verschieden großen Becken und Behältern, und sie lachen, sie schreien käuzchenhaft auf, denn das Wasser ist eisig kalt, sie kreischen papageienhaft in einer unbegreiflichen Sprache. Eugènes Manuskriptblatt mit seinen Kritzeleien und den feinen, kaum wahrnehmbaren blauen Strichen am Rand des kräftigen Zeichenpapiers wirkt beim Betrachten auf mich wie ein vollständiges, tausendjähriges, unerschöpfliches Buch, eine Bibel, und von Zeit zu Zeit lese ich aus ihm einige Worte auf, die mich bezaubern, ich sehe die geschriebenen Worte «Ich war ein Gebirge», das genügt mir. Gleich jetzt werde ich die Aufzählung der Bäder lesen, in der Reihenfolge: «Hochmütigenbad, Ameisenbad, Blutbad, Nachtbad». Eugène Savitzkaya ist ein sehr großer Dichter, ein sehr großer Schriftsteller, den ich mehr verehre als irgend jemanden. Ihn würde ich gern vor meinem Tod wiedersehen, wiedersehen auch seine Frau Carine und seinen Sohn Marin, sie fehlen mir, seit einem Jahr habe ich sie nicht mehr gesehen, das ist zu lange, ich habe in einem Jahr achtzehn Kilo abgenommen, ich hatte für Marin einen hübschen kleinen Plüschelefanten ausgesucht und zurücklegen lassen, er sollte zweitausend Francs kosten, doch fehlte die Schachtel, ich mußte meine Reise stornieren, ich holte den Elefanten nie ab. Gustave brachte einen aus Thailand mit, aus grauem Holz, mit vollständig beweglichem Rüssel und Beinen, eine Marionette an Fäden, die er frei schwebend über der Treppe aufgehängt hat, welche für mich schon fast nicht mehr begehbar ist, ein geheiligter Gegenstand, vor dem sich die Menschen in Thailand verbeugten, während sie Gustave nicht einmal grüßten. Heute früh habe ich diesen Elefanten mit viel Vergnügen fotografiert, ich leuchtete ihn aus, indem ich manche Fensterläden öffnete, andere nicht, damit er sich von Schatten und Licht abhöbe, ich gab acht, nicht wieder zu fallen, als ich mit dem Fotoapparat hinabstieg. Die Zypressen, die wir im Garten gepflanzt und regelmäßig gegossen haben, sind gewachsen, ich sehe sie von meinem weißen Arbeitstisch aus, an den ich mir gerade vom so hilfsbereiten Gérard eine Flasche Pelikan-Tinte bringen ließ. Ich möchte gern ein Foto mit Tintenfässern machen, ich habe sie in den beiden Jahren in Rom ein bißchen gesammelt und sämtlich gezeichnet, ich mag Tintenfässer sehr. Meine Gegenstände wiederzusehen hat in mir erneut die Lust geweckt, wie ein Verrückter zu fotografieren, ich habe wohl ein Dutzend Fotos gemacht gestern abend und heute früh, ich glaube, sie werden schön. Hätte ich die Videokamera dabeigehabt, so hätte ich sie zweifellos auf Video aufgenommen. Ich habe die Videokamera nicht mitgenommen, sie war zu schwer für das Gepäck, das mit dem, was vom DDI-Vorrat des toten Tänzers übrig ist, vollgestopft war, und außerdem ist hier kein Strom, um sie ans Netz anzuschließen oder die Batterie aufzuladen. Dasselbe gilt für das tragbare Telefon, man muß ins Dorf hinuntergehen, um es am Netz aufzuladen, und es hält nur eine Viertelstunde vor, für Notfälle, Feuer, Diebe, Carabinieri. Mit der Krankheit fürchte ich mich vor gar nichts mehr, weder vor Dieben noch vor Meuchlern, noch vor nächtlichem Sturm, noch vor den kleinen, ruckeligen Propellerflugzeugen wie dem, das ich gestern genommen habe, um im Nebel auf die Insel zu gelangen, und das über eine Feldpiste hoppelte, ich glaube, ich fürchte mich nicht mehr vor dem Tod. Robin wollte, daß ich ein Flugzeug für mich ganz allein nehme. Ich habe die Videokamera nicht mitgenommen, ich habe die Digitalistropfen nicht mitgenommen. Warum ich die Digitalistropfen nicht mitgenommen habe? Ich habe sie vergessen, wie per Zufall, als ich aufbrach, wie immer Hals über Kopf. Es wäre so praktisch, dieser Wechsel von der Sakristei, in der ich mein Zimmer eingerichtet habe, in die umgegrabene Erde unter dem Lentiskenstrauch, man würde nur zwei Träger benötigen und käme um die Einfrierer herum, um die Fischeinsalzer, die Lionel sich geweigert hatte, für seinen Tänzerfreund zu rufen, man käme um die Kühlkammer im Krankenhaus herum, Jules käme darum herum, zwei Tage neben meiner Leiche zu liegen, wie Lionel zwei Tage lang neben der Leiche des Tänzers lag, dieser direkte Wechsel vom Bett unter die Erde. Mein Hirn ist ganz benommen. Ich habe eben zweieinhalb Stunden Mittagsschlaf gemacht, nackt unter dem Moskitonetz, tiefer Schlaf, das war mir seit langem nicht mehr passiert, ich hatte köstlich zu Mittag gegessen, Avocado, Ratatouille, ein Aprikosenjoghurt und eine pürierte Banane. Das gibt mir eine Abwechslung von den Austern des *La Coupole*. Ich wachte aus einem Alptraum auf, der mir schwer zu schaffen machte: Jules zeigte uns, Berthe und mir, Fotos, die er von nackten Jungen gemacht hatte, deren Köpfe in Wischtücher gehüllt waren, ich hatte eben ein Buch über Maler und Modell angesehen, in dem solche anatomischen Akte abgebildet waren, man hätte meinen mögen, Fotos von Leichen, ich begriff nicht, warum Jules uns das zeigte, ich dachte: «Er ist verrückt geworden», vielleicht wie ich mit Video, da kam Berthes Mutter an und zeigte sich über die Fotos empört, sie verabschiedete sich in unangenehmer Form, ich ging hinaus, um sie zu suchen und mit ihr zu reden, sie saß vorn in einem großen, altertümlichen Cabriolet, mit sehr schicken und unsympathischen Leuten, die ich zum erstenmal sah, und Berthes Mutter beschimpfte mich, sie sagte: «Sie sind jämmerlich, mein armer Hervé, sehen Sie sich doch mal an!» Ich sagte zu ihr: «Niemand hat je so mit mir geredet, ich bin auch nicht hingegangen und habe Ihren Mann auf seinem Totenbett beschimpft», ich erwachte mit schwerem Kopf. Hier ist mir zu Bewußtsein gekommen, durch die erneuten Schwierigkeiten bei Fortbewegung und Hantierungen, die auf diese Räume abgestimmt sind, welche mir vollkommen vertraut gewesen waren, jedoch bei voller Verfügung über meine Gliedmaßen, auch durch den Blick derer, die mich seit einem Jahr nicht mehr gesehen hatten, daß ich wirklich sehr krank bin. Es kommt vor, daß ich es völlig vergesse. Es ist wie mit einem Spiegel, man gewöhnt sich an seinen eigenen Spiegel, und wenn man sich dann in einem unbekannten Spiegel im Hotel wiederbegegnet, sieht man etwas anderes. Der Blick der anderen macht, daß ich mich selber als eine andere Person fühle als die, die zu sein ich glaubte, eine Person, die ich ohne Zweifel wirklich bin, ein Greis, der nur schwer aus einer Chaiselongue hochkommt. Hier ist mein Buch noch nicht erschienen, es hat ihn ein wenig verändert, diesen Blick der Leute auf die Aidskranken. In der Tat habe ich einen Brief geschrieben, der hunderttausend Leuten direkt ins Herz gefaxt wurde, das ist außergewöhnlich. Ich bin dabei, ihnen noch einen Brief zu schreiben. Ich schreibe Ihnen. In Paris gibt es den Aufzug, die Taxis, das Telefon, das Wasser, das kalt und warm aus dem Wasserhahn kommt, den Strom, der die Videokamera in Gang setzt. Hier gibt es nur Tinte, einen selbst, den Fotoapparat, die Kerzen, man zapft Wasser aus der Zisterne, und es ist schwer geworden, die Pumpe zu bedienen, einen Eimer voll Wasser zu halten, ihn festzuhalten, während man bis zum Kackhaus geht, um ihn über die Durchfälle zu schütten. Ein paar Stufen sind zu hoch für mich, an der Grenze. Unaufhörlich erprobe ich meine Grenzen unter den Blicken der anderen, sie sind entsetzt wegen der mangelnden Gewöhnung, es ist nicht mehr der Blick Jules' oder Davids oder Edwiges, die ein Jahr gebraucht haben wie mein Körper, um sein Abmagern, achtzehn Kilo, mitzubekommen. Vorhin ließ ich zu, daß Gustave mich fotografierte, allein an dem mächtigen runden Tisch, mit Eugènes Panamahut, den zitternden Sonnenreflexen von der Laube oder dem weißen Tischtuch, den Gedecken für die Malaien, die nicht kamen, gewiß war es tatsächlich schön, ich hatte mich seit zwei Jahren nicht mehr fotografieren lassen, doch wie könnte ich es einem Freund abschlagen, und gar Gustave? Jetzt lächelte ich auf Fotos, Gustave sagt, es sei kein Lächeln, sondern eine Grimasse. Gustave ist der Dombaumeister dieses wundersamen Ortes, an dem ich mich so wohl fühle, wo alles Schönheit ist, wo die Ankunft glücklicher ist als die Erleichterung des Fortgehens, und wo ich die meisten meiner Bücher geschrieben habe, er ist sein Erfinder, und er ist sein Meister, was bisweilen einige Probleme aufwirft, Reibungen von Autorität und Auflehnung gegen diese Autorität. Doch zugleich ist er der Schöpfer dieses wundersamen Ortes, und großzügig hat er mich ihn mir aneignen lassen, auch meine schönsten Fotos habe ich hier gemacht, Agathe hat letzte Woche sechs meiner Fotos demselben Sammler verkauft, sechs Fotos zu dreitausend Francs, achtzehntausend Francs aus einem Fotoverkauf für jemanden, der sterben wird. Ich habe Angst, daß einer der Malaien vom Schattentheater Bescheid wissen könnte und das DDI des toten Tänzers entdeckt, das ich in der Sakristei in Sicherheit gebracht habe, und es mir stichlt, um es auf dem Schwarzmarkt weiterzuverkaufen, ich werd es lieber in dem kleinen blauen Nachttisch verstecken, in dem mein Nachttopf steht. Gustave und ich haben uns über die Beerdigung geeinigt. Wir glauben nicht, daß wir mich auf legalem Wege im Garten unter der Lentiske bestatten könnten. Gustave hatte den Einfall einer vorgetäuschten Beerdigung auf dem Dorffriedhof mit leerem Sarg, um mich nachts im Klostergarten zu bestatten, mit der Mitwisserschaft und den starken Armen Tailleguers. Diese Idee entzückt mich. Keine religiöse Zeremonie, keine Prozession, nur mit den nackten Dorfjungen. Keine Blumen, davon hatte ich in der letzten Zeit genug, Schnittblumen. Schnittblumen. Armensarg, aus rohem, schlecht gehobeltem Holz, Sarg aus grober, hastig vernagelter Eiche, schwankend getragen auf zwei kräftigen Schultern. Ich hasse plombierte Särge, mit versilberten Trageknäufen, aus massivem, lebhaft glänzendem Mahagoni, sie erinnern mich an den Traumschrank meiner Mutter, aus Mahagoni. Ich liebe kleine, körpernahe Särge, zerbrechlich wie unbeständige Boote, die über einsame See treiben. Diese kleinen Särge, die man lange betrachtet, bis sich eine knochige Hand herausstreckt. Werde ich aus meinem Sarg aufstehen, wie ich von meinem Bett aufstehe, indem ich mich an den Rändern anklammere oder mich fallenlasse, jetzt, da ich, dank des DDI des toten Tänzers, an den Mythos der Wiedergeburt glaube?

Wenn ich schreibe, dann bin ich am lebendigsten. Die Wörter sind schön, die Wörter sind stimmig, die Wörter sind sieghaft, trotz David, den der Werbeslogan zu meinem Buch aufbrachte: «Der erste Sieg der Wörter über Aids.» Beim Einschlafen überdenke ich, was ich tagsüber geschrieben habe, gewisse Sätze kommen mir in Erinnerung und erscheinen mir unvollständig, eine Beschreibung könnte noch treffender sein, präziser, ökonomischer, ein bestimmtes Wort fehlt, ich zögere, ob ich aufstehen soll, um es einzufügen, immerhin habe ich Mühe, aus dem Bett zu steigen, im Dunkeln durch das Moskitonetz tastend die Taschenlampe zu suchen, auf der Seite an den Rand der Matratze zu robben, wie es mir der Masseur beigebracht hat, und vorsichtig meine Beine fallen zu lassen, bis meine Füße auf den bloßen Stein treffen, eine Kerze anzuzünden, die richtige Seite im Manuskript zu suchen, den fraglichen Satz durch eine Streichung oder Zufügung zu vollenden. Käme ich sonst morgen früh wieder auf das fehlende Wort? Nein. Gestern abend schlief ich umgeben von den Geräuschen des Fests ein, das auf das Schattentheater folgte. Der Vorführer enthüllte in der Kirche seine flachen, fein bemalten Kupfermarionetten mit ihren Stäben und Federn, den König, seine prinzeßliche Tochter, den Freier, den großen Bösewicht, die Clowns, die Bäume, den Palast, die

Affen, die Kämpfer, während ich sanft in Schlaf sank. Runde Tische mit Fackeln waren aufgestellt worden, und Leuchten vor der Bühne, auf der Plane, worauf die Kinder das Schauspiel verfolgten, am Boden vor den bunten Schatten sitzend, die sich vorn auf dem weißen, nur von einer Öllampe beleuchteten Schirm bewegten, an der Estrade, auf der die Musiker in Turbanen spielten, Tamburine und Gongs, Flöten, während die Schatten tanzten, größer und kleiner wurden, Pfeile aufeinander abschossen, vom einzigen Meister bewegt, der im Schneidersitz unter der Öllampe saß. Feine Mondsichel, dann Sternennacht, ein wenig frisch und feucht, doch waren die Leute zu fasziniert, um sich um den Wind zu bekümmern, der freundlich langsam abnahm. Sie kamen und gingen vor dem Schirm und in die Kulissen, taten ein paar Schritte in die von Kerzen hell erleuchtete Kapelle, für ein Schwätzchen oder um das Bild zu betrachten, das Thomas kürzlich für den Altar gemalt hat, ein wolkenbewegter Himmel, ein rasender, aufwühlender Himmel, der dem Pfarrer mißfiel. Der Tag neigt sich langsam an diesem neuen Abend, Gustave pumpt Wasser in die Zisterne, um seine Rosen zu gießen, bald reicht das Licht nicht mehr zum Schreiben, die Kerze ist zum Insbettgehen da. Jede Sekunde dieses Tages war absolut köstlich: das sehr späte Wecken, die Erleichterung, meine Blase zu entleeren, dann der wenn auch bittere Geschmack des DDI des toten Tänzers, das mich wieder zum Leben gebracht hat, das Frühstück aus Früchten und Joghurt, die Augenblicke, die ich unter der Laube verbrachte, die Zeitungslektüre, dann die Arbeit, auch sie köstlich, der ferne Anblick der jungen Soldaten mit bloßen Oberkörpern, die gekommen waren, um die Zelte abzubauen, worin die malaiischen Musiker geschlafen hatten, all diese lebensvollen, unerwarteten Dinge, all diese lebensvollen, unerwarteten Wörter, dann das Kosten der unvergleichlichen, von Veronika zubereiteten Suppe, die Entscheidung, keinen Mittagsschlaf zu halten, das Schwätzchen mit Gustave, die geschwinde Dusche im Haus, der Anruf bei Eric und Patou, die Autofahrt durch das Dorf, wiederum ein wenig Arbeit, und nun der langsam anbrechende Abend, die Stille und der Frieden, das Warten auf das Abendessen, das einfach und gut sein wird, der Schlaf, der ruhig und tief sein wird, das Keckern der Geckos, die in den Hängeböden klackernde Geräusche von sich geben, wie zwei Kugeln an Fäden, die aneinanderprallen, und die Hundemeute des alten Spinners unten im Tal, sie sind ausgehungert und heulen allabendlich zur selben Stunde zum Steinerweichen. Ich bin glücklich.

Hier begegnet man mir voller Rücksichtnahme, endlich. Endlich ist sie, die ich so lange ersehnte, verdient, berechtigt. Ich hatte immer gestaunt, daß man sie mir nicht früher entgegenbrachte, als ich noch bei guter Gesundheit war. Ich hielt mich für eine verehrungswürdige Person. Léa hat mir ein geflochtenes Körbchen voll Walderdbeeren gebracht. Veronika hat mir diese Suppe mit den kleinen, aromatischen runden Tomaten aus ihrem Garten gemacht, mit Basilikum gewürzt. Diese Aufmerksamkeiten sind köstlich. Mir kommt es vor, als hätte ich nie einen so guten Kontakt, einen so wahren, zu den Leuten gehabt. Ich floh sie wie ein Wilder, sie langweilten mich oder machten mich rasend, ich wollte ihnen nichts geben, war auf mich selbst zurückgezogen, der böse Bube. Ich wußte immer, daß ich ein großer Schriftsteller sein würde, Jules glaubte nicht daran, er machte sich über mich lustig, wenn ich sagte, meine Jugendtexte, die alle Verlage ablehnten, würden eines Tages veröffentlicht. Jedesmal, wenn mir etwas Gutes widerfuhr und ich mich vor ihm darüber freute, schimpfte er mich einen Arrivisten, um meine Schwärmerei zu mäßigen. Jules war immer schon ein Widerspruchsgeist, mein subtiler Dialektiker. David, ganz anders, hat mich einerseits als Schriftsteller vorangetrieben, bevorzugt und gefördert durch sein präzises und erbarmungsloses Lesen und auch die Genauigkeit seiner Korrekturen, und zugleich hat er mich mit Komplexen belastet. Ich habe immer gewußt, daß ich eines Tages einen großen Erfolg mit einem meiner Bücher erleben und daß dies Buch alle anderen bekannt machen würde, doch daran glaubte David mitnichten und machte sich seinerseits über mich lustig, und würdigte mich mit einer Art Rivalität herab, die durch seine Großmut und Freundschaft abgemildert wurde. Er sagte, um dessentwillen, was ich schreibe, würde ich nie ein Buch verkaufen. (Seltsames Paar, David und ich, doch ist jetzt der passende Moment, um davon zu reden? Er hat mich die wesentliche Sache gelehrt: das Lachen.) Ein dämlicher Kritiker machte mich schlecht, indem er äußerte, ich beschriebe Doktorspielchen. Ich wußte wohl, daß ich keine Doktorspielchen beschrieb, der Kritiker wurde schließlich von seiner Zeitung gefeuert, er ist ein armer Schlucker geworden und hat seine Kinder zu Hungerleidern gemacht. Doch habe ich auch nicht den Eindruck, verkannt worden zu sein. Ich konnte sehr bald eine Anerkennung spüren, die mir angemessen war, und die meinem Alter angemessen war und meiner laufenden Arbeit, ein jedes Ding zu seiner Zeit. Erst dann, wenn man ihn nicht mehr erhofft, kommt der Erfolg, für mich kam er nicht zu spät, er kam zur rechten Zeit und hat mir in meiner Krankheit geholfen. Meine Eltern haben nie geglaubt, bis zum letzten Buch, daß ich ein Schriftsteller, ein guter, sei, denn ich bin ihr Sohn, und die guten Schriftsteller sind Henri Troyat, Hervé Bazin und Vicky Baum. Ich allerdings wußte, daß man mich nie für einen großen Schriftsteller halten würde, wenn nicht ich mich selber für einen großen Schriftsteller hielt. Hector sagte eines Tages zu mir: «Was wollen Sie denn, Hervé, die sind alle wahnsinnig vor Eifersucht; Sie sind schön, Sie sind jung, und zu allem Überfluß haben Sie auch noch Talent.» Das ist das Lähmendste, was er je zu mir gesagt hat. Er hatte mir eben zum wiederholten Mal erzählt, irgendeine Literaturchefin einer Wochenzeitung, der ich nie begegnet war, hätte mich als den «Rastignac der Literatur» bezeichnet, als einen, der nach Erfolg giert, was er auch kosten mag. Wir dinierten gemeinsam im *Relais Plaza*, ich ergriff das Wasserglas, das vor mir stand, und ich bewunderte im Hindurchschauen seine Zartheit, ich machte Hector darauf aufmerksam, wie fein es gearbeitet sei, und in genau diesem Augenblick vollführten mein Körper, meine Reflexe, meine Zähne etwas, das meine Gedanken nicht beschlossen, das sie überhaupt nicht erwogen hatten: statt das Wasser zu trinken, wozu ich mich eigentlich anschickte, biß ich in das Glas, und plötzlich hatte ich den Mund voll Dutzender und Aberdutzender Glassplitter, ich wußte nicht, ob sie mir die Zunge verletzt hatten oder nicht, ich verspürte keinerlei Blutgeschmack im Mund. Erst als ich die Splitter einen nach dem anderen heraussammelte, ohne ein Wort, wie in Zeitlupe, begriff ich, warum mein Körper ohne mein Zutun dies getan hatte, es war eine Protesthandlung, ich sagte zu Hector: «Jetzt können Sie dieser guten Frau erzählen, daß ich nicht nur um mich beiße, ich fresse sogar Glas.» Negative Kritiken haben mich nie wirklich schwer getroffen, weil ich ihre Ursache kenne, verletzte Eitelkeit, Groll, und manchmal auch Genauigkeit und eine gewisse Gerechtigkeit. Die mir nahestehen, waren am erbarmungslosesten mit meinen Büchern. Ich jedoch schwebte völlig in den Wolken: schon wußte ich, daß alljährlich Dutzende Neugieriger, Verliebter, junger Mädchen, schwülstiger und haarspalterischer Exegeten nach Elba pilgern würden, um andächtig an meinem leeren Grab zu verharren. Mit fünfzehn, bevor ich noch irgend etwas geschrieben hatte, kannte ich den Ruhm, den Reichtum und den Tod. Ich wußte, daß dies nichtswürdige Papier, auf dem ich schreibe, das ich am Grunde feuchter Schubladen aufklaube und das ein winziger Luftzug schon auf und davon fliegen lassen könnte, sich eines Tages ganze Vermögen abringen würde. Daß man dies karge, nackte Zimmer, strahlend in seinem asketischen Luxus, für Besichtigungen öffnen würde. Und daß man eine Tafel an der Tür anbringen würde: «Hier schrieb Hervé Guibert die meisten seiner Bücher: *Das Phantombild, Sonderbare Erlebnisse, Arthurs Schrullen, Blinde, Ich zog Phantome für euch heran, Das Inkognito, Mitleidsprotokoll.*»

Ich wollte nach Portoferraio, eine Postkarte für Claudette Dumouchel aufgeben. Ich wollte ihr schreiben: «Ich oder Sie? Auf oder ab? Welchen Tag haben wir heute? Ich denke an Sie, nicht an andere Leute (um des Reimes willen).» Doch mußte ich auf diese kleine Autofahrt verzichten. Gustave wollte im Haus des Apothekers vorbeischauen, um nachzusehen, wie weit die Arbeiten sind, Loïc soll am 1. August ankommen, mit Lionel, dem Freund des toten Tänzers, und dessen Klavier. Ich erwarte voll Neugierde, ihn kennenzulernen. Dies leere Haus wurde mir ungemütlich. Auf der Straße nach Portoferraio bat ich Gustave kehrtzumachen, ich hatte mein Medikament vergessen. Es war sehr heiß heute, wir hatten Schirokko, und bei den Kurven auf der unasphaltierten Straße fühlte ich mich nicht gut. Wiederum Grenzen, wiederum die Empfindung, daß ich sterben werde. Keine Postkarte an Claudette Dumouchel. Es fehlt mir auch an Papier zum Schreiben. Das, welches ich im Haus gefunden habe, einen allerletzten kleinen Stapel, ist unansehnlich, ganz zerknittert, und feucht und beinahe klebrig wegen des Schirokkos, es ist mir zuwider, und die Feder gleitet nicht. Barcelo hat in Afrika nicht malen können, wegen des Staubs, der sofort die Leinwand zukleisterte, also begann er zu zeichnen. Ich durchblätterte meinen Kalender, um nachzusehen, wann ich meinen nächsten Termin bei Claudette Dumouchel habe, vielleicht konnte ich ihn vorverlegen wegen eines Unwohlseins.

Ich mache keine Fotos mehr, es war die vorschnelle Begeisterung der ersten Momente. Als ich die Läden öffnete, um Licht auf den Gliederelefanten fallen zu lassen, war mir eine Hummel aufgefallen, die mit an den Leib gefalteten Flügeln versuchte, sich einen Tunnel durch das winzige Loch zu graben, in den der Schnepper des Ladens einrastet. Hummeln mögen Löcher, während des Mittagsschlafs fliegen sie eine nach der anderen die Unregelmäßigkeiten der Deckenpfeiler ab, um etwas dareinzulegen oder herauszuholen, ich mag dies Summen, das mich einlullt. Ich bin vom Moskitonetz geschützt. Heute nacht, während ich schlaflos lag, gelang es einer Mücke, unter das Netz zu schlüpfen, morgens auf dem Tüll ein armseliger kleiner Blutfleck, den winzige Ameisen benagten. Als ich gestern abend nach dem Essen in die dunkle Sakristei zurückkam, zündete ich eine der Kerzen in der Nische an und überraschte zwei kleine schwarze Spinnen, sie waren bauchig, gedrungen und spielten miteinander. Ich versuchte sie zu töten, indem ich sie mit der Streichholzschachtel gegen die Einfassung der Nische quetschte, ich dachte, sie würden mir entkommen. Die dünnbeinigen Weberknechte lasse ich in Ruhe, doch mit undurchsichtigen, fetten Spinnen zu schlafen habe ich keine Lust. Als ich erst einmal die eine zerdrückt hatte und die andere reglos verharrte, um sich ihrerseits zerquetschen zu lassen, wollte sie auf einmal nicht mehr fliehen, es war, als böte sie sich der Streichholzschachtel dar, japanisches Seppuku. Mir kam der Gedanke, Jules und mich hätte ich eben getötet. Da sah ich im Kerzenschein, wie aus einem Loch zwei Spinnenbabys hervorkamen, entsetzt, daß sie ihre Eltern verloren hatten, ich erkannte Loulou und Titi, Jules' Kinder. Und, damit sie mich nicht mehr ärgerten, sperrte ich sie mit einem Stück Kerze in ihr Loch, wie die Amerikaner Vietnamesen in menschlichen Termitenhügeln vergasten. Eine Motte ertrank kreisend in dem Wasserbekken, in dem ich meine Waschungen vornehme, ohne Seife, denn das Wasser ist schwer zu tragen, und Einseifen und Abspülen sind überflüssig geworden. Ich wechsle meine Kleidung so gut wie nicht, ich muß stinken. Vorhin hatten wir zwei Bergamo-Schäferhunde in einem Zwinger angesehen, bei der Hitze verströmten sie einen Gestank wie Schweine. Beim Aufwachen brachte ich die Motte, sie kreiste immer noch, mit dem Stiel der Taschenlampe um, den ich ins Wasser tauchte. Ich war glücklich, all die Tiere des Klosters wiederzusehen, außer denjenigen, die ich totschlagen muß: die große, viel zu zahme Natter, für die Jean-Yves diese unschädliche Falle gebaut hatte, mit einem Stock und einem Netz, um sie so fern als möglich im Gebirge wieder freizulassen, die Kröte, die nachts hervorgekrochen kommt und die ich zu berühren versuchte, wie ein aufgeregtes, gleich wieder angeekeltes Kind, den kleinen Igel, der sich durch den Garten drückt, vom Geraschel des welken Laubes verraten, die Schafsherde, die sich allabendlich über den Vorplatz der Kirche hermacht, mit den neugeborenen, plüschigen Lämmern, die ich wie ein Wolf packte, der Sperber, der auf der Stelle mit den Flügeln schlägt, bevor er auf seine Beute hinabstürzt, die gelben, getupften Schmetterlinge, die Fledermäuse, die nach Einbruch der Nacht aus den Ruinen ausschwärmen, den Ziegenbock mit den geschraubten Hörnern, der mir zuschaute, während ich mich duschte, erstaunt, königlich und drohend, die schillernden Eidechsen, die davonhuschen, blaßsmaragdene Spindeln, und plötzlich erstarren, einen Ameisenhaufen zu beobachten interessiert mich hier mehr, als die Biographie Goyas zu lesen. Man kann auch beides tun, das ganze Leben lang Ameisenhaufen zu betrachten wäre tödlich. Allmorgendlich, bevor ich die Schuhe anziehe, klopfe ich sie auf dem Boden aus, um die Skorpione herauszujagen. Gustave hat mir empfohlen, nicht barfuß zu gehen, wegen der Brombeerranken. Und Jules empfahl mir, bloß nicht das Wasser aus der Zisterne zu trinken, darauf zu achten, daß ich mir die Zähne mit Wasser vom städtischen Wasserwerk putze, aus Angst vor einer Infektion. Ich schreibe bis zum letzten bißchen Licht. Ich schreibe nicht gern bei Kerzenlicht. Ich mag auch Petroleumlampen nicht, die auf Conrads Schreibtisch explodiert sind und das erste Manuskript von *Das Ende vom Lied* in Brand setzten. Die Hunde im Tal haben die ganze Nacht lang zum Steinerweichen geheult. Gustave sagt, mit denen wird man nur fertig, indem man ihnen vergiftetes Fleisch vorwirft.

Das DDI des toten Tänzers, wovon ich auf Gustaves Anraten zwei Tütchen in die Tasche gesteckt hatte, ein Tag Überleben, für den Fall, daß mein Gepäck abhanden kommen sollte, löste die Alarmklingel der elektronischen Kontrolle auf dem Flugplatz Roissy aus. Ich mußte meine Schlüssel aus der Tasche nehmen, dann das Münzgeld, die Bomben- und Flugzeugentführungsspezialisten suchten das Metall, sie hielten mir ein kleines Tablett hin, auf das ich meine Taschen ausleeren sollte, es klingelte weiter, als ich noch einmal durch die Sperre ging. «Haben Sie einen Taschenrechner bei sich?» fragten sie, worauf ich sagte: «Nein.» – «Medikamente?» fragten sie weiter. «Medikamente ja», und ich legte die beiden DDI-Tütchen auf das Tablett, eines absichtlich verdeckt, das andere mit dem Etikett nach oben, um ihre Neugier nicht allzusehr zu wecken wie mit etwas, das man zu verbergen trachtet. Einer der Beamten trat hinzu, um sie zu betasten und einen Blick auf das Etikett der Firma Bristol-Myers zu werfen. Es läutete nicht mehr. «Dies Medikament ist eine Bombe!» sagte Zouc zu mir, die ich im allerletzten Moment anrief, bevor wir abreisten, sie nach Moskau, ich nach Italien, hatte ich es doch gewußt, daß ich etwas, jemanden vergessen hatte. Und statt mit den anderen Passagieren ins Flugzeug zu steigen, stürzte ich mich aufs Telefon. Ich war Hals über Kopf von zu Hause aufgebrochen. Der amerikanische Milliardär hatte morgens abgesagt, sobald ich mein Telefon wieder angeschlossen hatte: in seinem Schloß in Lugano war eingebrochen worden, man hatte den Videorecorder gestohlen, und eine Skizze von Daumier, denn sie war verpackt, so sagte er, samt der Angabe ihres Handelswerts auf einem Etikett. Daß ich nicht mit dem amerikanischen Milliardär zu Mittag aß, ließ mir etwas Zeit, um fertigzumachen, was ich zu tun hatte: die Hemden in der Reinigung abholen, mir die Haare schneiden lassen, auf den Friseur verzichtete ich dann. Am wichtigsten war es, Berthe einen Brief zu schreiben und mir Zeit dafür zu lassen, dabei war mein Gepäck noch gar nicht gepackt, und ich wußte nicht einmal, ob es mir gelingen würde, es hochzuheben. Ich ging die Bilder nochmals anschauen. Aiwasowskis Seestücke, was angesichts der Zeit Irrsinn war. Sie hatten an Anziehungskraft auf mich eingebüßt, seit ich wußte, daß sie auf hundertunddreißigtausend Francs pro Stück geschätzt wurden, eine gute Reaktion. Berthe hat die Ausnahmegenehmigung für ihre Stelle in der Vorstadt nicht erhalten, zwei Stunden Anfahrt morgens und abends, sie hatte gezögert zu sagen, daß ihr Mann Aids hat, sie hat sich ausgedacht, vielleicht eine nervöse Depression zu bekommen, und ich kann ihr helfen, denn schließlich ist sie meine Frau. Das ist es, was ich ihr in dem Brief schreibe! Nicht den Aiwasowski kaufen, zum Beispiel, aber meiner Frau helfen. Als ich meinen Briefkasten öffnete, im Begriff fortzugehen, um das Bild wiederzusehen, sah ich überrascht auf einem der beiden Umschläge den Namen eines der Brüder von Vincent. Ich habe keinen Bruder. Ich ließ den Brief im Kasten, ich konnte ihn auch erst nach meiner Rückkehr aus Italien lesen, so tun, als hätte ich ihn in der Hast vergessen, ich brannte darauf, ihn zu lesen. Die Lektüre dieses Briefes wühlte mich auf. Ich mußte Benoît unbedingt antworten, obwohl mir keine Zeit mehr bis zu meiner Abreise blieb, auf die Gefahr hin, angesichts der fortgeschrittenen Stunde nicht abzureisen, es war notwendiger, Benoît schnellstmöglich zu antworten, als mich aus dem Staub zu machen. Der alte schwarze Taxifahrer sah erstaunt zu, wie ich so mühselig in seinen Wagen stieg, mich dann über die Rückbank schob, um auf meinen Platz zu gelangen, dann mich abplagte, um das Fenster zu öffnen, und ich spürte, daß er mich plötzlich zutiefst respektierte, dabei hatte er mich verachtet wie jeden x-beliebigen anderen Kunden, bevor er meine Mühe bemerkt hatte, mich zu bewegen. Das DDI läutete bei der elektronischen Kontrolle (ich hatte nicht an das Metall in den Tütchen gedacht). Dann rief ich also Zouc an, sie reist ab, um in Moskau einen Kostümfilm zu drehen, eine italo-sowjetische Koproduktion, und sie wird auf englisch spielen, sie wird Reifröcke tragen, Satinmieder, Sonnenschirme, das entzückt mich. Ich ging mich wieder hinsetzen, um auf den Abflug der Maschine zu warten, und ich bemerkte nicht, daß der Wartesaal nun leer war. Ich vernahm meinen Namen im Lautsprecher, es war das erste Mal, daß man mich in der Öffentlichkeit so ausrief, ich dachte, es handele sich um einen Telefonanruf, sei es Jules, sei es wer weiß wer, der versucht, mich zu erreichen. Sie sagten zu mir: «Monsieur Guibert, dreimal haben wir Sie schon ausgerufen, haben Sie nichts gehört? Beeilen Sie sich!» Ich ging über den schwarzen Gummiteppich des Gliederarms, der zum Flugzeug führt. Ich hörte, wie man hinter mir schrie: «Nicht nach rechts, nach links!» Ich ging eilig über den nicht enden wollenden schwarzen Teppich, der Gefälle hatte, immer schneller, und ich stellte fest, daß ich lief, und daß ich nicht mehr stehenbleiben konnte, entweder würde ich zusammenbrechen oder mich in einem Gelenk des Ganges verkeilen. Seit Monaten bin ich nicht mehr gerannt, nicht einmal einen Meter, um den Autobus zu erwischen, dann fährt er also ohne mich ab, du hättest eben den Arsch hochkriegen sollen, und seit einem Jahr habe ich kein Bad in der See mehr genommen. Ich weiß nicht, ob ich noch werde schwimmen können, es ist überhaupt nicht gewiß. Ich eilte die schwarze Gummipiste hinab, von meinen zu schwachen Beinen mitgerissen, ich hatte die Neigung des Gefälles nicht eingerechnet in bezug auf meine Ganggeschwindigkeit. Ich trabte, wie das abgestochene Pferd, im Schlachthof, ins Leere weitergaloppiert, an seiner Winde hängend, kopfunter, während es ausblutet. In einer Kurve des Flugzeugs, bevor es Geschwindigkeit aufnahm, bemerkte ich, daß die Startbahn an der Stelle des wiederholten Abhebens zerkratzt war, geschwärzt und teerig, zerschrammt, ich sah dort einen Spritzer schwarzen Bluts.

Ich sitze im Zimmer, geschützt vor der Gluthitze, auf dem Liegestuhl, der in Sitzposition gebracht ist, damit ich aus ihm aufstehen kann, und der mich an Suzannes neuen, verstellbaren Nachtstuhl erinnert. Ich habe ein Stechen im Rücken, wie dasjenige, worüber sie klagt. Ich habe nicht genügend Muskeln, um lange sitzen zu bleiben, zum Schreiben. Es ist warm hier, wie in ihrem Zimmer, es fällt mir beinahe genauso schwer zu atmen wie ihr. Ich habe keine Sonde, doch habe ich schon einen Nachttopf, damit ich nicht mitten in der Nacht lang hinschlage. Keinen dicken, aufgeschwemmten Leib, sondern einen eingefallenen, ausgeleerten, von der Kacke von innen angesogenen Leib. Meine Unterhose, deren Bund Claudette Dumouchel gelüftet hatte, ist von Durchfall- und Urinspritzern befleckt, wie diese Scheißflecken auf Suzannes Laken, die Louise vor mir zu verbergen trachtet, wenn sie genügend Kraft im Arm hat, ein anderes Laken darüberzuziehen. Meine motorische Kraft nimmt mit dem Tage weiter ab: für den Mittagsschlaf kann ich den Vorhang des Zimmers an einem Haken befestigen, den Gustave extra in der Höhe in die Wand geschlagen hat, die mein Arm mir noch erlaubte, doch mußte ich feststellen, daß ich ihn abends beim Insbettgehen nicht mehr erreichen konnte. Wie

Suzanne höre ich keine Musik, was ihr das Liebste im Leben gewesen war, und die Lektüre interessiert mich nicht mehr. Ich sehe lieber den Vögeln zu, die vorüberstürzen wie vom Wind losgerissenes Laub. Wie Suzanne werde ich am 8. September fünfundneunzig Jahre alt.

Der letzte Abend mit Vincent bleibt unvergeßlich. Fast hätte ich ihn abgesagt: Es war an jenem Freitag, als Doktor Chandi mich angerufen hatte, um mir zu sagen: «Claudette Dumouchel hat versucht, Sie zu erreichen, rufen Sie sie sofort unter dieser Nummer zurück, und rufen Sie mich danach unter dieser anderen Nummer wieder an.» Ich erwartete seit eineinhalb Monaten die Aushändigung des DDI, die Erlösung durch das DDI, ich erwartete einen Ausweg, und ich hörte, wie Claudette Dumouchel zu mir sagte: «Es hat nicht geklappt. Ich habe Sie nicht früher wieder angerufen, um Sie nicht zu beunruhigen, aber ich habe bei allen Ambulanzen in Paris die Runde gemacht, welche DDI ausgeben, und es ist besetzt, die Quoten sind zum Bersten voll, unmöglich, Sie da noch mit hineinzubekommen. Die einzige Lösung, die ich noch sehe, besteht darin, Sie an einem Protokoll mit Doubleblind-Erprobung der Dosierung teilnehmen zu lassen: entweder hohe Dosierung oder schwache Dosierung, Sie wissen davon nichts und ich weiß nichts davon, aber wissen Sie, schon schwache Dosen können etwas bewirken...» Hohe Dosen auch, das können die zweihundertneunzig toten Amerikaner bezeugen. Claudette Dumouchel verlangte von mir, ich solle mir am Morgen des nächsten Tages wieder fünfzehn Röhrchen Blut abzapfen lassen, in der Rue du Chemin-Vert, sie bestand auf der Wahl dieses Labors im XI. Arrondissement, denn die fünfzehn Röhrchen, die man mir zwei Wochen zuvor abgenommen hatte, waren für diese erneute Bewerbung zur Teilnahme an einer Double-blind-Erprobung schon wieder veraltet. Ich war verzweifelt, saß niedergeschmettert tief in dem roten Sessel, bereit, auf Vincent zu verzichten, gewiß, daß ich nie bis zum DDI durchhalten würde, die Digitalistropfen würden mich davor erlösen. Doktor Chandi hatte mich wieder angerufen. Claudette Dumouchel hatte mich wieder angerufen. Anna hatte versucht, den amerikanischen Milliardär zu erreichen. Doktor Nacier rief mich von Elba aus an und setzte sich stehenden Fußes mit einem mächtigen Mann in Verbindung, der mich mit dem Gesundheitsministerium zusammenbringen konnte. Jules schmiedete den Plan, das DDI des Tänzers zu besorgen, der kürzlich ins Koma gefallen war. Die ganze Welt machte rings um meine Verzweiflung mobil. Und Vincent kam zum erstenmal pünktlich. Zum erstenmal sagte er: «Unsere Geschichte.» Er sagte: «Immerhin haben wir sieben Jahre lang miteinander gefickt», dabei hatte er immer geleugnet, daß wir derlei Kontakte gehabt hätten. Ich sagte zu ihm: «Meine tollsten erotischen Erlebnisse hatte ich mit Jules und mit dir. Das Glück.» Er sagte: «Das ist nett, es freut mich, daß du das sagst.» Vincent sagte zu mir: «Letztes Mal hatte ich Muffen, als ich dich sah. Du jagtest mir Angst ein. Aber heute ist es anders, ich bin sicher, du kommst davon. Du wirst bei uns bleiben, Hervé, ich spüre es. Ich glaube an Magnetismus...» Ich fühlte mich furchtbar, bevor Vincent kam, erschöpft, völlig am Ende, an der Schwelle des Todes, ihm näher als je, und nun ließ mich Vincent meine Ermattung vergessen. Als er gegangen war, sah ich auf meinen Wecker, es war ein Uhr morgens, ich dachte: «Wie ist das möglich?» Ich hatte nicht gespürt, wie die Zeit verging, ich hatte sie nicht mehr so schmerzhaft durch meinen Leib ziehen gespürt, durch mein Gehirn, meine Augen, meine Nerven, und jedes seiner Schlüsselzentren verwüsten gespürt, sie hatte sich verflüchtigt. Ich hatte Vincent zum Abendessen in das *La Cagouille* mitgenommen, das vorzügliche Fischrestaurant. Als er auf der Schiefertafel, die man uns reichte, damit wir den Fisch wählen konnten, die Preise sah, sagte er zu mir: «Du willst dich wohl über mich lustig machen», ich sagte zu ihm: «Ein Essen mit Vincent gibt es nicht alle Tage, das muß gefeiert werden.» *La Cagouille* ist das Restaurant, wo Jules, Berthe und ich unsere jeweiligen Geburtstage feiern. Vincent stahl eine Margerite und gab sie mir für mein Knopfloch. Er genoß das Essen sehr, ich war glücklich. Er sagte, die Armut mache ihm zu schaffen, und der Luxus dieses Essens muntere ihn auf, er sei es leid, seine Freundin um ein paar Mäuse anbaggern zu müssen, um ein Päckchen Fluppen zu kaufen. Im Auto sagte er: «Ich mache dir drei Vorschläge: entweder du kommst mit mir in einen Park spazierengehen, oder du könntest mir vielleicht zehn Francs geben, dann gehen wir in Saint-Germain Zigaretten kaufen, oder wir gehen zu dir, den Champagner austrinken.» Ich sagte ihm, seit dem Überfall in den La-Fontaine-Parks in Nîmes sei ich zu Mondscheinspaziergängen nicht mehr sonderlich aufgelegt. Ich konnte die Eisenstangen und den Revolver noch regelrecht an der Schläfe spüren. Im Wagen auf der Straße vor meiner Wohnung wünschte ich Vincent eine gute Nacht, er sagte zu mir: «Du willst mich doch nicht etwa so hier sitzenlassen, ohne daß du mich einlädst, noch mit hochzukommen? Es sei denn, du hast keine Lust?» In der Wohnung setzte er sich absichtlich neben mich, während er sich sonst gewöhnlich fortzustehlen oder so zu tun pflegte, wenn ich wieder den Versuch unternahm, seinen Körper zu erreichen, auf diesem selben, mit anderem Stoff bezogenen Sofa, in jener anderen Wohnung. Doch hier nun gelang es mir nicht, ihn zu berühren. Ich wußte nicht einmal, ob ich Lust dazu hatte, noch ob Vincent deswegen verdrossen oder erleichtert war. Wie erlöst von diesem Begehrensdruck, den ich so viele Jahre lang auf ihn ausgeübt hatte. Während er mir in meinem Bad Lexomil-Tabletten stibitzte, nachdem er sämtliches Bier aus dem Kühlschrank niedergemacht hatte, und sich über die Toilettenschüssel lehnte, um zu pissen, streichelte ich ihn hinterrücks, es machte mir fast nichts mehr aus. Ich kannte seinen Körper auswendig. Er hatte sich dem Inneren meiner Finger eingeprägt, ich brauchte es nicht mehr wirklich zu tun. Ich liebte Vincent immer noch, doch es bedeutete mir fast nichts mehr, wieder seinen Körper zu berühren, diese Anomalie war in mir entstanden wie die Schwierigkeit, aus meinem Sessel aufzustehen oder die Stufe zum Autobus zu erklimmen. Wir verabschiedeten uns mit einem kleinen Kuß auf den Mund, wie es unser gemeinsames Geheimnis ist.

Claudette Dumouchel fragte mich: «Welches Jahr haben wir?» Ich hätte ihr antworten können: «Das Jahr unserer Begegnung», oder auch «Das Jahr des DDI», doch entsann ich mich noch des Jahres, ich brauchte mich keiner Ausflüchte zu bedienen, ich antwortete ruhig: «1990.» – «Und welchen Monat haben wir?» fragte sie mich daraufhin. «Juli, und Sie hindern mich immer noch daran, in Urlaub zu fahren?» – «Welchen Tag?» – «Ich weiß nicht, den Tag unseres Termins.» Claudette Dumouchel las aufmerksam den handschriftlichen Bericht der Ärztin, die das Elektromyogramm durchgeführt hatte. Diese Frau, die Stromstöße durch mich gejagt hatte, vom schwächsten bis zum unerträglichsten, in die Gelenke, in die Fußsohlen, die mir dann mit einer Nadel im Oberschenkelmuskel herumgewühlt und einen Bluterguß hinterlassen hatte, hatte mir am Ende der Untersuchung gesagt, in Hinsicht auf die Nerven sei alles normal, was bedeutete, daß ich das DDI gut vertrüge, bis auf weiteres, wenn sich vom Gesichtspunkt der neuropathologischen Bedrohung aus etwas Neues ergeben sollte, hingegen hätte sie hinsichtlich der Muskeln ein paar kleine Probleme festgestellt, und indem sie dies sagte, belegte sie das Wort klein mit Nachdruck, Muskelprobleme entzündlicher Art. Sie vermochte weder zu diagnostizieren, was die Ursache davon sei, entweder HIV oder eine Nebenwirkung des AZT, obwohl ich das schon seit zwei Monaten nicht mehr nähme und diese Art Beeinträchtigung ihrem Dafürhalten nach Zeit genug gehabt hätte, zu verschwinden, oder aber wieder ein anderes Virus, noch ob es der geeignete Augenblick sei, gegen die Entzündung etwas zu unternehmen, das überlasse sie meinem behandelnden Arzt. Claudette Dumouchel entzifferte in dem Bericht, den ich mehrmals durchgelesen hatte, eine einzige, unterstrichene Formulierung: *Myogenie entzündlicher Natur*. Ohne mich zu untersuchen, hatte der große Professor Stifer die Intuition einer beginnenden Myopathie gehabt, einer Muskelerkrankung, die von einem aggressiven Eindringling ausgelöst wird, einem Virus, das die Muskeln einen nach dem anderen lähmt, bis es Atemreflex und Herzschlag erstarren läßt. Vom *kleinen* Entzündungsproblem zur Myogenie, dann zur Myopathie, vom Gesagten zum Geschriebenen, vom Gesagten zum Patienten oder vom Geschriebenen zum Kollegen lag ein regelrechtes Crescendo. Wie Professor Stifer meinte auch Claudette Dumouchel, daß diese beginnende Myopathie, sei es als Nachwirkung des AZT, sei es durch HIV, erklärlich sei, oder durch ein anderes Virus, ein Kryptovirus oder Zyklovirus, doch um es zu behandeln, müsse man seine genaue Natur in Erfahrung bringen und unter Lokalanästhesie eine Gewebeprobe aus dem Muskel entnehmen, man würde das bei meiner Rückkehr sehen, falls keine Besserung eintreten sollte. Diese Worte Claudette Dumouchels riefen bei mir unmittelbar, innen in meinem Fleisch, die Wirkung eines runden Skalpells hervor, wie das Instrument, mit dem Äpfel entkernt werden, das mir ein kleines Stück vom Schenkelmuskel entnimmt. Claudette Dumouchel ist eine Sadistin, die ihr Spiel ein bißchen weit treibt.

Ich habe einen Rattenkötel in meinem Zimmer gefunden, ganz typisch der kleine, gut ausgeformte, schön feuchte, noch frische Rattenkötel, den ich mit einem Schnipser rauspfefferte. Ich habe Angst, daß die Ratte mir die letzte DDI-Munition des toten Tänzers wegfrißt, weil sie sie für Heroin hält. Es bleibt die Gymnastik, wenn ich nicht mehr weiß, was ich hier tun soll, wenn der Mittagsschlaf mich benommen gemacht hat, wenn ich gegessen habe und es mir wegen der Medikamente nicht gelingt zu scheißen. Wenn die Goya-Biographie mich aufbringt und ich keine Lust mehr habe, Gemälde in einem Album anzusehen, nachdem ich ein wenig gearbeitet habe, mache ich mich an meine Gymnastik, wie in kleinen Sequenzen: auf Zehenspitzen stehend die Beine strecken, die Hände hinter dem Kopf, eine Beugung, noch eine, einen Arm an der Seite gehoben, in die Luft. Boxen. Boxen wie der junge Marokkaner, auf den Überresten des Kontiki-Swimmingpools in Casablanca, angesichts des Ozeans, mit niemandem, der zu besiegen wäre als er selbst. Nacktes Boxen im Leeren, im Unendlichen, im Ewigen.

Ich sehne mich furchtbar nach dem Meer, so sehr, daß ich zögere, etwas Fiktives zu schreiben, das mich ins Wasser taucht, indem es mein Bad beschreibt. Ein warmer Regen ginge auf den Strand nieder, um mich abzuspülen und zu wärmen, wenn ich aus dem Wasser käme.

30. Juli. Ich habe Gustave gebeten, mich zum Baden zu fahren, es war acht Uhr abends. Wir gingen an den Strand mit dem schwarzen Sand, an der Stelle, die Topinetti genannt wird, was die kleinen Ratten bedeutet, zwischen Rio Marina und Cavo, unter den Klippen, in dem roten Wasser, wo Bauxit abgebaut wurde, unter den großen Bohrtürmen der stillgelegten Mine. Niemand war mehr am Strand. Fern fing ein weißes, vom Licht vergoldetes Fährschiff den letzten Sonnenstrahl ein. Ich gehe ins Wasser, es ist nicht kalt. Gustave sagt, der temperaturfühlige Punkt des Körpers befinde sich unterhalb des Nackens. Ich bin im Meer. Werde ich schwimmen können, oder ist es damit vorbei? Ich weiß es nicht. Ich werde es wissen, von einem Augenblick zum anderen, wenn ich den Mut dazu habe. Ich versuche einige Züge. Ich bin eine Kaulquappe, ich bin ein planschender Hund, ich bin ein kleines Polio-Krüppelchen, ich bin ein sinkender Stein, ich, der ich auf offener See schwamm und der ich mich, an Sturmtagen, von den Wogen über schrundige Felsen werfen ließ, indem

ich die passende Welle ausspähte, die mich sicher trug, ich kann keine drei Züge mehr nacheinander tun, ich habe Gliederstümpfe, ich befinde mich wenige Schritte vom Ufer, doch ertrinke ich. Ich muß mich an der Hüfte meines Vaters anklammern, damit er mich wieder an den Strand bringt.

Die Hochzeit mit Berthe fand an einem schönen, warmen und heiteren Tag statt, dem 17. Juni 1989, vor etwas mehr als einem Jahr, im Bürgermeisteramt des XIV. Arrondissements. Jedermann, allen voran die Notare, hatten uns von diesem «unbeschränkte Gütergemeinschaft» genannten Ehevertrag abgeraten, einzig gewisse allzu traditionsverbundene Elsässer oder für junge Schönheiten entflammte Witwer, die ihre Kinder enterben wollen, greifen noch auf diese Form zurück. Auf den ersten Blick war es eine Vernunfthochzeit: wir vier, Berthe, Jules, eine Jugendfreundin Berthes, sie war Anwältin, und ich waren für fünf Minuten vor dem Heiratstermin auf dem Vorplatz des Bürgermeisteramts verabredet. Alle kamen wir aus völlig verschiedenen Umgebungen: die Anwältin aus ihrer Kanzlei, Jules aus seinem Büro, wohin er sogleich zurückkehrte, Berthe von einem freien Tag mit oder ohne Aufsatzkorrekturen, und ich wahrscheinlich aus meinem Farniente. Man ließ uns in der ersten Reihe des Festsaals mit seinen manierierten Wandbildern warten und spielte uns währenddessen pompöse Musik vor. Wir waren allein, Berthe schwatzte mit ihrer Jugendfreundin, die zu ihrer Linken saß, ihrer Trauzeugin, über alles Erdenkliche. Jules, zu meiner Rechten, sollte mein Trauzeuge sein. Der Zweite Bürgermeister erscheint, begleitet von einer Sekretärin, die das Buch trägt, in dem wir unterschreiben werden, den Torso mit einer Trikolorenschärpe gegürtet, überraschend vulgär und schmierig. Das sind ja einmal ungewohnte Heiratsleute: ohne weißes Kleid und ohne Frack, ohne ergriffene Eltern, das absolute Minimum. Der Zweite Bürgermeister nimmt vor seinem in dem riesigen Saal zwecklosen Mikrophon Platz, bringt hervor: «Es ist ja sehr heiß heute. Das läßt darauf schließen, daß es in der Gemeinschaft, die Sie nun eingehen, ebenfalls sehr heiß zugehen wird. Wie ich sehe, ist Monsieur Schriftsteller, ich weiß nicht, welche Art Schriften er verfaßt, aber…» Angesichts meines eisigen Blickes und meines starren Lächelns brach der Zweite Bürgermeister unvermittelt ab und vermählte uns. Fünf Minuten darauf befanden wir vier uns wieder auf dem Vorplatz des Bürgermeisteramts, in strahlendem Sonnenschein, und verabschiedeten uns voneinander, gingen jeder in eine andere Richtung. Ich hatte zu Berthe gesagt: «Es ist schon gut, die Dinge zu ihrer Zeit zu regeln und nicht erst in allerletzter Sekunde, denn dann ist es nicht mehr möglich.» So, wie ich heut aussehe, würde der blau-weiß-rote Zweite Bürgermeister auf seine zweideutigen Scherze verzichten. Jules war abgezogen, ich ging allein auf der Straße, leicht und glücklich. Ich hatte etwas Gutes getan. Hätte man es eine Zweckheirat nennen können? Nein, natürlich war es eine Liebesheirat.

Nachts, in den langen Stunden der Schlaflosigkeit, während draußen der Wind braust, die Ratte vorsichtig an den Keksen in der Küche knuspert, die Mücke sich die Nase an der Sperre des Moskitonetzes eindrückt und ihr Summen so in einiger Entfernung läßt, ohne es mir aufdringlich ins Ohr zu sirren, beharrlich und ausgehungert das kleine Weibchen, das nicht lockerlassen möchte und bis zur Erschöpfung um das Netz kreist, um den Einschlupf zu suchen, erregt von dieser Witterung des Kohlenoxydes, das aus dem Moskitonetz eine sagenhafte und schreckenerregende Speisekammer macht, und aus mir ein verborgenes Festmahl, nachts werde ich verrückt. Ich mache meine Gymnastik, und ich schreibe mein Buch, mit Übungsmunition. Ich kneife meine Muskeln in der Art des Masseurs, ich knete sie, ich walke ihre feinen Spindeln durch, und ich dringe zum Knochen vor, den ich schmirgle, ich massiere mir den Hintern. Ich verhöhne die Mücke, die das Kreisen des unerreichbaren Blutes zur Verzweiflung treibt. Und ich schreibe mein Buch im Leeren, ich baue es, bringe es wieder ins Gleichgewicht, bedenke seinen Gesamtrhythmus und die Scharniere seiner Gliederung, seine Brüche und seine Beständigkeiten, die Durchmischung seiner Stränge, seine Lebhaftigkeit, ich schreibe mein Buch ohne Papier noch Stift unter der Kuppel des Moskitonetzes, bis zum

Vergessen. Ich strecke die Beine aus und vollführe wieder die Bewegungen, die Claudette Dumouchel mir befiehlt und die ich in ihren Händen vollführe, ich drücke, wie sie sagt, auf den Gashebel ihrer Faust, doch es fehlt ihre Hand unter dem Moskitonetz. Die Mücke rennt sich die Stirn ein, bricht sich das Kreuz, erschöpft sich langsam in ihrem Gekreise, sie sucht immer noch den Spalt, und findet sie ihn, so wird ihr das Moskitonetz zur Falle, vielleicht wird sie noch gemütlich völlen und mir jucken die Waden, morgen früh jedoch wird sie nichts mehr sein als ein kleiner Blutfleck, den die winzigen Ameisen benagen. Ich fahre in meinen Bewegungen fort, drehe mich auf den Bauch, knicke die Beine über meinen Rücken, es zerrt, ich forciere ein wenig, ich werde zu einem Gummimann, akkordeonhaft in eine Kiste, in den Sarg gefaltet, den eine Feder herausschnellen und auflachen läßt, ich spreize die Schenkel und Arme so weit als möglich, ich öffne mich, ich breche mich auf, meine Muskeln wärmen mich sanft, sie kribbeln vor Leben, sie vermitteln mir nun mehr Genuß als die routinehafte Ejakulation ohne neue Phantasien, ich erfinde unglaubliche Klimmzüge. Ich begreife endlich den Sinn von Gymnastik, dabei hatte ich mich immer über Jules' Antrieb dazu mokiert. Ich sagte, mit einer Duras-Paraphrase: «Soll der Körper doch ins Verderben gehen, soll er ins Verderben gehen, das ist die einzig wahre Lösung.» Ich bin ein auf den Rücken gedrehter Skarabäus, der sich abstrampelt, um wieder auf die Füße zu kommen. Ich kämpfe. Mein Gott, was ist dieser Kampf schön.

Turner malte *Der Tod auf einem bleichen Pferd*, ich dachte heute nacht wieder an dieses Bild, es trat mir sehr genau mit seinem Galopp vor Augen, in seinem Irrsinn, ich war selbst dieser auf seinem Reitpferd hingestreckte Körper, mit seinen Fleischfetzen, die sich an das Knochengerüst klammern und die man gern ein für allemal mit der Knochenfeile herunterrisse, um es zu putzen, dieser lebende Leichnam, der sich über diese durch die Nacht dahinrasende Furie beugt, mit ihrem so warmen und duftenden Fell, von seinem Ritt hin und her geschüttelt, ein auf den Wirbelwind des Pferdes gefesseltes Skelett, das das Gewitter spaltet, das Aufbrodeln des Vulkans, mit einer riesenhaften Hand, welche in das Bild ragt, eine durch die Bewegung vorwärts geschleuderte Fleischpranke, die dem Bild sein Gleichgewicht nimmt. Das Gespenst trägt, auf seiner skeletthaften Nacktheit, ein Diadem.

Ich trank mit Gustave Tee unter der Laube, als wir das Geräusch eines Motorrads hörten. Das rote Fahrzeug tauchte auf, es schoß aus den Büschen hervor, umkreiste langsam das Kloster, von seinem Reiter geritten, Djanlouka. Ich kannte und liebte Djanlouka, als er noch ein Kind war, ein Nachbar aus dem Armenviertel, er kam ins Haus, um den Hund zu sehen, das Monstrum, die englische Bulldogge, die er so liebte, und ich liebte Djanlouka, er war so frisch, so fröhlich, so kristallklar, ich machte ihm Crêpes, war von ihm dermaßen besessen, daß ich eine Nacht mit etwas verbrachte, das ich für seinen Slip hielt, den ich von der Wäscheleine entwendet hatte, bis mir das Geschrei am nächsten Morgen verriet: woran ich gelutscht, wessen Duft ich eingesogen hatte, das war die Unterhose von Djanloukas Großmutter. Er war zwölf, wir machten gemeinsam einen Spaziergang, mit seinem Klappmesser schnitten wir unsere Vornamen in die harte, faserige Rinde der Kakteen, er lachte, er war glücklich. Hernach schimpften seine Kameraden ihn einen Schwulen, und Djanlouka grüßte mich nicht mehr im Dorf. Djanlouka hat seine Kindheit verloren, doch ist er ein immer schönerer junger Mann geworden, immer strahlender und immer geheimnisvoller, immer umschwärmter von den Mädchen. Er hat als Maurerlehrling bei der Instandsetzung des Klosters gearbeitet, in dem wir nun wohnen. Er hat zwei Brüder, der eine Bäcker, Fischer der andere, er bleibt einsam, es heißt, er nimmt Drogen. Wir waren ihm neulich zufällig auf der Straße begegnet, wir im Auto, er auf seinem roten Motorrad, gerade hatte ich mich nach ihm erkundigt. Er war immer noch genauso herrlich schön, ich sagte: «Er könnte mein Hausdiener werden.» In meinem Zustand benötige ich einen Helfer, einen kräftigen jungen Mann, der mich stützen soll, mich anziehen, mich waschen, der mir den vom Schreiben immer stärker schmerzenden Rücken massiert, und dessen Handgelenk symmetrisch dem Stock entspräche. Djanlouka hat von der Neuigkeit gehört und streift mit seinem Motorrad um her. Meine Krankheit ist wie ein Lauffeuer durchs Dorf gegangen, zumal ich mich dort nicht mehr blicken lasse, man erzählt sich von meiner erschreckenden Magerkeit, gutherzige Frauen bringen Gustave tagesfrische Eier, Tomaten aus ihrem Garten. Djanlouka weiß Bescheid, und er kommt wieder, und kreist uns mit seinem roten Motorrad ein. Sein Wiederauftauchen hatte etwas Bedrohliches an sich, und etwas unsagbar Zärtliches.

Der Gecko, diese Art geschwollener, stumpfnasiger Eidechse mit kurzem Schwanz, fünf winzigen einzelnen, wie besternten, spatelförmigen und mit Saugnäpfen versehenen Fingern, der in den Zwischenböden unserer Zimmer lebt, dort nachts verliebt keckert und sein ständiges Klackern wie von aneinanderprallenden Kugeln hören läßt, der scheue Gecko, dessen Gegenwart uns derart behagt, daß wir ihn zu streicheln trachten, doch den der Schwiegervater des Bürgermeisters, im Jahr zuvor, in ihrem Landhaus, mit einer zusammengefalteten Zeitung hatte erschlagen wollen, weil er sagte, er sei ein widerliches und gefräßiges Biest, ißt unsere Mücken, vielleicht die Hummeln, die Ameisen, die Nachtfalter, die Spanner, er überfällt sie, indem er sie mit dem Ende seiner ausgerollten klebrigen Zunge schluckt, nachdem er sie erregt von fern ausgespäht hat, mit dem Mauerwerk verschmolzen, sich tot stellend. Die Viper ißt den Gecko. Die kleine Eidechse sahen wir gestern einen rosigen, sich ringelnden Regenwurm ausgraben und fressen, er war noch ganz feucht und halb so dick wie sie. Voriges Jahr hatten Jules und ich diese Eidechsenpaare beobachtet, wie sie sich balgten, dann mörderisch schlugen, bis es einer gelang, der anderen den Schwanz abzutrennen und ihn zu zerkauen. Die große, wenig scheue Natter, die sich auf dem Stein entrollt und zwischen den Rosenstöcken verschwindet, sie ist schwarz und weiß geringelt, ehrwürdig, langsam wie ein Hundertjähriger oder quecksilbrig wie ein Teufel, ißt die Mäuse. Die Mäuse essen unsere Kekse und unsere vergifteten Körner, die ihnen das Blut in ihren Erdlöchern gerinnen lassen. Der Igel, dessen Stacheln wir mit den Fingerspitzen berührt haben, ohne uns zu stechen, während er vor Angst zitterte, ins Gebüsch gerollt, ohne seine Schnauze zu zeigen, ißt Grillen. Die Kröte ißt Fliegen und kleine Insekten, die sie hurtig schnappt, um hernach stundenlang in ihrer Kropftasche auf ihnen herumzukauen. Der Falke pfählt die Kröte. Der Mensch ißt Tiere, Lämmer, Milchferkel, Eingeweide, Hirne, Nieren und Stierhoden, Herzen, Tintenfische, fritierte Lurche, zuckende Organismen, rohe Austern. Aids, mikroskopisch und virulent, ißt den Menschen, diesen Riesen.

Ich habe endlich Lionel kennengelernt, den Freund des toten Tänzers, der die Verschreibungshinweise, die ihn kompromittieren könnten, von allen DDI-Tütchen abgekratzt hatte, die mich durch Jules' Vermittlung wieder zum Leben bringen sollten, er ist Arzt im Hôpital Bichat (natürlich sind all diese Namen geändert). Ich bin mir nicht sicher, ob er eine meiner Figuren sein könnte, wie ich es erhoffte. Er wirkt äußerst niedergeschlagen durch den Tod seines Freundes, wir haben den ganzen Abend lang seinen Namen nicht genannt noch zu irgendeinem Augenblick von Aids gesprochen, noch erwähnt, daß ich krank bin. Da ich niemals zufällig mit ihm allein war und es übrigens auch nicht darauf anlegte, habe ich mich nicht bei ihm bedanken können für die Risiken, die er auf sich genommen hatte, aus Freundschaft zum Freund eines Freundes, unter Gefährdung seines Berufs. Ich werde ohne Zweifel ein andermal Gelegenheit bekommen, ihm zu danken. Wenn ich meinen Film mache, würde ich ihn gern über seinen Freund, den Tänzer, befragen und ihn dabei im Sonnenuntergang vor der Bucht von Portoferraio filmen, im Gegenlicht, damit seine Gesichtszüge nicht zu erkennen sind. Mehrmals hatte er mich in dem Gespräch, woran er sich am wenigsten rege von uns sechs beteiligte, nach dem Alter der Person gefragt, von der ich sprach, zunächst nach dem eines achtzehnjährigen jungen Mannes, dann dem einer siebzigjährigen Frau. Er sagte, daß er sich sehr vor Schlangen fürchtete und daß die Leute, wenn er durch die Macchia spazierenging, erstaunt sahen, wie er bei jedem Schritt in die Hände klatschte und zwischen den Lippen pfiff, um eventuelle Vipern in die Flucht zu schlagen. Er sagte, daß er Ratten verabscheute, dabei erzählte ich soeben, daß Ratten, ich hatte welche gefangen und lange beobachtet, wunderbare Tiere seien, sehr sauber, sehr stolz, sehr intelligent, mit schwarzen, lebhaften Augen, die fast ebenso ergreifend seien wie die eines Labradors. Darauf entgegnete Lionel, um dem ein Ende zu bereiten, Ratten übertrügen Krankheiten.

Djanlouka ist auf seinem roten Motorrad wiedergekommen, doch diesmal hat er geklingelt. Gégé war am Strand, Gustave ins Tal zu Giorgio und Veronika hinuntergegangen. Ich bot Djanlouka etwas zu trinken an, er wollte Coca-Cola, es war keine da, ich gab ihm kühlen Weißwein, wir prosteten einander zu, «Worauf?» fragte er. «Auf uns», antwortete ich. Seine Gegenwart strömte etwas Beunruhigendes aus. Er rückte mit der Sprache heraus, geniert setzte er mir den Zweck seines Besuchs auseinander: er wollte mehr sehen als die anderen, er wollte alles sehen, und nicht nur von fern undeutlich wahrnehmen, hinter den Gittern, während er mit seinem roten Motorrad das Kloster umkreist. Er bat mich, mich ihm nackt zu zeigen, völlig nackt, damit er sehen konnte, was es war, er versprach mir, es niemandem zu erzählen. Ich zögerte und willigte endlich ein, doch unter einer Bedingung: daß auch er sich auszog, damit ich ohne Trauer seinen Körper betrachten könnte, während er das Schauspiel meines Skeletts begafft. Er ging auf den Handel ein. Wir zogen uns Aug' in Auge auf der Terrasse aus, ich gab acht, nicht lang hinzuschlagen, während ich die Jeans von einem Bein streifte, dann vom anderen, und er war im Handumdrehen, wie durch Zauberei, während ich mich noch beim Ausziehen schindete, auf einmal nackt, strahlend und rein. Auf den ersten Blick erkannte ich das Kind, das ich geliebt hatte, wieder. Ich verschlang ihn mit Blicken, und er, als ich erst einmal meinerseits entblößt war, begann, mich von Kopf bis Fuß zu mustern, mit der Verblüffung des ganz kleinen Kindes, das erstmals, in einem Zoo, die unerhörte Existenz der Giraffe oder des Elefanten entdeckt. Man hätte meinen mögen, er nehme jede Einzelheit meiner sterblichen Hülle auf, sein Blick filme sie, um sich ihrer erinnern, sie sich nochmals vorspielen zu können. Plötzlich sagte Djanlouka zu mir, er wolle sein Leben aufs Spiel setzen. Dafür war er gekommen. Er hatte einen Pariser mitgebracht. Die Amateurgeologen, die den Hügel besteigen, um mit dem Hämmerchen ein paar Kristalle Hämatit herauszusprengen, dies kostbare, schillernde schwarze Mineral mit Silberglanz, könnten uns sehen, so sagte ich zu ihm, doch antwortete Djanlouka mir, er pfeife darauf, schon streifte er sich den Pariser über sein aufgerichtetes Glied, das er gleichzeitig wichste. Er stellte mich hin, trocken, und lehnte meinen Körper an den Rand der Zisterne. Es tat mir weh, keinerlei Genuß, ich war zu verwirrt. Djanlouka war schnell fertig mit seiner Besorgung und kümmerte sich wie ein Araber nicht um meine, im Rausch seines Ritts spuckte er mich voll, ich spürte, wie seine Speichelbäche mir das Haar näßten und meine Wirbelsäule hinabrannen, die bloßlag wie ein Grat, oder eine Gräte. Als er mir seinen Orgasmus ins Ohr geschrien hatte, wobei er mich mit der ganzen Hand am anderen packte, um mir diesmal auf die Lippen zu spucken, zog er sich schnell wieder an und verschwand auf seinem roten Motorrad, ohne noch ein Wort zu mir zu sagen, nachdem er den schmutzigen Pariser in ein Gestrüpp geworfen hatte. Er hatte getan, was er zu tun gehabt hatte, und ich wußte, er würde nicht wieder darauf zurückkommen.

Die Wahrheit ist, daß mir schon am 27. Januar 1990 Melvil Mockneys immunstärkende Substanz gespritzt worden war, doch band mich ein Schweigegelöbnis an eine Person, die mir gegenüber von erlesener, grenzenloser Großmut gewesen ist. Es hier auf die Art und Weise zu erzählen, die ich gewählt habe, nachdem ich es lange erwogen habe, überhaupt nicht leichthin, bedeutet nicht wirklich, diese bewundernswerte Person zu verraten. Unglücklicherweise gibt es einen kleinen Unterschied, neben dem Wort verraten, zwischen «nicht wirklich» und «wirklich nicht». Doch ich kann diese Erzählung nicht länger aussparen. So haben sich die Dinge ereignet: da ich in Frankreich in keines der Erprobungsprotokolle des Mittels mehr eintreten konnte und meine T4-Helferzellen — jene Unterpopulation der Lymphozyten, die die Verheerungen des Virus HIV an den Immunkräften zahlenmäßig belegt – unter zweihundert gefallen waren, machte ich eine Blitzreise nach Los Angeles, der Stadt der Engel, wo man mir den sagenhaften Impfstoff Melvil Mockneys spritzte, aufgrund getürkter Analysen. Schien auch die Unschädlichkeit des Mittels belegt, so ist seine Wirksamkeit als Arznei bei weitem noch nicht bewiesen. In den Wochen, die der Injektion dieser Substanz folgten, welche unter Verwendung des durch Tiefkühlung inaktivierten Zellkerns von HIV gewonnen wird, mit dem Plan, die Produktion spezifischer Antikörper anzuregen, stürzte meine T4-Helferzellen-Zahl auf katastrophale Weise ab und ging in unüblich kurzer Zeit von 198 auf 60 zurück. Ich behaupte nicht, daß der Impfstoff den Absturz beschleunigte, der hatte schon zuvor begonnen, doch hatte er ihm, wie die hämatologischen Analysen zeigten, nicht das geringste entgegenzusetzen. Man mußte mir zwei Monate später eine Nachimpfung verabreichen. Ich reiste wieder mit Blitzgeschwindigkeit nach Los Angeles und zurück, doch diesmal mußten wir, als die antillanische Krankenschwester versuchte, mit der durch den rosa Gummiverschluß gestochenen Nadel das weiße, zähflüssige Mittel aus seinem Röhrchen zu saugen, gezwungenermaßen, schreckenstarr feststellen, dabei hatte sie schon die Haut an der Stelle, an der sie einstechen wollte, desinfiziert, daß das Röhrchen leer war, daß sämtliche weiße Substanz – schließlich öffneten wir es – sich verflüchtigt hatte, es war nur noch ein gesprungener Rest am Grunde des Röhrchens übrig. Die antillanische Krankenschwester untersuchte sorgsam den Gummiverschluß und erklärte, er sei schon von anderen Nadelspuren als den ihren durchbohrt, das Mittel war zum Wohle eines anderen Schimpansen entwendet worden. Und das war die Dosis, die sozusagen für mich reserviert war, es gab keine andere. Ich war für nichts und wieder nichts in die Stadt der Engel zurückgekehrt, Neese der Impfstoff! Man hatte mir einen üblen Streich gespielt. Diese Geschichte ist unglaublich, und doch ist sie die reine Wahrheit. Stéphane verriet mir dieser Tage, Muzil habe häufig über mich gesagt, es ging um meine Bücher: «Ihm passieren nur unwahre Geschichten.»

Es kommt ein Moment, wenigstens ist dieser Moment für mich gekommen, da schert man sich überhaupt nicht mehr um die T4-Helferzellen-Zahl, deren Entwicklung man dabei doch verfolgt hat, die Höhen und Tiefen, die Zusammenbrüche und spontanen Aufschwünge, zwei oder drei Jahre lang, mit der größtmöglichen Spannung, der entscheidenden Spannung. Diese unwägbaren Stürze und Wiederanstiege verleihen der Beziehung zum Arzt einen Rhythmus, geben ihr eine Grundlage, einen Vorwand, bereiten in der Tat in Stufen auf die Krankheit und zunächst auf den Gedanken daran vor, denn tatsächlich gibt es zwischen 1000 und 200 T4-Zellen, der kritischen Schwelle, ohne Zweifel nichts anderes zu tun, als dem langsamen Verfall dieser Immunkraftanzeige beizuwohnen. Es steht nicht in der Macht des Arztes, es sei denn auf psychologischem Wege, die Finte aufrechtzuerhalten, die Krankheit könnte zurückgedrängt werden oder gar besiegt. Als ich zwischen 500 und 199 T4-Zellen stand, stürzte ich mich auf die mit «Vertraulich» beschrifteten Umschläge aus dem Institut Alfred-Fournier, das habe ich berichtet, und ich prüfte sofort genau vor meinem Briefkasten die aneinandergehefteten Blätter mit der Auswertung meiner Analysen, um meine T4-Helferzellen-Zahl zu entdecken, deren Schwankungen von Monat zu Monat ich praktisch kannte, oder aber ich schob diese Blätter, ohne sie anzusehen, in meine Jackentasche, um den Augenblick der Katastrophe oder der guten Nachricht etwas hinauszuzögern. Diese Zahl der T4-Zellen, die kommen und gehen, die fallen und die wieder ansteigen, ist eine Illusion, an die der Kranke sich klammert wie an einen Rettungsanker, dessen Trosse ihn auf eine mehr oder weniger bewegte See hinausschleppen wird. Der Arzt nährt diese Fiktion einer sehr zufallsbedingten Krankheit, die sich nicht zwangsläufig auf einen tödlichen Ausgang hinbewegt. Die T4-Helferzellen-Zahl ist bis zu einem gewissen Augenblick ein Kampfmittel, das der Arzt seinem Patienten vorschlägt. Als ich meine Analysen im Ospedale Spallanzani in Rom, danach im Hôpital Rothschild machen mußte, damit mir meine akribisch abgezählten AZT-Dosen ausgehändigt wurden, rief ich den Arzt oder seinen Assistenten an, um das Ergebnis in Erfahrung zu bringen und es augenblicks nach Paris durchzutelefonieren und zu kommentieren, mit einer Dringlichkeit, die mir heute vollkommen nutzlos erscheint. Ist man erst unter 60 T4-Zellen gefallen, durch höhere Gewalt, so ist es einem plötzlich, um die Angst einzudämmen, schnurzegal, ob man noch weiter gefallen ist, und ob man bei 3 oder −3 liegt, ich weiß nicht, ob der Verfall auch negativ berechnet wird, ohne Zweifel nicht, doch streift man den Tod von so nahem, daß der Pilot, in dem Moment, da er sein Flugzeug in den Hang rasen läßt, die Augen zumacht. Ich möchte nicht mehr wissen, woran ich bin, ich bitte den Arzt nicht mehr darum, auch nicht darum, die Ergebnisse der Analysen zu erfahren, welche man, seit Aids, gewöhnlich, und ich weiß nicht, ob es wirklich besser ist oder am Ende doch weniger gut, dem Kranken mitteilt. Ich befinde mich in einem Bereich der Bedrohung, in dem ich mir lieber die Illusion des

Überlebens vermitteln möchte, und des ewigen Lebens. Ja, ich muß es wirklich eingestehen, und ich glaube, dies ist das gemeinsame Schicksal aller auf den Tod Erkrankten, mag es auch jämmerlich und lachhaft sein, nachdem ich so sehr vom Tod geträumt habe, verspüre ich nun eine schreckliche Lust zu leben.

Das Bildersammeln, dieses Fieber der Auswahl, der Liebe auf den ersten Blick, die in Zögern übergeht, der Diskussion um den Preis, dies Glück der Beziehungen oder Widersprüche zu den anderen Bildern, die ich besitze, diese einsame und fieberhafte Geschäftigkeit, die mich Paris und Rom vom einen Antiquar zum anderen durchstromern und mit dem einen oder anderen eine Verbindung unterhalten läßt, die ich sehr besonders und begeisternd finde, und die unsere Wünsche umfängt, bei mir den nach Besitz, bei ihm oder ihr den nach Freude oder danach, sich einer Sache günstig zu entledigen, im traurigen Verzicht auf jegliche erotische Aktivität, das Bilderkaufen ist auch ein Ersatz für Sinnlichkeit und Nähe, denn ich versteife mich darauf, allein zu leben, wiewohl man mir sagt, die Ärzte und meine Nächsten, daß es dafür nicht der rechte Moment ist, das Bild verströmt in der Wohnung eine vertraute, fast körperliche Nähe, ich würde sagen, das ist der Leib der Phantome, der sich durch die Bilder verströmt, auch wirkt das Bildersammeln aufstachelnd und unterhält diese Illusion, daß ich weiterleben werde. Wenn ich all diese Bilder von den Einnahmen aus meinen Büchern kaufe, das kleine Seestück von Aiwasowski oder die riesenhafte, unsignierte Studie mit dem napoleonischen Reiter (allgemein zieht es mich zur Miniatur hin, oder zu dem Monsterbild, das nirgendwo unterzubringen ist wie ein allzu großer Teppich, unverkäuflich und nicht wieder loszuschlagen), dann liegt es auf der Hand, daß dies eine Art ist, diese Illusion zu nähren, daß ich mich ihrer noch lange erfreuen werde. Ich werde sie nicht in meinem Grab aufhängen, äußerstenfalls möchte ich in bloßer Erde begraben sein, ohne Sarg, nackt in einem weißen Tuch, wie ein Mohammedaner, und diese Bilder fielen eher meinen Erben zur Last, die sie nicht unbedingt mögen, und für die gut angelegtes Geld bequemer flüssig zu machen wäre. Bin ich also immer noch dieser unverbesserliche Egoist?

Mir ging es immer schlechter, meine Gliedmaßen begannen mir auf heimtückische Weise den Dienst zu versagen, doch wollte ich mir das nicht zu Bewußtsein kommen lassen, meine Erschöpfung wuchs tagtäglich, ich verbrachte meine Tage in den roten Sessel hingestreckt, dösend, maulend, wenn das Telefon läutete, unfähig, eine Zeile zu schreiben oder auch nur eine einzige zu lesen, doch las ich unablässig, bis zur Hypnose, wieder und wieder den maschinengeschriebenen Brief, der mir gegen Ende April aus Casablanca geschickt worden war. Ich achtete darauf, daß die Mengen an Post, die ich allmorgendlich erhielt, ihn nicht zudeckten, wie zu meiner Beruhigung legte ich ihn immer wieder oben auf den wild sich häufenden Stapel, und gut sichtbar, wie um ihn nicht zu vergessen – man konnte nie wissen bei den drohenden zerebralen Ausfällen –, um zu verhindern, daß er sich von selbst in den Treibsanden dieser Postberge beerdigt, die ich nicht beantwortete. Ich schrieb nicht mehr, ich hatte bewußt darauf verzichtet, es gab auch nichts, woraus man hätte ein Drama machen können, doch alle, die mir schrieben, besaßen die Freundlichkeit, eines zu inszenieren. Ich hatte auch so schon genügend Bücher geschrieben: dreizehn, die ich geschrieben hatte, lagen vor, dreizehn waren die veröffentlicht und erhältlich, nicht gezählt diejenigen, die ich unauffällig von der «Vom-selben-Autor»-Liste gestrichen hatte. Ich habe so viel geschrieben, seit ich fünfzehn war! Betrachte ich die Unterlagen, die sich in den beiden Wandschränken stapeln, dann traue ich meinen Augen nicht, ich bin erschrocken, ich kann gar nicht mehr begreifen, wie eine derart umfängliche Masse von Geschriebenem aus meinem armen Körper und meinen jämmerlichen Gedanken hat hervorkommen können. Mein dreizehntes offizielles Buch, *Dem Freund, der mir das Leben nicht gerettet hat*, brachte mir Glück. Es hat einen Erfolg erlebt, der mir *ad hoc*, während meiner Krankheit, neue Kraft gegeben hat, ich trug es wie einen Talisman in mir, samt der Wärme der Reaktionen. Es ist von der Gemeinschaft der Kranken und ihrer Helfer angenommen worden, und darüber war ich sehr erleichtert, denn ich hatte stark befürchtet, daß sie es nicht gelten lassen. Ich hatte im Fernsehen gesagt, daß ich nicht mehr schreiben würde. Dieser Satz, in der Öffentlichkeit – Hunderte von Briefen bezeugen es –, dieser mit meiner Krankheit in Zusammenhang gebrachte Satz hat wirkliches Unglück hervorgerufen, hinter dem ich mich geschützt habe. Leute, denen ich vollkommen unbekannt war, die nie ein Buch von mir gelesen hatten, Männer und Frauen aller Altersstufen und aus allen sozialen Schichten, wie man so sagt, bestürmten mich, ich solle weiterschreiben, damit ich am Leben bliebe, da doch Schreiben für mich Leben sei. Doch sah ich nicht, was ich hätte schreiben sollen, und ich verspürte auch nicht den kraftvollen Antrieb dazu, meine Erschöpfung hatte ihn gebrochen. Nach diesem Buch da konnte ich nicht bloß einfach eine burleske Skizze schreiben, ich fühlte mich diesen Unbekannten gegenüber, die ich ergriffen hatte, in der Verantwortung. Auch der Erfolg lähmte mich. Ich hatte das

Ziel erreicht, auf das ich zugeschrieben hatte, in allen Bedeutungen des Wortes: mir Gehör zu verschaffen, und zu bewirken, daß meine anderen Bücher gelesen werden, daß all meine Bücher zugleich gelesen werden, was die meisten Briefe bezeugten, mit dem Maximum an Menschen zu kommunizieren, mit Jungen, Alten, Schwulen, Nichtschwulen, und endlich dem weiblichen Publikum zu begegnen, ich war glücklich, es auf meine Weise zu berühren. Ich schrieb nicht mehr, doch hatte ich beschlossen, Gegendampf zu geben: statt zu sagen, dies sei traurig und ohnmächtig, begann ich zu denken, es sei eine gänzlich freiwillige Entscheidung meines Gewissens, und das Werk nicht mehr zu schreiben würde es vielleicht eher schreiben, indem es blockiert, umschrieben würde, als es zu schreiben. Zur Erleichterung eines Umzugs brachte ich ein wenig Ordnung in meine Unterlagen. Dabei fand ich, vor allem in Heften, Dinge, die ich geschrieben hatte, als ich sehr jung war, die ich nie ins reine geschrieben und oftmals völlig vergessen hatte, als wären sie von einem anderen geschrieben, einem erstaunlicheren und reineren Wesen, als ich es bin, diesem jungen Guibert, der mir, durch diese Texte, das Geschenk darbrachte, mich glauben zu machen, er sei ich selber geblieben, oder ich sei er selber geblieben, wir seien ein und dieselbe Person. Die Wiederentdeckung dieser Texte entzückte mich teils, und teils entsetzte sie mich, doch vor allem waren sie mir eine Lehre. Um nicht vor Langeweile zu sterben, hatte ich mich darangemacht, an diesen Jugendheften zu arbeiten, ich rührte nicht an ihnen, ich begnügte mich damit, auszuwählen und mit der Maschine abzuschreiben, doch spürte ich zugleich sehr wohl, daß ich nach dieser Wiederinbesitznahme, nach dieser Aneignung, die ich mir vorbehielt, denn materiell betrachtete ich sie wie jemand, der sie geerbt hätte, nicht mehr würde schreiben können wie zuvor. Diese Texte wandelten mich als Schriftsteller um. Sie hatten häufig etwas so Kristallklares, natürlich würde ich dem nie wieder ebenbürtig sein können, und es wäre lächerlich gewesen, es zu imitieren, wie allzu rosige Altfrauenschminke, doch mußten sie für mich eine Richtschnur bleiben, ein Modell, eine Moral. Ich hatte Lust auf einen fröhlichen Stil, einen durchsichtigen, unmittelbar mitteilenden, nicht auf einen geschraubten Stil. Dabei mochten diese Jugendtexte auf einen anderen als mich dunkel wirken, obszön, an der Grenze der Lesbarkeit. Schreibt man auch selten, wie man es gern würde, sondern unglücklicherweise zumeist gerade eben darunter, in einer Abweichung, einer schmerzhaften Verschiebung, so gibt es doch auch diese Schichten vollendeten und relativ vergessenen Schreibens, dies unbewußte, bisweilen zerstörerische, bisweilen heilsame Gedächtnis des vom Handwerker ausgeübten Schreibens, vom Instrumentalisten, wie Bernhard sagen würde, das zu Hilfe kommt, um einen daran zu hindern, zu schreiben wie ein anderer als man selbst, oder wie ein anderes Man-Selbst, denn dies Man-Selbst wäre ins Schreiben eingeschlossen. Meine Abreise nach Rom mit David fiel mit der Hebung des seelischen Zustands durch das Antidepressivum zusammen, ohne irgendwie der Erschöpfung abzuhelfen, die wie durch Zauberei das DDI vertreiben sollte. Ich zwang mich weiterzuschreiben, allmorgendlich und zuweilen nachmittags nach dem Mittagsschlaf, ich tat es ohne Vergnügen und setzte mich jedesmal niedergeschlagen daran, doch wenigstens tat ich etwas. Ich erzählte eine Geschichte, deren Beginn, deren Ablauf und deren Ende ich kannte, denn ich hatte sie erlebt, und vielleicht langweilte es mich darum wie eine monotone Schwerarbeit: da es nicht diesen Anteil an Unvorhergesehenem bereithielt, der dem lebendigen Schreiben, dem fröhlichen Schreiben vorbehalten ist. Ich befand mich bereits am Grunde des Abgrunds. Meine Erzählung trug den Titel *Wunder in Casablanca*.

Ich weiß nicht mehr mit Gewißheit, warum ich nach Casablanca reiste. Und dabei ist es erst wenige Wochen her. Aus dem zeitlichen Abstand erscheint mir mein Beweggrund verschwommen und unwirklich. Ich habe gelogen: wie konnte man an eine Vergnügungsreise denken, allein, in dies Land voller Widrigkeiten, ich, der ich von mir behauptete, längst alle Gedanken an Reisen leid zu sein?
Die Wahrheit ist, daß ich ein Ziel hatte, doch heute hat dies Ziel seine Berechtigung eingebüßt. Es zu verraten würde es lächerlich machen. Dem Naseweis, der in mich drang, um es zu erfahren, sagte ich, ich reise auf Erkundungsfahrt für einen Film. Das war vielleicht nicht völlig falsch. An der Schwelle des Todes wurde mir vorgeschlagen, einen Film zu machen und so meinen Kindheitstraum zu verwirklichen. Die leichenfledderische Produzentin hatte mir geschrieben: «Da Sie behaupten, daß Sie nicht mehr schreiben, und dies natürlich nur Sie etwas angeht, liegt es einzig bei Ihnen, wieder anzufangen oder darauf zu verzichten, wieder anzufangen, doch vorläufig schlage ich Ihnen vor, diese Übergangszeit damit auszufüllen, einen Film zu machen, bei dem Sie zugleich Autor und Figur wären.» Die Konstruktion war nicht übel erdacht: eigentlich hatte ich nie etwas anderes getan als dies, abgesehen von einigen Ausrutschern in die Fiktion. Ich hatte ein Vermögen von

dieser Produzentin verlangt, auch um Zeit zu gewinnen. Doch von dem Augenblick an, da ich einen Vertrag unterschrieb, wurde kraft seiner alles, was in den Bereich der Erfahrung fallen mochte, zum Beispiel diese Reise nach Casablanca, zu einer Episode des Films. Die Produzentin, ich traf sie am Vorabend der Abreise, schlug mir vor, eine leichte Kamera mitzunehmen, ich lehnte ab. Ich sagte ihr nicht mehr, als daß ich einen Mann treffen würde.
Gezwungenermaßen mußte ich Doktor Chandi gegenüber etwas präziser werden. Ich nutzte ein Essen, um ihm meinen Beweggrund detailliert zu schildern, ich erwartete, ihn aus allen Wolken fallen zu sehen, und ich lachte innerlich bei der Vorstellung, was für ein Gesicht er ziehen würde. Entgegen aller Erwartung sagte er zu mir, als die Katze erst einmal aus dem Sack war, daß eine solche Unternehmung ihm nicht im geringsten befremdlich vorkäme, denn er sei seine ganze Kindheit über, in Tunis, mit seiner Mutter, in dergleichen Geschichten verwickelt gewesen. Doch legte er Wert darauf, zu erfahren, wie groß der Anteil an Hoffnung und wie groß der an Neugierde sei in diesem Plan. Ich vermochte nicht zu bestreiten, daß er eine gewisse Hoffnung enthielte, andernfalls wäre diese Reise sinnlos gewesen, doch wurde die Hoffnung von Neugierde gemildert. Doktor Chandi stellte mir verschiedene Fragen über die Formulierungen in diesem Brief, den ich erhalten und welcher mir schließlich Lust gemacht hatte, fortzureisen. Ich hätte nicht zu sagen gewußt, ob meine Entscheidung das Ergebnis zahlreicher Schwankungen gewesen war. Im Gegenteil, ich wäre versucht zu sagen, sollte es auch falsch sein, daß meine Entscheidung schon vom ersten Lesen des Briefs ab feststand. Die Wahrheit ist, daß ich fortging, da ich am Ende war, mit allem, am Ende meiner Kraft,

drauf und dran zu verrecken, schlicht und einfach, wie ein armes Stück Vieh. Ich hatte keine andere Hoffnung mehr als diese. Vor dem roten Sessel, in dem ich ganze Nachmittage kläglich verdämmerte, lag der maschinengeschriebene Brief stets sichtbar, denn bei jedem Öffnen meiner Post achtete ich darauf, ihn nicht zudecken zu lassen. Er enthielt eine Telefonnummer, und ich brauchte nur eine einzige Bewegung zu vollführen, den Arm zum Telefon auszustrecken, was noch möglich war, trotz der Verminderung meiner Kräfte, um zu versuchen, sie anzuwählen, um mündlich Kontakt mit dem Mann aufzunehmen, der mir diesen Vorschlag unterbreitete. Statt dessen las ich nochmals seinen Brief. Er war der einzige in all den Massen von Post, die ich auf mein Buch hin erhalten hatte, dessen Vorschlag, so spinnert er auch war, wirklich eine Versuchung für mich darstellen konnte, denn er war romanhaft. Er ließ ebenso eine Erzählung erahnen wie eine Hoffnung. Der Mann, der ihn geschrieben hatte, endigte mit: «Die Lektüre auch nur eines meiner Bücher würde Sie überzeugen, und verzeihen Sie, daß ich das so deutlich sage, daß ich weder ein Verrückter noch ein Gauner bin.»

Doktor Chandi hatte fast sofort gesagt: «Fahren Sie!», doch Jules, den ich telefonisch in Porquerolles um Rat fragte, wo er mit seiner Familie die Osterferien verbrachte, zog das Ziel dieser Reise in den Schmutz. «Nach Casablanca kannst du gern fahren», sagte er, «bitte, das wird dich auf andere Gedanken bringen, aber es ist doch wirklich grotesk, daß du sagst, du willst dorthin, um diesen Mann zu treffen.» Jules war beängstigt, angesichts des Zustands, in dem ich mich befand, bei der Vorstellung, ich könnte diese Reise allein machen, er drängte mich, jemanden mitzunehmen. Der einzige Mensch, mit dem zu reisen ich mir vorstellen konnte, war

Vincent, ich klingelte ihn eines Sonntagnachmittags mit dem Telefon aus dem Schlaf, um zu hören, wie er mir freundlich erklärte, wegen seines neuen Jobs als Koch käme es für ihn nicht in Frage, wegzureisen. Da Casablanca immer noch die Assoziation an heimliche Operationen zur Geschlechtsumwandlung weckte, hatte ich allen, die es hören wollten, auch lachend erzählt, ich reise dorthin, um mich operieren zu lassen, damit ich Vincent endlich gefiele.
David seinerseits fällte kein Urteil in dieser Frage, wie immer, aus Takt, um nicht durch eine persönliche Meinung eine ihm unverständliche Entscheidung zu erschweren, die jedoch wahrscheinlich innerhalb der Entwicklung meiner Krankheit ihre eigene Logik besaß. Daß ich nach Casablanca reiste, wunderbar. Doch die Gründe, aus denen ich dorthin reiste, die waren nicht sein Bier.
An jenem Sonntag erwachte meine Großtante Suzanne aus ihrer nicht enden wollenden zerebralen Lethargie, einzig, um mir, nachdem sie meine Erklärungen gehört hatte, ein unbarmherziges: «Ohne jede wissenschaftliche Grundlage!» hinzuwerfen. Ihre Schwester Louise war ebenfalls skeptisch, wie Doktor Chandi stellte sie mir mannigfaltige Fragen zu diesem Brief, den ich bekommen hatte; auch wenn darin ausdrücklich auf die Feststellung Wert gelegt wurde, es würde keinesfalls um Geld gehen, konnte ich doch genausogut Gangstern in die Hände fallen. Das gesamte Essen über äußerte sie, in Gedanken, sich nicht mehr zu dieser Geschichte, doch als ich mich von ihr verabschiedete, flüsterte sie mir gesenkten Kopfs mit entschiedenem Tonfall zu: «Ich habe nachgedacht, fahr, ob's klappt oder nicht, das zählt nicht, du schreibst nicht mehr, und wie ich dich kenne, kommt dir diese Art Geschichte wie gerufen, was auch geschieht, ich bin ge-

wiß, das wird dich wieder zum Schreiben bringen.» Harmlosen Gesichts kannte mich meine Großtante Louise, mit vierundachtzig, wie ihre Westentasche.
Allerdings war in dem Brief, über den ich weiterhin zwischen zwei Schlummern meine Augen schweifen ließ, nicht die Vorwahlnummer für Casablanca angegeben. Ich rief die Vermittlung an, man sagte mir, man würde mich zurückrufen, um mich mit der fraglichen Nummer zu verbinden. Ich wartete, man rief nicht zurück. Ich rief selber wieder an, man sagte mir, das Kabel nach Casablanca hätte einen Bruch. Ein Kabelbruch, merkwürdiges Zeichen. War es eine Erleichterung, diese Nummer nicht erreichen zu können, oder schon etwas, das mich verfolgte? Mich drängte es, die Stimme des Mannes zu hören, der mir geschrieben hatte, ich dachte, sie würde entscheidend sein für meinen Beschluß, zu fahren oder nicht.

Von allen Briefen, die ich erhalten hatte, war der des Mannes der einzige, auf den ich zu reagierten gedachte, eventuell, denn er kam aus Casablanca, was sich traumhaft anhörte, und er beschwor die Gestalt jenes anderen Mannes herauf, den man den Tunesier nannte, eines Industriellen, der sich aus dem Berufsleben zurückgezogen hatte und seine geheimnisvolle Kunst um der bloßen Schönheit des Tuns willen weiterhin ausübte. Von der Postlawine überrollt, hatte ich auf keinen einzigen Brief geantwortet. Nach dem Fernsehauftritt erhielt ich fünfundzwanzig Briefe täglich. Die Hausmeisterin wartete bis zu dem Augenblick, in dem ich, wie sie glaubte, wach war, um an der Gegensprechanlage zu läuten, sie sagte: «Heute morgen paßt es schon wieder nicht in den Kasten, ich stopfe alles in den Aufzug und schicke es Ihnen hoch.» Ich packte meine Gaben aus, Kassetten, Schallplatten, eine beige Kaschmirweste, eine Parfumflasche, Exvotos, ein kleines Herz «zum Weiterlieben», ein kleines Buch «zum Weiterschreiben». Die Pressesprecherin des Verlags bewältigte es immer weniger, sie rief mich an, um mir zu sagen: «Wir haben schon wieder ein Paket von Guerlain bekommen, es ist wohl Parfum, was soll ich damit machen? Schicken wir es Ihnen per Post oder per Kurier? Soll ich die Platte dazutun, die gestern gekommen ist?» Anna, die ausgestopfte Stierköpfe sammelte, hatte den Plan ausgeheckt, das Büro der Pressesprecherin mit einem dieser Riesenhäupter zu überfallen. Ich hatte etwas Unglückliches angestellt, als ich in «Apostrophes» sagte, daß ich nicht mehr schrieb und ohne Zweifel nicht mehr schreiben würde. Die Menschen drängten mich weiterzuschreiben. Das war schön, dieser Überschwang von Unbekannten, dabei fühlte ich mich so leer und öde. Es gab allgemein gesprochen zwei Typen Briefe, in den einen hieß es: «Sie werden nicht sterben, denn wir wollen es nicht, und weil Sie selber nicht daran glauben dürfen, Sie werden es schaffen, es wird rechtzeitig ein Arzneimittel gefunden werden, und schreiben Sie in der Zwischenzeit noch ein Buch, wir denken an Sie, wir lieben Sie.» In den anderen hieß es: «Sie werden sterben, das ist gewiß, aber das ist phantastisch, denn in diesem Tod liegt eine großartige Logik in bezug auf die Bücher, die Sie geschrieben haben. Vergessen Sie in dem Moment, da Sie sterben werden, nicht, daß ich stets Ihre Bücher in meiner Umgebung bekannt machen werde und daß daraus eine große Woge von Widerhall entstehen wird.» Eine junge Ärztin schrieb mir einen zweiseitigen Brief, um mich zu überreden, ihr Blut und ihr Rückenmark anzunehmen. Priester schrieben, daß sie für mich beteten. Ich erhielt zwei kleine Farbfotos von einem

Häuschen bei Rochefort, die Frau erklärte mir, sie habe es zufällig an einen jungen aidskranken Mann vermietet, und das Haus am Meer habe ihm sehr wohlgetan, er habe wieder zugenommen, jener Professor im Hôtel-Dieu könne es bezeugen, jetzt war der junge Mann gestorben, leider, doch sie hatte beschlossen, daß das Haus Aidskranken zu leben helfen sollte, da hatte sie an mich gedacht, freilich waren sie und ihr Mann berentet, sie hatten bescheidene Mittel, also war sie gezwungen, mir das Haus zu vermieten, sie hatte an zweitausend Francs pro Monat gedacht. Zwei Wochen darauf, weil ich nicht antwortete, beschimpfte mich dieselbe Frau geradezu: «Sie machen Scherze», schrieb sie, «aber ich halte Ihnen dieses Haus zurück, dabei stehen Leute vor der Tür, Sie werden sich bald entscheiden müssen, ich habe ein junges Paar, das möchte mieten, lassen Sie mich Ihre Antwort postwendend wissen.» Ein Mann schrieb mir in einem sorgfältigst mit der Maschine geschriebenen Brief: «Ich hatte auch drei Monate lang Aids, ich habe es mir beim Zahnarzt zugezogen, bei einer Zahnsteinbehandlung, ich konnte bald das Vorhandensein des Virus in meinem Urin feststellen, doch da ich ein wenig Forschergeist habe, ein wenig Erfindergeist, habe ich für mich selber eine Behandlung entwickelt, die funktioniert hat, und nach drei Monaten war das Virus aus meinem Urin verschwunden, ich biete Ihnen an, Ihnen meine Behandlung zukommen zu lassen, Sie werden bei mir wohnen, ich sage Ihnen gleich, Sie werden selber für sich kochen müssen, aber ich komme Sie am Bahnhof abholen, wir werden meine Methode sofort anwenden und jeden Abend zusammen Ihren Urin untersuchen, um das allmähliche Verschwinden des Virus zu verfolgen.» Ein anderer liebenswürdiger Spinner riet mir, meine Körpertemperatur um einen Grad abzusenken, um das Virus erfrieren zu lassen. Mit jeder Postlieferung wurden mir alternative Therapien vorgeschlagen, sei es mit Rohkost, sei es nach der Methode von Professor Bartovski. Meine Schwester in eigener Person hatte mir, als sie die Nachricht erfahren hatte, vorgeschlagen, mich an die Grenze zu Deutschland zu begeben, um mich einer sehr langen, sehr schmerzhaften und sehr kostspieligen Spritzenbehandlung zu unterziehen, die jedoch schon etliche Krebserkrankungen geheilt hatte. Eine Frau sandte mir ihr Foto, sie erzählte mir ihre Geschichte: zwanzig Jahre lang hatte sie glücklich mit ihrem Mann gelebt, den sie liebte, doch hatte er sie verlassen, und jetzt war sie auf einmal allein, auch ihre erwachsenen Kinder waren aus dem Haus. Orientierungslos hatte sie begonnen, sich in Bars herumzutreiben und zu trinken. In einem Nachtclub war ihr ein junger Mann mit eigenartiger, faszinierender Ausstrahlung aufgefallen, sie hatte ihn angesprochen, schließlich hatten sie die Nacht miteinander verbracht. Anderntags hatte der Junge ihr gestanden, daß er bisexuell war, sich gar mit Männern prostituiert hatte, zu einer Zeit, da Aids bereits umging. Nach diesen Enthüllungen war er entschwunden. Die Frau fand sich unvermittelt in abgrundtiefer Verzweiflung: sollte sie den Test machen? Sie verzehrte sich, unmöglich, zu einer Entscheidung zu gelangen. Der junge Mann tauchte wieder auf: sie überredete ihn, den Test zu machen. Wunder, er war negativ. Sie hatte dieses Glück gehabt, doch ich hatte es nicht gehabt, also wollte sie mir helfen. Sie schlug mir vor, bei ihr zu leben, sie listete mir die diversen Bequemlichkeiten ihres Heimes auf: drei Badezimmer, eine Stereoanlage, ein Fernseher dieser Marke, ein Mikrowellenherd, ein Auto jener Marke, die drei nächstgelegenen Städte hießen so und so, und sie könnte mich ganz nach meiner Wahl in die oder jene dieser Städte fahren, nun ja, sie schickte mir dies Foto, um mir «zu beweisen, daß ich keine alte, klapprige Oma bin». Der Brief aus Casablanca, bedachte ich's recht, hatte etwas mit all diesen mehr oder weniger närrischen Briefen gemein, doch übte ich mich darin, ihn wieder und wieder zu lesen, um ihn vollkommen vernünftig zu finden. Mein Briefschreiber aus Casablanca begann damit, daß er sagte, er teile mit mir den Beruf, wenn man das so nennen könne, und habe schon so und so viele Bücher veröffentlicht, fünf davon in dem Verlag, der auch meine Bücher herausgab. Er hatte mein Buch nicht gelesen, doch hatte er mich im Fernsehen gesehen, und er hatte sich gesagt, man könne so ein wertvolles Wesen nicht einfach verderben lassen. Er hatte einen Freund, der schon mehrere schwere Krankheiten geheilt hatte, darunter Krebsleiden, der daraus jedoch keinen Beruf mache: er habe kein Geld nötig und weigere sich, Bezahlung entgegenzunehmen. Der Schriftsteller hatte ihn bezüglich meiner konsultiert, es stellte sich heraus, daß der Heiler mich ebenfalls im Fernsehen gesehen hatte. «Glauben Sie, daß Sie etwas für diesen jungen Mann tun können?» hatte ihn der Schriftsteller gefragt. «Ja, ich glaube, ich kann ihn heilen», hatte ihm der Tunesier geantwortet, «er brauchte bloß einfach für gut zehn Tage nach Casablanca zu kommen.» Der Heiler stellte bei alldem eine einzige Bedingung: daß seine Anonymität gewahrt bliebe. Angesichts des Ansturms der Kranken hatte er schon dreimal umziehen müssen. Dann folgte in dem Brief ein Satz über die Hingabe seiner selbst, die nur durch Konzentration ermöglicht werde. «Sie werden also lediglich für die Reisekosten aufkommen müssen», fuhr der Schriftsteller fort, «sowie für Ihr Hotel und die Mahlzeiten während gut zehn Tagen.»

Unverzüglich begann ich, bei mehreren Leuten Erkundigungen über den Mann einzuholen, der mir geschrieben hatte. Die Pressesprecherin des Verlages, dem er sich zugehörig erklärte, sagte mir, er sei ihr völlig unbekannt, dann zog sie, von Zweifeln befallen, eine Liste zu Rate und sagte, dieser Mann habe in der Tat Bücher in diesem Hause veröffentlicht, das läge jedoch rund zehn Jahre zurück. Die Belegschaft hatte gewechselt, niemand erinnerte sich mehr an diesen Schriftsteller. David, der mit seinem Abteilungsleiter darüber gesprochen hatte, brachte von diesem Gespräch mit, er sei ein «schlechter Schriftsteller», und, so fügte er hinzu, «ich an deiner Stelle würde einem schlechten Schriftsteller nicht trauen».

Eines Nachmittags, an dem ich halb verzweifelt war, rief ich wieder bei der Vermittlung an, um mit der Nummer in Casablanca verbunden zu werden. «Bekommen Sie keine Verbindung, oder ist die Nummer gestört?» fragte mich das Fräulein. Dann teilte sie mir mit, daß ich unter dieser Vorwahl direkt wählen könnte. Ein schwaches Stimmchen war am Apparat: die eines kleinwüchsigen Mannes, eines pensionierten Lehrers, dem seine Untätigkeit schlecht bekommt. Ich mochte diese Stimme, sie beruhigte mich. Sie erinnerte mich an die Stimme von Jules' Vater, dieses so charmanten, so schüchternen Mannes, der mich eines Tages am Telefon für seinen Sohn gehalten und zu mir gesagt hatte: «Ach, du bist's, mein Kleiner?» Der Mann sagte mir sofort, daß er meinen Anruf erwartet habe, daß sein Freund im Augenblick nicht in Casablanca sei, er mache mit seiner Frau und den Kindern Urlaub im Hohen Atlas, müsse jedoch in der folgenden Woche zurückkommen, und es sei gut, wenn ich schnellstmöglich käme.

«Warten Sie», bat der Mann, «meine Frau sagt etwas...» Auch diese familiären Details beruhigten mich. Der Mann fragte mich, ob ich am Meer oder in der Stadt zu wohnen wünschte, wenn ich das Sonnenlicht scheute, würden er und seine Frau Zimmer ansehen, um mir eines zu reservieren. Wir kamen überein, einander ein paar Tage später wieder anzurufen. So niedergeschlagen ich vor diesem Anruf gewesen war, so stark ergriff mich hernach eine eigenartige Fröhlichkeit. Ich legte eine Chansonplatte auf und sang so laut, daß ich beinahe die Sängerin überschrie. Ich fühlte mich stark und ewig.

Als ich den Mann wieder anrief, um ihm meine Ankunftszeit und Flugnummer mitzuteilen – er erbot sich, mich mit seiner Frau am Flugplatz abholen zu kommen –, sagte er mehrfach: «Sie werden meine Frau sofort erkennen: eine weiße Mähne, eine Löwinnenmähne.» Ich erspürte etwas, das mich ein wenig beunruhigte, in der Art und Weise, wie er die Worte Mähne und Löwin wiederholte. Ich nutzte die Gelegenheit, um ihm einige zusätzliche Fragen zu «ihrem Freund» zu stellen. Er teilte mir mit, er sei ein athletischer Mann, der sich im Boxsport versucht habe. Dies Detail gefiel mir außerordentlich: ein Boxer, pensionierter Industrieller, der in Casablanca Wunder wirkte, für mich brauchte es nicht mehr, um immer stärkere Lust zu bekommen, ihm zu begegnen. Ich ahnte etwas Außergewöhnliches voraus.

Die Abreise war auf Donnerstag nachmittag festgesetzt, und es war vereinbart, daß ich gleich am Folgetag meiner Ankunft, am Freitag um 15 Uhr, einen ersten Termin bei dem Tunesier haben würde. Der Lehrer hatte mich gewarnt, daß es beim Zoll Probleme geben könnte: «Hier geht das absolut nicht so glatt wie in Paris, sie machen einem Schwierigkeiten.» Im Flughafen von Casablanca, während ich vor dem Schalter der Paßkontrolle wartete, an die Reihe zu kommen, sah ich als erstes Gesicht, hinter einer getönten Glasscheibe, das düstere Antlitz eines kleinen, schwächlichen Mannes mit fast blauer Haut. Ich dachte bei mir, das sei mein Mann, und es schauderte mich dabei, die Kunst seines Freundes, des Heilers, hatte an seiner Person nicht geradezu Wunder vollbracht. Hinter der Kontrolle wartete ein Wald von Menschen. Ich vermied es, in diese Richtung zu blicken. Ich fühlte mich beobachtet. Dann hob ich wieder den Blick, und er fiel auf die weiße Mähne. Man gab mir ein kleines Zeichen. Neben der Löwin stand ein ganz kleiner Mann, er sah aus wie von Sempé gezeichnet. In dem Verschlag, wo ich meinen Paß vorweisen mußte, zeigte ein Zöllner einem anderen lachend eine Halskette, die er sich zärtlich über die Handfläche gleiten ließ, um sie bewundern zu lassen. Man forderte mich auf, mein Gepäck zu öffnen, und man brachte darauf ein Kreidezeichen an. Dies hätte ich umgehen können, hätte auch ich, so erklärte man mir, eine Halskette als Lohn versteckt.

Nun werde ich so detailliert als möglich meinen Aufenthalt in Casablanca und meine Begegnung mit dem Tunesier schildern müssen. Die Bilder des Kernspintomographen, die mit Magnetresonanz hergestellt werden, haben «verwischte Zonen» im weißen Stoff des Gehirns gezeigt. Mir etwas zu vergegenwärtigen ist schwierig. Ich habe Mühe, mich zu konzentrieren, zu lesen oder auf eine Erinnerung zu kommen. Gestern, als ich diese Erzählung begann, trotz der Erschöpfung und des Gewitters, das alles in Watte hüllte, glitzerten die berühmten Vibrionen weißen, phosphoreszierenden Lichts zwischen dem Blatt und meinen Augen, was diese daran hinderte, eine gerade Zeile zu halten. Seit vorhin suche ich den Namen der Stadt, in der das Flugzeug zwischengelandet war, bevor es Casablanca anflog, mir scheint, er beginnt mit einem D, es ist eine der bekanntesten marokkanischen Städte, an der Atlantikküste, südlich Tangers, doch ich komme nicht darauf. Es ist nicht Djerba, natürlich nicht, das mir dennoch in den Sinn kommt, doch was, wenn das D eine falsche Spur ist?

Gleich am Flugplatz stellte ich fest, daß die Menschen, die mich in Empfang nahmen, reizend waren, wirklich sympathisch, diskret, zuvorkommend, rücksichtsvoll. Der Mann bestand darauf, mein Gepäck zu tragen, während die Frau das Auto vom Parkplatz holen ging. Auf dem Vorplatz, im Licht der untergehenden Sonne, während wir auf seine Frau warteten, begann der Mann mir die vom Tunesier durchgeführten Heilungen vorzuerzählen. Er hatte Nierensteine aufgelöst, er brauchte bloß eine Bewegung zu vollführen, und schon verzog sich die Meningitis. Eines Tages hatte ihn die Schwester des Lehrers angerufen, um ihn zu bitten, eilends zu kommen, ihre Mutter lag im Sterben, die Ärzte im Krankenhaus sagten, sie habe nur noch wenige Tage zu leben, doch aus der Entfernung, indem er lediglich an sie dachte, und indem er sie zu einer bestimmten Uhrzeit ein Glas Wasser trinken ließ, hatte der Tunesier sie da herausgeholt. Die Frau, sie steuerte das Auto – «ich bin der Chauffeur und die Sekretärin meines Mannes», sagte sie –, ging in ihren Berichten noch weiter. «Der Tunesier ist ein naiver Mann», sagte sie. «Sie werden sehen», fügte ihr Mann hinzu, «er hat etwas Scharlatanhaftes an sich, ohne das diese Art Begabung zweifellos nicht zustande kommen kann.» Der Tunesier war ein guter, großmütiger Mann, der die heiligen Schriften sehr gut kannte. «Er verrät es niemandem, weil er Angst hat, es könnte ein bißchen lächerlich wirken, und Ihnen wird er es nie sagen, und er wäre wütend, wenn er wüßte, daß ich es Ihnen sage, aber als Siebenjähriger hat er die Jungfrau Maria gesehen.» Der Tunesier war Freimaurer, er trachtete danach, den Lehrer und seine Frau zu ihren Versammlungen mitzunehmen, doch meinte der Lehrer, daß er keinerlei Gruppe angehören wollte. Der Tunesier hatte nie Glück: er hatte versucht, mit industrieller Hähnchenzucht ein Vermögen zu verdienen, doch war sämtliches Geflügel gestorben, und sein Partner hatte sich samt der eisernen Reserve abgesetzt. Heute lebte er, niemand wußte genau wie, indem er Wohnungen vermietete, die er hier und da in Marokko besaß. Doch ein weiteres Mal traf ihn ein böses Geschick: er hatte einen Baugrund gekauft, um sich endlich ein angemessenes Haus zu bauen, die Fundamente waren erstellt, die Grobarbeiten begonnen, und auf einmal beschlossen die königlichen Ingenieure, an dieser Stelle einen Autobahndurchstich entlangzuführen, ohne irgendwelche Entschädigungen vorzusehen. Der Lehrer focht brieflich und telefonisch mit einem seiner früheren Schüler, der Minister geworden war. Ich lauschte den Erzählungen des Ehepaares und betrachtete dabei die vorüberziehende Umgebung des Stadtzentrums. «Das dort ist das Villenviertel», sagte die Frau, «es gibt sogar Häuser mit goldenen Wasserhähnen, Sie haben recht gehört, goldene Wasserhähne!»

Wir mußten zur Küste fahren, um an das Hotel zu gelangen, wo das Paar mir schließlich ein Zimmer reserviert hatte, damit es für mich zugleich, so sagten sie, mit Sonne und Ozean, Urlaubstage wären. Wir fuhren an einer Moschee vorüber, die, wie sie erklärten, ein saudischer Prinz sich hatte bauen lassen, welcher hinter dem Tempel seine Spielhölle samt Roulette und Bordell unterhielte. Ins Mark getroffen von diesem maßlosen Bauwerk, hatte der König verkündet, er werde hoch am Meeresufer, wie eine biblische Vision, die größte Moschee der Welt erbauen.

Das Paar bestand darauf, mich auf mein Zimmer zu begleiten. Das Hotel *Karam*, dessen Name, wie mir mein Freund Hedi gesagt hatte, «Mitleid» bedeutete, von dem jedoch ein Empfangsbediensteter sogleich behauptete, er solle überhaupt nichts heißen, es sei nur irgendein Name ohne Bedeutung, war an die Küste des Ozeans gebaut, aus schon verrottendem Material, zwischen dem großen Strand von Casa, an den die Wogen brandeten, und einer Reihe von Privatstränden, die man «Die Schwimmbäder» nannte. Die Frau des Lehrers beugte sich über den Tresen der Rezeption, um mit wichtiger Miene der Frau, die dahinterstand, zuzuflüstern, indem sie auf mich wies, ich sei Gast des königlichen Hofes, und die Frau zeigte durch die Gleichgültigkeit ihres Blicks, daß eine solche Lüge sie vollkommen kalt ließ.
Der Aufzug funktionierte nicht: ein feztragender Groom mußte ihn wieder in Gang bringen. Mein Zimmer lag im vierten Stock, ganz am Ende des Gangs, neben einem großen Glasfenster, von wo aus man den Strand sah, bläulich und verlassen. Der Ozean verbreitete ein unablässiges, gleichförmiges Rauschen, wie ein gedämpftes Getose. Von dem kleinen Balkon des Zimmers aus wies das Paar auf den Vorplatz, der sich genau darunter erstreckte: Das war das vornehmste Schwimmbad von ganz Casablanca gewesen, übrigens das Schwimmbad, das sie selber benutzten, das jedoch von einer Flutwelle weggespült worden war, und es war davon nichts mehr übrig als eingebrochene Keramikstege, einzeln stehende

Pfeiler, leere, in fahlblauen Tönen und Ocker gefärbte Bassins. Der Lehrer und seine Frau schlugen vor, sie könnten in einer Stunde vorbeikommen, um mich zum Abendessen abzuholen. Ich war vom Ozean berauscht, von diesen endlosen, weißen, flachen und gewaltigen Brechern, die gleichmäßig anrollten, und auf denen Vincent gern gesurft hätte. Ich bedauerte nicht, daß ich nicht mit ihm zusammen war, doch dachte ich immer zärtlich an ihn.

Als wir zum Hotel gekommen waren, hatte dessen Umgebung verlassen dagelegen, doch als das Paar eine Stunde darauf wiederkam, um mich abzuholen, wogte eine lärmende Menge auf der Promenade auf und ab, war der Zeitungskiosk geöffnet, quollen die Terrassen der Cafés von Menschen über. «Schade, daß Sie mitten in den Ramadan geraten», sagte die Frau zu mir, «das Spektakel wird die ganze Nacht lang gehen. Von Sonnenaufgang bis Sonnenuntergang dürfen sie nichts essen, keinen Tropfen Wasser anrühren und müssen keusch sein. Sie warten auf den Glockenschlag, um sieben, früher war es ein Kanonenschuß. Dann nutzen sie die ganze Nacht, um sich auszutoben. Aber kurz vor sieben Uhr abends zeigt sich kein Mensch auf der Straße, sie sind alle zu Hause, um sich den Bauch vollzuschlagen. Darum weiß ich nicht, ob in unserem Club viel los sein wird, die Marokkaner gehen in dieser Zeit nicht ins Restaurant, und die Europäer meiden das Spektakel.»

Der Club der Clubs von Casablanca, mit CCC bewimpelt, war in der Tat verlassen. Die Kellner und der Koch standen von ihrem Tisch auf, als sie uns kommen sahen. Der Lehrer sprach vertraulich mit den Obern, nannte sie beim Vornamen, duzte sie, bedauerte die Abwesenheit seines Lieblings, der eine große Schönheit war, wie er sagte, vor seiner Frau, die starr stand, mißtrauisch. Der Lehrer sah ein wenig genießerisch und zufrieden aus, er faltete die Hände, und es fehlte wenig, daß man ihn mit dem Kopf hätte wackeln sehen, als Ausdruck seiner Befriedigung. Seine Frau, neben ihm, war steif in ihrem graufarbigen Männeranzug, dessen Wirkung von einer Seidenkrawatte verstärkt wurde, sie preßte sich eine kleine, flache Handtasche an die Hüfte, ihr weißes Löwinnenhaar knisterte, sie roch nach Lippenstift, wie meine Mutter einst. «Ich werde nie vergessen, was der Tunesier für unsere Tochter getan hat», hub sie wieder an, «denn sie war hinüber, aber wirklich vollkommen. Völlig abgefahren in so einer Sektengeschichte mit einem Guru, sie sprach kein Wort mehr, sie aß nichts mehr, sie war wie gelähmt. Der Tunesier kam sie besuchen, er sagte nur zu ihr: ‹Los, steh auf und gehe.› Sie stand schwankend auf, fing an zu gehen. ‹Nein, nicht so›, sagte er da zu ihr, ‹geh, aber geh richtig.› Sie war geheilt.»

Wir redeten ein wenig über «Literatur». Das Paar bestand darauf, daß ich von meinem Auftritt bei «Apostrophes» berichtete, wodurch sie mich ja tatsächlich kennengelernt hatten. Es war zu spüren, daß dies eine Welt war, die sie eigentlich verachteten – «dieses Fast-food-hafte an Pivot, dem Moderator», meinte die Frau –, doch eine unerreichbare Welt, nach deren Nähe sie gierten, denn sie wäre das Zeichen einer gewissen Anerkennung. Die Frau begann, von ihren sämtlichen erfolglosen Schritten zu berichten, die sie in Paris mit den Manuskripten ihres Mannes unternommen hatte: die Grobheit der Verleger, die sie mit den Füßen auf dem Schreibtisch empfingen, das mickrige Zubrot aus den Autorenhonoraren, die abschlägigen Bescheide. Der kleine Mann verwandte nicht dieselbe Energie wie seine Frau darauf, seine Demütigungen zu schildern: er war erhaben über dergleichen, er nahm die Dinge philosophisch, mit Geduld, Resignation. Natürlich glaubte er an sein Werk, dessen Architektur er mit einem kleinen gegen sich selbst gerichteten Lächeln der des Proustschen verglich, und zugleich zweifelte er furchtbar daran, immer wenn er ein neues Buch begann, ohne die Krücken des Unterrichtens und des herzlichen Verhältnisses zu seinen Schülern. Traurig beschwor er diese glückvolle Zeit der Freundschaft zu seinen Schülern herauf: immer saß einer bei ihm zu Hause, das Telefon läutete ohne Unterlaß, ein Schüler sagte zu ihm: «O Monsieur, ich höre so gern Ihre Stimme!» Doch die Frau gab zu verstehen, ihr Mann sei zu gut, die Güte in Person, so sagte sie, und das werde immer ausgenutzt, um ihn übers Ohr zu hauen. «Ist mir egal, wenn einer nicht ehrlich ist», entgegnete er, «wenn ich jemanden gern habe, dann ist es fürs Leben.» Um das Gesprächsthema zu wechseln, denn es war zu spüren, daß sie einzig hierin uneins miteinander waren, begann die Frau, die Artikel aufzuzählen, mit denen die Journalisten ihren Mann in den letztvergangenen Jahren beehrt hatten. Einer von ihnen hatte gar geschrieben, er sei der perfekte Nobelpreis-Kandidat. Er war in eine Auswahlliste zum Prix Renaudot aufgenommen worden, doch war ihm der Preis am Ende, keiner wußte, durch welches Gemauschel, vor der Nase entwischt. In dieser Schilderung von Mißerfolgen lag eine Art Bitterkeit, doch vermauerte sich der Lehrer hinter seinem bescheidenen Lächeln, zugleich des eigenen Wertes versichert, der eines Tages öffentlich anerkannt sein würde. Es erstand vor mir eine Figur, der ich noch nie nähergekommen war: die des verkannten Schriftstellers.

Als ich in das Zimmer zurückkam, in dem ich doch das Licht hatte brennen lassen, wimmelte das ganze Bad von roten Kakerlaken. Sie rannten umher bis zu dem Augenblick, in dem sie, so schien es, begriffen, daß man sie töten wollte. Dann erstarrten sie in schmerzlichem Erstaunen und boten sich rückhaltlos den Schuhschlägen dar, die sie zu Brei zerklatschten. Im Blitz einer Sekunde hatten sie die ganze menschliche Grausamkeit begriffen und würden davon im Kakerlakenparadies Zeugnis ablegen. Ich ließ das Neondeckenlicht am Kopfende meines Betts an und beschirmte mich mit den Händen vor der Lichtdusche, die auf meine Lider herniederging.

Wir waren für den folgenden Tag so verblieben, daß der Lehrer und seine Frau, falls ich sie nicht anrief, um die arabische Altstadt zu besichtigen, mich um halb drei im Hotel zu dem Termin abholen würden. Ich ging in Richtung Strand. Der Himmel war bedeckt. Ich betrat den Strand über eine Steinrampe, auf deren Kante ich mich hinsetzte. Direkt hinter mir, in einem Gebüsch, befand sich eine Wasserstelle, Jungen kamen, um sich daran zu waschen, setzten sich prustend mit dem Kopf unter den Strahl. Sie wuschen auch ihre Kleidung, die sie an den Dornenbüschen aufhängten. Verstohlen beobachtete ich ihre dünnen, muskulösen Oberkörper. Ein alter Mann mit Turban war gekommen, um eine Flasche an der Zapfstelle zu füllen, und wusch sich endlos lange die Füße. Schräg unten am Strand, nahe der Brecher, widmeten sich zwei Jungen in weißen Badehosen einer symmetrischen Gymnastik, als trenne sie ein Spiegel: Kopf an Kopf pumpten sie eine Reihe von Liegestützen. Dann rannte sie in die Wellen. Ich beschloß, mich ihnen zu nähern und sie von fern zu umkreisen, so unauffällig wie nur möglich. Diesmal streifte

ich nicht die Schuhe von den Füßen, um im Sand zu gehen, es war vielleicht das erste Mal, daß ich nicht barfuß durch den Sand ging, ich achtete darauf, den allzu spiegelnden Spuren auszuweichen, den allzu weichgründigen Bereichen, die die Wellenzungen hinterließen. Schließlich hatte ich die beiden Jungen umgangen und verfolgte weiter meinen Weg längs des endlosen, verlassenen Strandes. Allerdings schliefen hier einige Männer, am Rande der Dünen. Ich ging auf einen beflaggten Wachtturm zu. Jedesmal, wenn ich an einem Strand einen Wimpel sah, überzog ich ihn mit dem Totenkopf, der die gefährlichen Strandabschnitte meiner Kindheit markierte. Im Sand waren Hufspuren von Pferden. Die Sonne hatte zu brennen begonnen. Die Frau des Lehrers hatte am Vortage gesagt: «Wie dieser oder jener Schriftsteller sagte, Marokko ist ein kaltes Land mit einer brennenden Sonne.» Ich spürte, wie mir die Sonne auf den Nacken und den schütter bedeckten Schädel knallte, sie begann mich zu schmerzen. Ich machte kehrt. Die Jungen mit den weißen Badehosen verstauten ihre Sachen auf dem Moped, das sie bis an den Wellensaum gebracht hatten, um ein Auge darauf zu haben. Das sonnige Wetter hatte sich stabilisiert, und Dutzende junger Männer liefen nun über den Strand, der bald, von meinem Hotelbalkon aus gesehen, schwarz vor Menschen sein würde.
Ich ging zurück, am Hotel vorüber, und weiter auf die Schwimmbäder zu. Ich hatte mich wohl gefühlt an diesem Strand, die Erschöpfung war von mir gewichen, ich hatte an die Begegnung des Nachmittags gedacht, über den Sinn oder die Sinnlosigkeit, die für mich darin lag, nachgedacht, und man hätte sagen können, daß der Tunesier bereits sein Werk in mir begonnen hatte. Ich war wieder stark, und wieder ewig.

Arbeiter räumten und reinigten die vom winterlichen Schmutz vollgewehten Schwimmbäder, Vorbereitung für die Saison. Es waren Schwerarbeiter, Schwarze, mit bloßen Oberkörpern, die sich rote Tücher um die Schädel geknotet hatten und in den Sandtrichtern, die sie wieder zu benutzbaren Becken ausschaufelten, aussahen wie wilde Archäologen. Die ersten bläßlichen Touristinnen hatten am Grunde der leeren Schwimmbäder Zuflucht gesucht, um sich im Windschatten zu bräunen. Das Hawaï Beach mit seinen sonnenverbrannten grauen Strohhütten bot das Bild größten Jammers: man konnte sich nicht vorstellen, wie diese verdorrten Palmenwedel je wieder aufgefrischt werden sollten. Die Sonne brannte immer stärker. Ich gedachte, an diesen Strand zurückzukehren, um hier Fotos zu machen. Das Kontiki, an dem ich auf dem Wege zum Hotel vorüberkam, zog allerlei Gestalten an, seltsame, einsame, ausgemergelte, streunende Hunde, räudige Katzen, Kinder, Gymnasten, Greise, die hier ihre Wäsche wuschen und ihre Lumpen an das hängten, was zehn Jahre zuvor die Pfosten der Zelte und Sonnenschirme dieses Luxusetablissements gewesen waren. Alle wirkten sie wie Phantome, die ihre Rechte wieder eingenommen hatten, mit der Komplizenschaft der Flutwelle und der Verwitterung.

«Sagen Sie Jacqueline zu mir», sagte die Frau des Lehrers, «und nennen Sie meinen Mann nicht mehr Monsieur, nennen Sie ihn Yves, wir nennen Sie dann Hervé.» Der Wagen verließ das Stadtzentrum, um sich auf Vorstädte zuzuwühlen, wie Querschnitte durchfuhr er immer einfachere Viertel. Ich fragte mich, ob die Frau des Lehrers nicht absichtlich die Route verkomplizierte, damit ich unfähig wäre, sie wiederzufinden, sollte ich eines Tages versuchen, sie allein zu fahren oder jemanden an unser Ziel zu führen. Ich hatte Lampenfieber und Bauchweh, ich hatte unvorsichtigerweise einen streng riechenden Lammspieß gegessen. Wir umfuhren ein kleines, drei-, vieretagiges Mehrfamilienhaus, Marke Billigbau, entlang einer schmalen Spur, um den Wasserbächen auszuweichen, die von den Fenstern rannen. «Ein leckes Badezimmer», sagte die Frau des Lehrers, «sie haben es augenscheinlich nicht repariert, seit wir zuletzt hier waren, vor Monaten.» Kinder starrten uns mit offenen Mündern nach und drückten sich in die Gewänder ihrer Mütter, sichtlich gehörten wir nicht zum Hause, doch begriffen die Mieter den Zweck unseres Besuchs, denn täglich strömten solche wie wir herbei, der Tunesier zog die verschiedensten Menschen der Welt an.

An der Tür ist mit einer Nadel ein winziges Stück Papier befestigt, darauf handgeschrieben: «Der Tunesier – Lumière.» Die Frau des Tunesiers heißt Lumière, Frau Licht, das ist ihr Name. Sie haben sich auf der Schule kennengelernt, der Tunesier war fünfzehn, die kleine Lumière zehn. Sie verloren einander aus den Augen, erklärt mir die Frau des Lehrers flüsternd, gingen jeder für sich eine unglückliche Ehe ein, wie man so sagt, und sind einander dann mit dreißig wieder begegnet. Seither nennt jeder der beiden sich so, wie er zu Schulzeiten hieß, sie mit ihrem Familiennamen und er bei seinem Spitznamen, Lumière und der Tunesier.

Ich stellte mir einen sehr alten, ganz faltendurchfurchten Tunesier vor, der äußerst langsam auf seinen Pantoffeln einherschlurft oder bereits gelähmt in seinem Thron sitzt, mit zarten und zerknitterten Händen, die meine ergriffen hätten, mit kleinen, listigen und tiefliegenden Augen, die nichts mehr an-

ficht und die mich mit einem Glitzern vom Grunde ihrer Kugeln angeblickt hätten. Die Tür öffnet sich: er ist ein Operettensänger. Luis Martiano, Georges Guétary, Rudy Hirigoyen in ihrer Glanzzeit. Ein großer, vierschrötiger Mann, ganz in Weiß gekleidet: weiße Mokassins, weiße Söckchen, weiße, enganliegende Hose, weißes Hemd, grobmaschiger weißer Pullover, nur gerade eine blaue Krawatte, am Finger einen Diamanten, goldene Kettchen und Armbänder, ein strahlendes Gebißlächeln und, oben auf der Stirn, querüber eine lackierte braune Strähne, von hinten mit einem teilenden Strich des Kamms oberhalb des Nackens gegriffen. Ich dachte bei mir: «Vielleicht kannst du ja Krebs heilen, mein Lieber, aber augenscheinlich hast du nicht das Zauberrezept, um dir wieder die Haare sprießen zu lassen.»
Wir betreten ein bürgerliches Wohnzimmer, das von der Kärglichkeit des Hauses absticht. Nylonvorhänge lassen undeutlich unbebautes Gelände erkennen. Auf den Kommoden eine Flut von Gegenständen, denen man anspürt, daß sie Dankbarkeitsgeschenke sind: Kupferteller, nutzlose Wasserpfeifen, kleine Webteppiche, Kaffeeservices aus bemaltem Porzellan, getönte Champagnerflöten. «Bitte, setzen Sie sich dorthin, neben mich», sagt der Operettensänger zu mir und schiebt mich auf ein Kanapee, während sich die Frau des Lehrers auf ein kleines Sofa neben dem Videorecorder klemmt. «Sie können sich ja einfach einen Film abspielen, während Sie warten», sagt der Tunesier.
«Ja, aber erlösen Sie ihn zuerst von seinem Bauchweh», sagt die Frau des Lehrers mit einer gewissen Hysterie, «er hat irgendein Schweinezeug gegessen, das sollte er nicht verschleppen.»
«Es gibt Schlimmeres», sagt der Tunesier, indem er mich an-

sieht. «Ich sage Ihnen gleich: ich habe keine Ahnung von diesem Virus, und ich brauche auch keine zu haben, denn ich sehe, daß Sie schon furchtbar krank sind, aber wir werden versuchen, Sie da rauszuholen.»

«Ich bin am Kaputtgehen, deshalb bin ich gekommen. Ich bin am Ende meiner Kräfte, ich habe all meine Muskeln verloren, ich bin wie ein Greis, ich kann nichts mehr essen, die Nahrung geht nicht mehr durch, nichts geht mehr, auch die Zeit vergeht nicht mehr, nichts...»

«Das weiß ich alles schon», sagt der Tunesier, indem er mich ansieht, diesmal mit zugekniffenen Augen, als schaue er durch mich hindurch, «aber egal wie, schon bevor Sie erkrankten, waren Sie ganz Schmerz, Sie sind immer ganz Schmerz gewesen... Los, komm, mein Sohn», sagt er zu mir und klopft mir auf den Oberschenkel. Und zum Lehrer und seiner Frau gewandt: «Ich entführe ihn Ihnen jetzt, legen Sie sich eine Kassette ein, ich werde ein wenig mit ihm zusammenbleiben.»

«Ich bitte Sie, lassen Sie sich alle Zeit, die Sie benötigen», sagt die Frau des Lehrers in leicht larmoyantem Tonfall, «aber befreien Sie ihn zuerst von dieser Sauerei, die er gegessen hat.»

Der Tunesier bringt mich in ein enges Arbeitszimmer mit einem Mahagonischrank, Nylonvorhängen, einem leeren Tisch mit einem Papiermesser und Umschlägen, es hängen wohl Bildchen an den Wänden, doch achte ich nicht darauf, ein aufgeknöpftes Hemd hängt an einem Bügel, der wiederum an den Schlüssel des Schranks gehängt ist, dies Hemd starre ich an, als der Tunesier mich erst einmal mit heftiger Geste, mit einem Druck mitten auf die Brust rückwärts auf das kleine zweisitzige Kanapee geschoben hat, auf dem er sich zu meiner Linken niederläßt. «Ziehen Sie Ihre Jacke aus», sagt er

zu mir, ich lege sie zerknüllt zu meiner Rechten ab, ich denke lächelnd bei mir, das ist die Nummer des Wunderdoktors, der seinem Kunden die Taschen ausräumt, sobald er ihn in eine Levitation versetzt hat. Mein Kopf liegt nach hinten gebeugt auf der Kante des Kanapees, ich lasse die Augen offen, ich spüre, wie eine Hand des Tunesiers sich vor meinen Hals legt, dicht vor den Adamsapfel, ohne ihn jedoch zu berühren. «Wir werden zunächst die Schilddrüse bearbeiten», sagt er. Ich spüre die Hand des Tunesiers, die mich nicht berührt, doch Hitze verströmt. Ich sage: «Haben Sie diese Sitzung vorbereitet? Haben Sie daran gedacht, bevor ich kam?»
«Was willst du sagen? Du erlaubst, daß ich dich duze, du bist wie ein Sohn für mich, außerdem bist du so alt wie mein Sohn, vierunddreißig, nicht wahr?»
«Ich wollte sagen: haben Sie über die Arbeit nachgedacht, die Sie tun wollen?»
«Absolut nicht. Ich werd dir die Wahrheit sagen: einen Mittagsschlaf habe ich gemacht. Meine Frau hatte das heulende Elend, weil ihre Kinder wieder gegangen waren, ich mußte sie trösten, dann bin ich auf den Markt gegangen. Ich hielt diesen Mittagsschlaf, und dann waren wir verabredet. Einatmen!»
«Ihre Frau ist nicht da?»
«Nein, sie ist ausgegangen. Du kannst nicht atmen. Ich habe keine Ahnung von diesem Virus, ich habe so was nie gesehen. Das funktioniert nicht. Du fühlst dich an wie ein Krebskranker, aber es ist ganz anders. Du bist wie ein umgekehrter Krebskranker. Spürst du hier etwas?»
«Nein.»
«Dreht sich dir der Kopf?»
«Nein. Ich spüre Wärme. Ihre Hand verströmt Wärme.»
«Das ist keine Wärme, das ist Magnetismus.»

Der Tunesier steht auf und stellt sich vor mich, ich spüre seine Hände über meinen Haaren, die sie manchmal eben so streifen, dann zu beiden Seiten neben meinen Schläfen. Sein Geschlecht in der anliegenden weißen Hose befindet sich genau vor meinem Mund, ich starre auf einen zerkratzten Fleck auf der Vorderseite des weißen, ärmellosen Pullovers. Ich würde jetzt gern das Gesicht des Tunesiers sehen, sein zur Wand hinter dem Kanapee gewandtes Gesicht. Ich frage mich, ob seine Augen geöffnet oder geschlossen sind, ob er lacht, ob er an etwas anderes denkt, ob er sich langweilt, ob er glücklich ist.
«Ah, das ist ein Schlingel, dieses Virus! Spürst du, wie dir etwas auf die Knie fällt?»
«Nein, ich spüre nur die Wärme.»
«Sie geht dir bis in die Hoden hinunter?»
«Nein.»
«Sie wird hinuntergehen. Ich hab keine Ahnung davon, nicht wahr, das sage ich so, aber ich fühle, daß du ein Zuchtbecken in deinen Hoden hast, und noch einen im Gehirn, in dieser Drüse hier hinten. Doch mir scheint, im Gehirn ist das Virus nur ein Schatten, der daraufgeworfen wird. Jedenfalls mag es keinen Sauerstoff, dies Virus. Atme tief ein. Noch mal. Noch tiefer. Du kannst nicht atmen. Du bringst keinen Sauerstoff in dein But, deine Lungen bekommen nicht genug Sauerstoff, dein Gehirn bekommt nicht genug Sauerstoff, und schon kann das Virus an ihnen herumfressen. Du mußt ganz tief so einatmen, nicht jedesmal, sonst wird dir schwindlig, aber wenigstens eine halbe Stunde täglich, wenn du dran denkst, wenn du Zeit dafür hast. Spürst du, wie es runtergeht? Es muß bis zu den Füßen kommen. Sag mir, wenn es in den Füßen ist. Dreht sich dir nicht der Kopf?»

«Doch, ein wenig.»
«Siehst du, zu einem Arzt würde ich sagen: das Virus mag keinen Sauerstoff, das ist eine Eingebung, ich weiß nicht warum, aber wenn der Arzt dumm genug ist, um es als Entdeckung zu nehmen, wird er seinen Kranken Sauerstoff ins Blut spritzen lassen, und ich bin ziemlich sicher, daran würden sie krepieren wie das liebe Vieh.»
Weiter starre ich den Fleck mitten auf dem weißen Pullover an, ich spüre, wie sich die Wärme von den Händen des Tunesiers in mir ausbreitet. Er redet nicht mehr. Plötzlich höre ich ihn flüstern:
«Mein Gott, hilf mir. Hilf mir, mein Gott.»
Ich möchte den Kopf heben, um seinen Gesichtsausdruck zu sehen. Ich kann nicht. Sein aufrechter Körper preßt mich auf das Kanapee. Ich frage, ganz leise:
«Sie glauben an Gott?»
«Hör zu, ich werd dir was sagen: ‹Lieber Weihnachtsmann, hilf uns›, das würde nicht ernst genug wirken, du hättest kein Zutrauen zu mir. Aber ich glaube an den Weihnachtsmann, das ist dasselbe. Wenn man im Leben nicht an den Weihnachtsmann glaubt, ist man verraten und verkauft. Aber ich verlange nicht, daß du auch glaubst. Ich glaube nämlich für zwei. Und vor allem nicht die Coué-Methode!»
«Wie geht die Coué-Methode?»
«Man wiederholt sich immer wieder: ich werde gesunden, ich werde gesunden. Du vergiftest dich und vergeudest deine Zeit. Atme. Kommt es jetzt runter?»
«Ja, ich spüre es in meinen Beinen.»
«Es muß bis in die Füße runtergehen. Du mußt es überall haben. Ich beginne so langsam dies Virus zu begreifen, wie es sich bewegt. Anfangs war ich ratlos. Ich sagte mir, das ist vor-

bei. Wir werden versuchen, gemeinsam eine Autovakzine zu basteln, denn im Moment arbeiten sämtliche Drüsen, weil sie vom Virus besiedelt sind, gegen dich. Wir müssen das Virus schwächen, damit sie wieder für dich arbeiten, damit sie ihren Arbeitsrhythmus zur Herstellung von Antikörpern wiederfinden. Wir müssen den Prozeß umkehren. Wir werden's versuchen. Ich sag nicht, daß es klappen wird, ja, aber du wirst es jedenfalls schaffen, das spüre ich. Selbst falls die Autovakzine nicht funktioniert, ich lad dich dermaßen wieder auf, daß du durchhalten kannst, bis etwas gefunden wird, das funktioniert. Es ist so viel über dieses Virus geredet worden, aber man weiß immer noch nicht großartig viel darüber. Der erste, der mir etwas davon erzählte, ich glaube, das war so zwischen '80 und '81, war ein Priester, ein Freund. Er sagte zu mir: ‹Das ist die Geißel Gottes.› Ich sagte zu ihm: ‹Sie sind ein Idiot.› Und ich hab ihn nie wieder gesehen. Atme tief ein. Ich habe dein Buch nicht gelesen, weißt du, ich weiß nicht einmal, wie du heißt. Aber ich habe dich im Fernsehen gesehen, und jetzt bist du mein Sohn.»
«Wo lebt Ihr Sohn?»
«In Amerika. Geht ihm gut, meinem Sohn. Er ist gesund.»
Wieder schweigt er. Dann höre ich ihn flüstern, immer noch über mir:
«Na los, hau ab, Dreckvirus, verschwinde! Mein Gott, hilf uns.»
Nach erneutem Schweigen:
«Für Meningitis brauche ich fünf Minuten, aber dich behalte ich ein bißchen länger. Bei Meningitis wird mir das Kind gebracht, es dauert fünf Minuten, es geht, es ist geheilt. Ich habe Krebs geheilt, Steine, rückfällige Lungenentzündungen...»
«Heilen Sie gern Kinder?»

«Nein, nicht lieber als Alte. Ein Greis war auch einmal ein Kind.»
«Seit wann heilen Sie?»
«Seit ich ganz klein war. Ich werd dir was sagen, aber verrate es niemandem: ich hab die Heilige Jungfrau gesehen, als ich sieben war.»
«Wie war sie?»
«Eine schöne Fatima. Ich kam aus der Schule, ich ging ins Bad, mir die Hände waschen, und da war die Fatima, sie kam aus der Wand, und sie redete mit mir, ich antwortete ihr. Meine Mutter kam ins Badezimmer, sie sah, wie ich zur Wand sprach, sie wurde ohnmächtig.»
«Haben Sie die Jungfrau wiedergesehen?»
«Ja, zweimal. Und dann nicht mehr, bis ich zwölf war. Doch da war ich es, der in Starrkrämpfe verfiel. Ich war gelähmt. Wochenlang habe ich nicht mehr gesprochen...»
Der Tunesier hat sich wieder zu meiner Linken gesetzt, er legt mir eine Hand unter die Hoden, die andere in die Nähe meiner Kehle und drückt mein Kinn nach hinten.
«Atme tief. Ich spüre, daß es jetzt drin ist. Es ist wie eine Batterie, die völlig entladen war, ich lade dich wieder auf. Mit dem Autoimmunstoff versuchen wir, das Virus dazu zu bringen, daß es sich selber auffrißt, das sind Bilder, ja, aber so ungefähr wie ein Skorpion, der sich mit seinem Schwanz selber sticht... Magnesium wirst du auch nehmen, du wirst atmen, und wir werden eine Uhrzeit absprechen, einmal wöchentlich zum Beispiel, wann du willst, dann wirst du ein Glas Wasser trinken und dabei an mich denken, und ich werde mich auf dich konzentrieren... Und solltest du mich eines Tages einmal neben dir sehen, hab keine Angst, das kommt oft vor. Wenn du mich neben dir siehst, dann ist das

das Zeichen dafür, daß du völlig geheilt bist. Atme wieder ganz tief ein. Wir holen dich da raus.»
«Yves und Jacqueline haben gesagt, daß Sie die Leute häufig Wasser trinken lassen.»
«Ja, als ich ganz jung war und begann, meine Freunde zu heilen, so gegen vierzehn, fünfzehn, ließ ich sie glasweise Wasser trinken. Ich wußte nicht warum. Und dann las ich das Neue Testament und begriff. Dort ist die Rede von einem Heiler, in einem der Evangelien, es heißt: ‹Dieser Mann war ein Heiler...›, und in einer anderen Fassung, wo es um dieselbe Person geht, heißt es: ‹Es war ein Mann, der Wasser trinken ließ...› Wie fühlst du dich?»
«Gut. Sehr gut.»
«Du wirst es schaffen, du wirst sehen. Das sage ich nicht immer. Ich bin imstande, den Kranken furchtbare Dinge zu sagen. Ich habe auch nicht immer Erfolg. Noch vor kurzem hatte ich Pech. Eine Frau, die an der Schwelle des Todes stand, wegen einer chronischen Lungenentzündung, die habe ich da rausgeholt, Monate hat es gedauert, sie war geheilt. Eine Frau, die ich wirklich gern hatte. Ostersonntag gehen wir zusammen zur Messe, sie ging neben mir, wir kommen aus der Kirche, sie sagt: ‹Dies ist der Tag des Siegs›, und sie bricht tot zusammen. Herzattacke. Das hätte ich nicht gedacht.»
«Das Magnesium?»
«Tut immer gut. Es kommt immer darauf an, was die Kranken sich leisten können, ich lasse sie Magnesium einnehmen, oder irgendwas, eine Kartoffel, wenn sie arm sind. Eine Banane. Bananen sind hervorragend. Dein Gesicht müßtest du dir mal ansehen. Du hast einen anderen Gesichtsausdruck als vorhin, als du kamst, du bist gut anzusehen. Wie fühlst du dich?»

«Wie bestrahlt, von Kopf bis Fuß, nicht heftig, leicht bestrahlt.»
«Komm, ich zeig dir, wie du aussiehst.»
Er geleitet mich ins Badezimmer und schiebt mich vor den Spiegel. Ich sage ihm, daß ich es schon seit Monaten nicht mehr fertigbringe, mich anzusehen, daß es mir physisch unerträglich ist. Er sagt: «Du wirst dich wieder ansehen können.»
Ich erkenne im Spiegel undeutlich einen vergnügten Kerl, er ist völlig entstellt, wie im LSD-Rausch.
Der Tunesier bringt mich zum Ehepaar zurück, das sich seit einer Stunde nicht vom Fleck gerührt hat, aneinandergedrängt wie zwei fröstelnde Spatzen sitzen sie auf dem Kanapee, sie haben den Videoapparat nicht angestellt, sie glauben nicht an Gott, doch haben sie gebetet.
«Sehen Sie sich unseren Sohn an», wirft ihnen der Tunesier hin, «er sieht doch richtig gut aus, finden Sie nicht?»
Ich schwanke, ich habe weiche Knie, ich lächele wahrscheinlich wie ein perplexer Kretin.
«Wie ist es gelaufen?» fragt der Lehrer.
«Wir holen ihn da raus», sagt der Tunesier, «er wird es schaffen.»
«Und seine Verdauung? Haben Sie etwas tun können?» fragt die Frau des Lehrers.
«Das ist nichts, glauben Sie mir, im Vergleich zu dem, was er hat. Dieses Virus ist gemein, ich hab sowas noch nie gesehen. Es ist teuflisch.»
«Ist Ihre Frau nicht da?»
«Nein, sie ist ausgegangen... Na ja, nein, sie ist nicht ausgegangen. Um Ihnen die Wahrheit zu sagen, sie ist da, aber sie möchte ihn nicht sehen. Sie hat ihn im Fernsehen gesehen, sie

hat gesagt, er sieht Bernard ähnlich. Daß sie ihn ins Herz schließen wird, wenn sie ihn sieht, und ihn nicht mehr würde fortlassen können. Sie versteckt sich in ihrem Schlafzimmer. Kurz bevor Sie kamen, sagte sie zu mir: ‹Wenn du ihn nicht hinbekommst, das verzeihe ich dir nie.› Können Sie sich das vorstellen? Da lebt man dreißig Jahre lang mit einer Frau, und sie bedroht einen, wegen eines Unbekannten, den sie im Fernsehen gesehen hat. Aber ich habe ihn hinbekommen», sagt er lachend. «Übrigens ähneln Sie Bernard nicht im geringsten, aber wenn meine Frau sich erst mal was in den Kopf gesetzt hat...»
Er nimmt ein gerahmtes Foto von der Anrichte, um es mir zu zeigen:
«Sie sind doch meiner Meinung, nicht wahr, das ist überhaupt keine Ähnlichkeit!»
Ich sehe einen kleinwüchsigen, blonden jungen Mann in dreiteiligem Anzug, neben einer jungen Frau in Weiß, es ist ihre Hochzeit.
«Müssen Sie ihn wiedersehen?» fragt die Frau des Lehrers nervös.
«Nein, das ist nicht nötig, es reicht so. Ich würde ihn gern wiedersehen, natürlich, er kann jeden Tag hierherkommen, die Tür steht ihm immer offen, er ist jetzt wie ein Sohn für mich...»
«Ich reise morgen nach Tanger», sage ich.
«Glauben Sie, er kann nach Tanger fahren?» fragt die Frau des Lehrers mit wachsender Furchtsamkeit.
«Natürlich, das bringt ihn auf andere Gedanken. Und wenn Sie wollen, kann ich ihn gern noch einmal treffen, bevor er nach Hause fliegt, falls Sie das beruhigt. Wann möchten Sie?»

Ich schlage den nächsten Tag nach dem Wochenende vor:
«Montag.»
«Einverstanden, Montag nachmittag, fünfzehn Uhr, diesmal komme ich zu Ihnen, ist Ihnen das recht?» fragt der Tunesier.
«Haben Sie Ihren ehemaligen Schüler erreicht, der Innenminister geworden ist?»
Peinlich berührt stottert der Lehrer irgend etwas.
«Ich habe selber mit seiner Frau telefoniert», sagt die Frau des Lehrers, um ihm zuvorzukommen. «Sie hat so getan, als störte ich sie.»
«Diese Leute sind immer so», sagt der Tunesier ungerührt, als ließe er alle Hoffnung fahren, die er in diese Möglichkeit gesetzt hatte.
Wir verließen den Tunesier, er war ein Mann, den ich verehrte. Ich versuchte mir vorzustellen, wie diese Madame Lumière aussah, die im Dunkeln auf einem Bett lag, mit gespitzten Ohren, hinter der verschlossenen Tür.

Ich hatte also angekündigt, daß ich anderntags nach Tanger fliegen würde. «Ich fürchte, samstags gibt es keinen Flug nach Tanger», hatte die Frau des Lehrers zu mir gesagt, «wir wissen das, weil meine Mutter oft herüberkommt, um meine Schwester zu besuchen. Aber Sie könnten doch einfach zu uns zum Essen kommen, ich bitte das Mädchen, eine Spezialität zuzubereiten, mögen Sie die marokkanische Küche? Wir kommen Sie wie immer gegen halb eins abholen und bringen Sie zu uns...»
Als ich an der Rezeption vorbeikam, erkundigte ich mich, ob es tags darauf Flüge nach Tanger gebe, man antwortete, es gebe täglich drei. Wieder zerquetschte ich etliche Kakerlaken,

der Vorhang schloß nicht, nachts war es gräßlich feucht-kalt, und das Zimmermädchen, das alle Handtücher aus dem Bad nahm, wenn ich sie gerade am meisten benötigte, hatte das Bett so gemacht, daß das obere Laken quer verlief und so den halben Körper der rauhen Berührung der Decke aussetzte. Am Morgen hatte man mir ein Frühstück ohne Marmelade gebracht, ich hatte nach welcher verlangt, man hatte mir geantwortet, es gebe keine, so wie es abends zuvor unmöglich gewesen war, eine Flasche Mineralwasser aufzutreiben. Ich ertrug dieses Hotel nicht mehr, diese begriffsstutzigen Angestellten, diese Deckenleuchte, die mir die ganze Nacht über in die Augen knallte, um die Kakerlaken daran zu hindern, mir übers Gesicht zu spazieren. Ich mußte fliehen. Am nächsten Morgen rief ich die Frau des Lehrers an, um ihr nochmals zu bestätigen, daß ich nach Tanger flog, ich bat sie, so freundlich zu sein und das Essen um einen Tag zu verschieben. Ich spürte aus der Entfernung eine verärgerte Grimasse. «Sie werden nicht wegkommen», sagte sie zu mir, «ich habe eben gerade für Sie beim Reisebüro angerufen, alle Flüge sind ausgebucht.»
«Ich werde reisen, ich fahre zum Flugplatz, dann finde ich schon noch einen Platz in einem der drei Flugzeuge.»
«Tun Sie, was Sie wollen», sagte sie trocken und hängte ein. Fünf Minuten später rief sie wieder an, honigsüß: «Ich habe alles mit dem Reisebüro geklärt, Sie können gleich nachher abfliegen, ich habe einen Platz für Sie reserviert, und ich bringe Sie zum Flughafen, man kann nie wissen, schließlich ist Ramadan, und die Leute spinnen womöglich, Yves wird nicht mitkommen können. Er hat gestern früh ein neues Buch begonnen, er möchte gern ein wenig daran arbeiten...»

Am Flugplatz bestand die Frau des Lehrers darauf, mit mir mein Gepäck zu tragen, von Schalter zu Schalter zu hasten, um unglaubwürdige Auskünfte zu überprüfen, und mich bis an die letzte Tür zu begleiten. Ich war erleichtert, von dieser Frau loszukommen, dabei war sie doch charmant.
«Ich werde Sie morgen abend nicht abholen können», sagte sie zu mir, «ich muß mich um meine Mutter kümmern. Ihr Flugzeug landet zu der Zeit, wo wir sie füttern.»
Téo hatte mir Lust gemacht, nach Tanger zu reisen, und diese Neugier, das muß ich gestehen, hatte zu meiner Entscheidung beigetragen, nach Casablanca zu fliegen und den Heiler zu treffen. Mein Buch verschaffte mir die Gelegenheit, alle möglichen Freunde wiederzusehen, die ich aus den Augen verloren hatte. Ich hatte mit Téo gegessen, und er hatte mir, ich weiß nicht warum, von Tanger erzählt. Er hatte gesagt: «Es ist eine großartige Stadt, sehr geheimnisvoll, und wirklich im europäischen Stil, Anfang des Jahrhunderts erbaut, man sieht Spanien gegenüber, die Straße von Gibraltar, ganz anders als die anderen bedrückenden marokkanischen Städte, die so künstlich als Touristenschmuckstücke herausgeputzt sind. Das einzige Problem in Tanger», fuhr er lachend fort, «besteht darin, all den Cafés aus dem Weg zu gehen, um dem unvermeidlichen Paul Bowles nicht zu begegnen.»
«Weißt du ein gutes Hotel?»
«Ja, das *Minzah*, ein alter Palast.»
Seit langem schon hatte mir niemand mehr Lust auf eine Reise gemacht: weder Gustaves und Robins Erzählungen, mit denen sie mich nach Thailand locken wollten, noch Annas Spanien, noch Davids Brasilien, die einzige Gegend, die mich weiterhin ein wenig träumen ließ, war jener rosa gefrorene Landstrich mit seinen bläulichen Sträuchern, so weit das

Auge reicht, in dem das Flugzeug zwischengelandet war, am Nordpol, beim Flug nach Japan... Anchorage, eine Stadt ohne Tageslicht, von morgens bis abends im Dunkeln, mit seinen Neonlichtern im Dunst. Für Fernweh war ich gestorben. Doch Téos kurze Erzählung, an der dabei gar nichts Verlockendes war, vielleicht weil er es war, vielleicht weil der Brief des Lehrers dahinterstand und ich begonnen hatte, im Atlas die Entfernung zwischen Casablanca und Tanger aufzusuchen, vielleicht weil ich eben nur darauf gewartet hatte, hatte mir Lust gemacht, wieder einmal eine Reise zu unternehmen.

Ich hatte das Glück, am Flugplatz in Tanger an einen sehr eifrigen jungen Taxifahrer zu geraten. Das Land rings um Tanger im Sonnenuntergang war strahlend schön, sehr grün, sanft, mit den Augenspitzen zu streicheln, die goldenen Felder waren wie das Fell eines jungen Tiers, das sich den Bauch rubbeln läßt. Der Fahrer setzte mich vor dem *Minzah* ab, wo ich ein Zimmer reserviert hatte. Ich schlug ihm vor, mich anderntags um fünf Uhr abzuholen, um mich wieder zum Flugplatz zu fahren. Karouf, der Portier, der meine Reservierung aufgenommen hatte, bot mir eine Suite an, ich besichtigte sie, zog ihr ein kleineres Zimmer vor, das auf die großen, von Palmen verdeckten Kräne hinausging, die in Richtung der Straße von Gibraltar zu erkennen waren. Auch konnte man schräg unten die Hotelgäste am Swimmingpool sehen, wie sie ihre Liegestühle verschoben, um sich an den letzten Sonnenstrahlen zu laben, ausnahmslos waren sie unansehnlich. Nachdem ich mein Gepäck untergebracht hatte, ging ich sogleich in die Neustadt. Ein hagerer Lulatsch machte sich an mich heran, ich sagte zu ihm: «La-chou-kran», er lachte spöt-

tisch auf und meinte: «Ah! Du kannst la-chou-kran sagen, du magst wohl keine Araber?» Ich mußte mich etwas brutal vom Zugriff seines Arms loswinden, er packte mich mehrmals hintereinander wieder an. Dann ging ich in die Medina hinab, die wie immer betäubend prall mit Düften war, mit Farben, flüchtigen Berührungen, Kadavern, mit Schönheit und Fäulnis. Winzige Kinder schlängelten sich durch die Menge, um schwarze Plastiktüten zu verkaufen, die man in jeder Klitsche zur Ware dazubekam. Mir fiel auf, daß ein jeglicher Passant der Araberstadt eine Tüte in der Hand hielt. Von nun an würde auch ich, wenn ich das Hotel verließe, so eine schwarze Plastiktüte in der Hand tragen, und sei es eine leere, wie ein Kennwort, und niemand mehr würde mich ansprechen oder mich am Arm packen, ich hätte meinen Chamäleonausweis dabei.
Ich aß allein im Restaurant des *Minzah* zu Abend: amerikanische Paare und Familien, der Kuskus rutschte mühsam durch meinen Hals, ich spülte ihn mit kleinen Schlucken Pinot gris aus Boulaouane hinab.
Im Fernsehen zeigte ein spanischer Sender die Auswirkungen der Zerstörung des Planeten: die Ozonschicht, die immer heißere Sonne, das Verschwinden des Wassers, das Waldsterben. Dann schrieben Buchstaben auf den Bildschirm: *La muerte en las venas*, Der Tod in den Adern, eine Reportage über die Verheerungen des Heroins, eine in einem Lieferwagen verborgene Kamera strich über Bürgersteige, auf denen sich Dealer herumtrieben oder Schauspieler, die welche mimten und so taten, als wendeten sie sich ab, wenn sie die Kamera bemerkten. Am Nachmittag hatte ich gesehen, daß im Kino von Tanger *Mission suicide* gezeigt wurde. Endlich ein ordentlich gemachtes Bett, saubere Bettücher, kein Kakerlakenmatsch, keine Angst mehr vor der Dunkelheit.

Am Morgen des folgenden Tages kehrte ich in die Araberstadt zurück, meine schwarze Plastiktüte in der Hand. Ich gelangte bis zu einer kleinen Terrasse, die auf der Straße von Gibraltar vorsprang, man konnte sehen, wie die weißen Passagierschiffe die Reede anliefen, ihre Sirenen waren zu hören, es waren ausschließlich Alte auf dieser Terrasse unter den Kapuzen ihrer Burnusse, sie dösten im Schatten oder in der Sonne, taten nichts als abzuwarten, daß die Zeit vergeht und die Sonne schließlich hinter den Häusern verschwindet. Auch ganz kleine Kinder waren da, die lärmend mit Bällen spielten, herumrannten und schrien, auf die Balustrade sprangen und über die wortkarge Reglosigkeit der Alten fluchten. Ich ließ mich zwischen ihnen nieder, auf dieser Terrasse, die ich sogleich als einen vertrauten Ort erkannte, einen, der mir schon mit demselben Recht gehörte wie den anderen Benutzern, die meine Anwesenheit nicht einmal zu bemerken schienen, einen Ort, der sich vollkommen im Einklang befand mit dieser so eigenartigen Zeit, die zugleich gelähmt, gedehnt und beschleunigt war, der Zeit am Ende eines Lebens. Mir fiel auf, daß meine Terrasse auch von Monstern besucht wurde, von Humpelnden, Einbeinigen, einem kleinen, baumelnden Stumpf, der prall in seine weißen Spitzensöckchen gestopft war, und es stand mir gut an, unter ihnen zu sein, auch ich war ein Monster. Statt mich am Rande des Swimmingpools auszuruhen, dessen Benutzer mich anwiderten, kehrte ich am Nachmittag zu meiner Terrasse zurück, kam vom Schatten in die Sonne, dann wieder von der Sonne in den Schatten, wie die anderen Alten, über Stunden und Stunden. Ich beobachtete einen sehr kleinen Jungen von vier oder fünf Jahren, der von ganz besonderer Anmut war: ein Irrlichtlein, ein Schmetterlingskind, das von witzloser Fröhlichkeit in eine Niedergeschlagenheit ohnegleichen verfiel, vielleicht waren es Clownerien, er spielte mit einem vorjährigen Kalender und einem durchlochten Stückchen Holz, von dem ein Olivenzweig abstand.

Der Hotelportier händigte mir eine Nachricht aus: die Frau des Lehrers teilte mir mit, daß sie mich doch am Flugplatz abholen würde. Jetzt fing es also wieder an, die düsteren Abendessen mit meinen Ersatzeltern, die durch die Galligkeit des Mannes verschärfte Trübsal, das ununterbrochene und klamme Tosen des Ozeans. Ich hatte keine Lust, den Heiler wiederzusehen.

Mein Taxifahrer erwartete mich zur verabredeten Zeit, das Land zwischen Tanger und dem Flugplatz war genauso strahlend schön wie bei der Ankunft. Der Fahrer sagte mir, wie er hieß, und fügte hinzu, ich sei in Tanger stets willkommen. Ich war viel zu früh dran. Ich ging zu einer Terrasse hinauf, von der aus man das Gelände übersehen konnte, von dem die Flugzeuge starteten, doch war keins ins Sicht, weder ein großes noch ein kleines. Ich lehnte mit dem Rücken an einer Wand, hielt das Gesicht in die Sonne und wartete darauf, daß sie zwischen den Palmen verschwände, sie war sanft, warm, rötlich, und ich atmete in tiefen Zügen, wie der Tunesier es mir geraten hatte, ich war sicher, daß ich weiterleben würde.

Am Montag, dem 23. April, zur Essenszeit, führten mich der Lehrer und seine Frau durch ihre Wohnung, wobei sie darauf achteten, wenn sie die Türen öffneten oder schlossen, daß ich Jacquelines Mutter nicht begegnete, der man das Mittagessen schon gegeben hatte und die nicht gesehen werden wollte. Der Lehrer und seine Frau wohnten in der oberen Etage eines

Wohnturms aus den fünfziger Jahren, sie verfügten zugleich über das Dach des Hauses, von wo aus sich ein Rundblick über ganz Casablanca eröffnete. Diese Wohnung ist eine der verschrobensten, albernsten, die ich je gesehen habe: ein Mischmasch von Stilmöbeln, Louis XIII. oder Directoire, rotsamtenen Sofas, Kristalleuchtern, silbernen Kerzenständern, dazu ein Empirekanapee, ein Himmelbett mit einer Tagesdecke aus Leopardenimitat, ein Dschungelfresko und Berbermöbel, im Flur eine kleine Kopie der Alhambra. Der Lehrer war sehr stolz auf seine Einrichtung, die vollständig er selber zusammengestellt hatte, zur Verzweiflung seiner Frau, die meinte, er gebe zuviel Geld für Plunder aus, dabei täte er besser daran, für ihre alten Tage vorzusorgen. Auf dem Balkon standen ein Bassin mit Goldfischen und zahlreiche Grünpflanzen, die ein sehr alter Gärtner seit Dutzenden von Jahren pflegte. «Ihr versteht nicht zu leben, ihr Europäer», sagte er immer wieder zu dem Paar, «immer nur arbeiten, immer etwas zu tun, immer am Laufen, ihr tätet besser daran, Siesta zu halten, der Mensch ist nicht dazu da, um zu arbeiten, sondern um sich auszuruhen, seht mich an und wie alt ich bin, ihr mit all eurer Geschäftigkeit werdet beide lange vor mir sterben.» Während ich mit dem Lehrer auf dem Balkon an der Wohnung entlangging, wies er auf zwei Zimmer, deren Vorhänge zugezogen waren: «Das war das Zimmer unserer Tochter, als sie noch zu uns kam, wenn sie uns jetzt besucht, geht sie lieber ins Hotel... Und das ist das Zimmer meiner Schwiegermutter...» Flüsternd: «Sie ist unausstehlich, unglaublich, daß sie mal so eine wunderbare Frau war, heute macht sie uns die Hölle heiß und erpreßt uns mit Selbstmorddrohungen. Jetzt wollte sie Sie nicht sehen, weil sie den Morgenmantel anhat, sie war früher so elegant, so kokett, jetzt kleidet sie sich nicht mehr an, sie wartet auf die Krankenschwester mit der Spritze, sie ist immer furchtbar aufgeregt vor ihrer Spritze...» Wir setzten uns zu Tisch, der Lehrer hatte einen opulenten Salat zubereitet, dessen Zusammenstellung ihn gemeinsam mit den Klageliedern seiner Schwiegermutter den ganzen Vormittag gekostet und daran gehindert hatte, an seinem Buch weiterzuarbeiten. Seine Frau läutete mit einem Glöckchen nach dem marokkanischen Dienstmädchen. Die Eheleute sagten, das Fleisch sei nicht gut, gewiß in Ordnung, aber viel zu hart, der Lehrer hatte die Einkäufe gemacht, er würde es nächstes Mal dem Metzger sagen müssen. Nach dem Essen boten mir die Eheleute an, ich könnte mich auf das Himmelbett legen, während ich auf den Tunesier wartete, ich schlug es aus. Der Lehrer setzte seine Brille auf und machte sich daran, mir an seinem Schreibtisch eine Widmung in eines seiner Bücher zu schreiben, dasjenige, das ihm am meisten am Herzen lag. Er sagte zu mir, furchtsam und indem er die Ohren nach dem Geräusch des Fahrstuhlmotors spitzte, das man hinter der Wohnungstür vernahm, dazu mit häufigen Blicken auf seine Armbanduhr: «Ich hoffe, er hat unsere Verabredung nicht vergessen. Es würde mich überraschen, aber er wird ja auch oft in letzter Minute von Kranken aufgehalten. Es kommt schon mal vor, daß er Verspätung hat, seien Sie unbesorgt...» Schlag drei Uhr klingelte der Tunesier an der Tür, diesmal in Begleitung von Madame Lumière, sie war sehr schön, strahlend, mit hohen Wangenknochen, leicht silbrigem Haar, drallen, gebräunten Armen, gut erhalten, wie man so sagt, doch ohne Geziertheit und ungeschminkt. Eine erfüllte, geliebte, glückliche Frau. Nie habe ich so viel von Scham ungetrübte Liebe von einem Ehepaar ausgehen gespürt wie vom Tunesier und Lumière. Es war sehr schön. Sie hatten gemeinsam ihre Kindheit bewahrt, ohne daß etwas Abgeschmacktes oder Perverses an dieser fast übernatürlichen Gemeinsamkeit gewesen wäre. Es war zu spüren, daß sie einander mit denselben Augen betrachteten, mit denen sie einander angesehen hatten, als sie zehn, er fünfzehn war, doch lag in diesem verlängerten Blick keine Lüge. Diesmal trug der Tunesier eine Windjacke aus mehrfarbigem Nylon über einem halboffenen Hemd und eine wiederum äußerst enge Hose. «Geht es besser als das letzte Mal?» fragte er mich. Dann, zu den Umstehenden gewandt: «Also, ich entführe ihn Ihnen, ich werde ihn wieder aufpusten wie letztes Mal, ich lasse Ihnen meine Frau für einen Schwatz da.» Dann sind wir wieder in einem Arbeitszimmer, der Tunesier hat mich auf das Kanapee geschoben, sich zu meiner Linken hingesetzt und legt eine Hand mit etwas Abstand vor meine Kehle, die andere auf meinen Nacken. Zugleich schwatzt er.

«Na, hat dir Tanger gefallen?»

Ich erzähle ihm, daß ich nicht belästigt wurde, dank des Tricks mit der schwarzen Tüte, bis auf einmal.

«Die Armut treibt zur Würdelosigkeit», sagt er, «aber Marokko ist das letzte ein bißchen herzliche, ein bißchen lebendige Land, weil hier Not herrscht. Wegen der Not halten die Leute zusammen. Frankreich ist zu einer Nation kleiner, raffgieriger Sparer verkommen, die nur noch von Sparplänen reden und Pampelmusen pro Stück verkaufen...»

«Italien ist ein wenig herzlich geblieben.»

«Nein», sagt er, «mit Italien ist es auch vorbei.»

Diesmal habe ich kein Hemd am Bügel zum Betrachten, und auch keinen Fleck auf dem weißen Pullover. Meine Augen halten sich an nichts fest, ich mache sie zu. Der Tunesier ist

aufgestanden, steht vor mir und hält die Hände über meinen Schädel. Ich höre ihn flüstern:
«Mein Sohn, ich durchdringe dich... Im Namen Jesu Christi unseres Herrn, ich heile dich.»
Auch diesmal bleiben wir eine Stunde lang zusammen. Ich frage ihn, was die Freimaurerei für ihn bedeutet, er antwortet:
«Die Agora, die Versammlung. Der Kult jeglicher Form des Unterschieds. Du bist weiß, du bist schwarz, du bist Jude, du bist Araber, du bist jung, du bist alt, du bist arm, du bist reich, du bist mein Bruder, es sei denn, du suchst mit mir Streit, dann gehe ich meines Wegs, dann will ich nichts mit dir zu schaffen haben. Aber mit den Kindheitsfreunden gibt es auch eine Versammlung, wir treffen uns alljährlich wieder, wir haben uns nie aus den Augen verloren, und das ist für mich noch wichtiger als die Freimaurerei. Natürlich ist es ein wenig traurig. Man sieht einander altern, man sieht die Falten des anderen, seinen Bauchansatz, man sagt sich: hoffentlich sieht er mich nicht so...»
Er sagt: «In Marokko kann man die Heiler nicht leiden. Doch wenn ich mich mit der Regierung besser stellen könnte, würde ich gern eines Tages ein Heilungsdorf bauen, nicht wie ein Krankenhaus, wie ein echtes Dorf, in das die Leute kämen, um zu gesunden...»
«Dann müßten Sie von morgens bis abends von einem Zimmer ins andere rennen...»
«Nicht nötig», sagt er.
«Also eine Art Heilungssupermarkt...»
«Ja, genau», sagt er mit einem durchtriebenen Zwinkern, «du hast es bestens begriffen...»
Ich frage ihn, ob er Kontakt zu anderen Heilern hat.
«Nein, ich meide sie. Ich kann sie nicht ausstehen. Sie denken

nur an die Knete. Alles Profithaie. Wenn ich einen kennenlerne, schlägt er mir vor, sich mit mir zusammenzutun, er sagt: ‹Zu zweit könnten wir gut fünf Millionen am Tag machen›, was anderes interessiert sie nicht, Knete und nochmals Knete. Nein, was mir gefällt, das ist, wenn ich einmal jährlich ins Elsaß reise, zur Familie meiner Frau. Die Leute strömen zu mir, als wäre ich ein Gott. Sie haben das ganze Jahr lang auf mich gewartet, sie tauchen von überallher auf, dann gehe ich so richtig in die vollen, ich heile von morgens bis abends, mit ganzer Kraft, das gefällt mir. Die Leute dort brennen Schnäpse, Tresterschnäpse, man weiß gar nicht mehr, wo man die Flaschen verstauen soll, die sie als Dank bringen, daß ich sie geheilt habe. Geld habe ich nie angenommen...»
Der Tunesier bringt mich wieder in das Wohnzimmer, ich habe dieselbe Empfindung eines vom Kopf bis Fuß bestrahlten Körpers. Ich frage Madame Lumière:
«Als er fünfzehn war, hat er da auch geheilt?»
«Er sprach nicht darüber, und ich wußte es nicht. Aber ich fühlte mich wohl in seiner Nähe. Ich suchte seine Gesellschaft, sie hatte etwas Beruhigendes, ich hätte nicht zu sagen gewußt, warum...»
Ich frage sie, welcher für sie der schönste religiöse Text sei:
«Die Zehn Gebote», sagt der Tunesier. Und seine Frau: «Das Hohelied.»
Die Frau des Lehrers erzählt gerade die Geschichte vom Verrat ihrer besten Freundin. Ein Verrat ohne aufsehenerregenden Auftritt noch besonderes Ereignis, ein grundloses Verschwinden, ein schlichtes, einfaches Verlassen, von einem Tag auf den anderen, ohne irgendeine Erklärung. Ich spüre, daß der Tunesier, der neben mir sitzt und höflich zuhört, sich bei dieser Erzählung langweilt. Dies ist nicht seine Art, sich mit-

zuteilen, und er brennt darauf, sich mitzuteilen, es verzehrt ihn, ihm jucken die Finger. Da, vor den anderen, streckt er den Arm zur Seite aus, um mir noch eine Dosis Wärme zukommen zu lassen. Es ist eine gräßliche Situation: die anderen tun so, als sähen sie nichts, und ich, hätte ich mich eine Woche zuvor in diesem Salon mit den zusammengewürfelten Möbeln gesehen, mit diesen Leuten, von einem Unbekannten in Windjacke an der Kehle berührt, ich hätte mir gesagt, ich sei unter gefährliche Irre geraten.
«Aber wir sind gefährliche Irre», sagte mit einem kleinen Lachen der Lehrer, dem ich hernach diese Beobachtung mitteilte. «Die Mutter des Tunesiers hält sich wirklich für die Reinkarnation von Marie-Antoinette. Vielleicht hat Sie also Ludwig XVII. geheilt...»
Der Tunesier und Lumière küßten mich beim Abschied äußerst herzlich. Lumière sagte zu mir: «Gott schütze Sie.» Ich hatte diese Worte wohl schon zuvor in meinem Leben gehört, doch hatten sie für mich nie einen Sinn gehabt. Ich begriff sie zum erstenmal.

Ich ging wieder an den Strand, der immer noch verlassen war, bis auf einige Jungen, die ihre Körper trainierten. Auf eine der geborstenen Flächen vor dem ehemaligen Kontiki war ein Junge gekommen, allein, für seine Gymnastik. Er boxte ins Leere, dem Ozean gegenüber. Flüge winziger, weiß funkelnder Vögel mit sehr langen Schnäbeln schossen dicht über den Wellen dahin oder trippelten mit kleinen Schritten am Ufer entlang, wie Sonnenblitze, machten beim Auffliegen alle gemeinsam kehrt, wie ein wirbelndes Schachbrett, und wurden unsichtbar. Mich gelüstete es nach der Berührung des Sandes an den Fußsohlen. Ich setzte mich auf den Boden, um die

Schuhe auszuziehen und die Strümpfe abzustreifen. Da stellte ich fest, daß ich nicht wieder aufstehen konnte. Kein Griff zum Festklammern, nichts, woran ich mich halten und mich auf meine kraftlosen Beine hieven konnte. Diese Leere, die unendliche Fläche gegenüber dem Ozean und darin ich, der ich fuchtelte wie ein Krebs, um wieder hochzukommen, was die jungen Männer irritierte, die ihre Leiber in komplizierten Gleichgewichtsübungen stemmten und nicht begriffen, warum ein Mann, der wirkte, als sei er um die Dreißig, sich so bewegte wie ein Greis. In den Sand schrieb ich, um Madame Lumières Ausspruch aufzunehmen: «Gott schütze uns.» Doch ich war nicht mehr sicher zu begreifen, mittlerweile war mir sein Sinn entglitten. Als ich mir die Schuhe wieder anziehen wollte, stellte ich fest, daß meine Füße voller Teer waren.

«Heute abend findet das statt, was die Nacht des Schicksals genannt wird», sagte mir der Lehrer auf dem Balkon und wies auf die Stadt, in der keine Gestalt zu sehen war, «die vorletzte Nacht des Ramadan, die Leute sind alle nach Hause gegangen, um ihren Hunger zu stillen, und sie werden wieder herauskommen, um die ganze Nacht lang in der Moschee zu beten.» Casablanca mit seinen ersten abendlichen Lichtern schimmerte bläulich, der Hitzedunst wurde vom gelben Funkeln der Wolframlampen durchbohrt. So weit der Blick auch eine jener großen Avenuen, die sternförmig vom Stadtzentrum zum Meer hin verlaufen, hinaufwanderte, er nahm weder Autos wahr noch Motorräder, noch einen einzigen Passanten. Die Stadt war wie ausgeblutet, nach einer Atomexplosion. Die Nacht war angebrochen. In der Wohnung mußte man von Zimmer zu Zimmer gehen und sorgsam die Türen hinter sich schließen, um der alten Frau nicht über den Weg zu laufen. «Ich hasse sie», flüsterte mir der Lehrer zu, nervös schwitzend. Das Ehepaar wollte mich zum Abendessen in ein Fischrestaurant ausführen, *La Mer*, auf dem Freigelände, das sich zu Füßen des Leuchtturms erstreckte, gleich weit entfernt von der Moschee des saudischen Prinzen und der im Bau befindlichen Moschee des Königs. Das Restaurant war den Ramadan über geschlossen, wir mußten ein anderes suchen. Ich saß hinten im Wagen, ich schaute aus dem Fenster, in die finstere Nacht. Unvermittelt fuhr der Wagen hinter der Baustelle der Moschee vorbei. Es war ein Anblick voll solcher Schönheit, daß es den Atem stocken ließ: ein schlanker, leuchtender Kran erhob sich neben dem dunklen Minarett und erhellte es mit einem schwachen, gelblichen Schimmer, während weiße Lichtduschen auf die Baustelle prasselten. Ein Riesenschild tat kund, daß es sich um eine Baustelle der Kategorie B handelte. Als ich nach Frankreich zurückkehrte, erzählte mir eine Freundin, die in der Kinobranche arbeitet, der große Unternehmer, der den Verlag hatte kaufen wollen, in dem meine Bücher erscheinen, sei an Krebs erkrankt. Er hatte beschlossen, seinen Namen im Kino zu verewigen, bevor er verschwindet, hatte sich nach Cannes zum Festival begeben, um sich die Regisseure auszusuchen, die ihm seinen *Citizen Kane* und seine *Nacht des Jägers* machen würden.

Elba–Paris. Heute morgen betrat ich den Saal, in dem Blut abgenommen wird, nach meiner Bauchsonographie, die nichts erbracht hatte, weder in der Leber noch an der Bauchspeicheldrüse, genau in dem Augenblick, als die Krankenschwester die Vene eines schönen Arms anstechen wollte. Immer lieber sehe ich, wie eine schöne, schwellende Vene am schönen Arm eines schönen Jungen von einer Nadel angestochen wird, doch wandte ich den Blick ab. In Wirklichkeit würde ich gern selber Blutentnahmen machen. Der Junge hatte ausgeprägte Haarwirbel, ich mußte an Claudette Dumouchels Haar denken. Mir gefiel dieser Junge gut, er war zweifellos eher ein Junkie als schwul. Er antwortete leise der Schwester, die ihn befragte, während sie sein Blut abmolk, daß er Durchfälle habe, zwei- oder dreimal täglich. Claudette Dumouchel kam wie der Blitz vorbeigerauscht, und wir wechselten ein breites Lächeln, wie man so sagt. Leider bekam ich gleich darauf eine kalte Dusche: sie legte die allergrößte Vertrautheit mit dem Jungen an den Tag, dem man Blut abnahm, und er begegnete ihr ebenso, denn als sie wieder vor ihm vorbeikam, stellte er ihr sogar ein Bein, und sie wich ihm mit der Art Lächeln aus, die einiges besagen will. Mir hätte sie eine gelangt. Hernach lag mir während der gesamten

Untersuchung auf der Zunge: «Jetzt läßt man sich also von allzu sympathischen Kranken zu Fall bringen!», doch ließ ich es nicht heraus, zum Glück. Ebenso hatte ich erwogen, heimtückischerweise, den Jungen anzusprechen. Er gefiel mir sehr viel weniger, seit er dieses vertraute Verhältnis zu Claudette zur Schau gestellt hatte. Ich wollte ihn fragen: «Sind Sie ein Patient von Claudette Dumouchel?», oder, noch heimtückischer: «Sind Sie ein Freund von Claudette Demouchel?» Zwei Fliegen auf einen Streich: Kontakt mit dem zaushaarigen Jungen aufnehmen und ihn in seine Schranken weisen. Ich dringe in Claudette Dumouchels Privatleben ein, sie hat eben während unserer Untersuchung einen privaten Anruf bekommen, und natürlich habe ich mir kein Wort entgehen lassen, sie sagte: «Dann komm doch heute abend bei mir vorbei, ich bin heute abend allein.» Im weiteren Verlauf des Gesprächs konnte ich darauf schließen, daß der fragliche Freund oder Liebhaber Orthopäde war. Also vielleicht schlicht ein Kollege. Doch war sie zu zärtlich zu ihm, sie verabschiedete sich von ihm mit: «Küßchen», und nachdem sie aufgelegt hatte, entschlüpfte ihr ein kleiner, zufriedener Lacher. Claudette Dumouchel neigte den Kopf zum Telefon, sie wartete darauf, daß man ihr aus dem Hôpital Broussais meine T4-Helferzellen-Zahl durchgäbe, ich betrachtete ihr wirres, leicht rötliches Haar, es erinnerte mich an die Stachel des Igels, die ich berührt hatte, während er sich zusammenkugelte und vor Angst zitterte, ich zauderte auch jetzt, ihr dies zu sagen, und dann sprang ich ins kalte Wasser, ich erzählte ihr von dem Igel: «Ich wunderte mich sehr, es stach nicht.» – «Ich steche auch nicht», antwortete sie, «obwohl ich heute früh etwas zuviel Haarspray verwendet habe.» Also ist es keine Pomade. Da dachte ich diesen

Satz: «Wären wir verlobt, dann würde ich Sie mein Igelchen nennen.» Doch ich sprach ihn nicht aus. Leider. Im Hôpital Broussais, dem Nonplusultra in Sachen T4, haben sie meine Röhrchen von vor vierzehn Tagen verschlampt, ich muß morgen früh wieder hin, um Analysen machen zu lassen, dabei habe ich noch nicht einmal das Pflaster von der Blutentnahme heute morgen abgemacht, die ein großer Tolpatsch durchgeführt hatte, dem die Muffe ging und der natürlich alles voller Blut kleckerte. Doch Claudette Dumouchel schlägt man nichts ab. Ich frage sie: «Strapazieren all diese Blutentnahmen den Körper nicht? Manchmal fühle ich mich, als hätte ich mit einer Bande von Vampiren zu tun...» Sie entgegnete: «Ich verspreche Ihnen, wir machen keine Blutwurst daraus.» Man kann gut mit Claudette Dumouchel scherzen, wie auf der Oberschule. Manchmal kommt es mir so vor, als hätte ich eine Klassenkameradin wiedergetroffen. Sie hockte sich ans Ende der Behandlungsliege, um mir die Socken auszuziehen, wie es mein Vater tat, ich hatte nicht absichtlich vergessen, sie selber auszuziehen, sondern wegen meiner Verletzung, das nächste Mal allerdings werde ich sie absichtlich nicht ausziehen, wir werden ja sehen, ob sie mich zur Ordnung ruft. Schließlich ist es nicht ihre Aufgabe, mich zu entkleiden. Sie war sehr behutsam, als sie mir das Pflaster von meinem bösen kleinen Wehwehchen abzog. Sie untersuchte die Verletzung. Immer noch kauerte sie zu meinen Füßen, berührte sie und sagte, der eine sei wärmer als der andere, zweifellos wegen der Infektion. Ich schilderte ihr den Traum, den ich drei Tage zuvor auf Elba geträumt hatte und in dem sie vorgekommen war: er handelte heute, am Tag der Untersuchung, alles lief ab wie geplant, doch plötzlich, nach einer halben Stunde, wurde sie aus ihrem Sprechzimmer gerufen und kehrte nicht mehr zurück, ich wartete eine halbe Stunde lang auf sie, sie hatte mich hängenlassen, ich ging hinaus, um sie zu suchen, ich fragte diese Schwester und jenen Assistenzarzt, ob sie sie gesehen hatten, endlich wies man mir ein Zimmer, in dem sie stand, den Rücken mir zugewandt, mit dem Telefon beschäftigt. Als sie aufgelegt hatte, sagte ich zu ihr: «Was ist denn bloß los?» Erbost antwortete sie mir: «Monsieur Guibert, Sie sind nicht allein auf der Welt!» Ich entgegnete: «Mademoiselle Dumouchel, ich weiß nicht, ob dies Verlassen nicht etwas darstellt, das man einen Kunstfehler nennt.» Und sie, in heller Wut: «Monsieur Guibert, Sie werden sich einen anderen Arzt suchen»: ein furchtbarer Alptraum. Während ich ihn Claudette schilderte und sie ihm lachend lauschte, ein wenig eilig auch, daß ich fertig würde, spielte sie am Ärmel meines blauen T-Shirts herum, an dem ich aus Unachtsamkeit ein Reinigungsetikett gelassen hatte, das so blöd an den Stoff geklammert war, daß Claudette es regelrecht abreißen mußte, was ein Loch in den Stoff riß, sie entschuldigte sich, ich sagte zu ihr: «Das sind Barbaren auf Elba.» Gestochen-berührt, tief durch den Mund einatmen, welches Jahr haben wir? Das übliche Einerlei. Ich brachte fehlerlos die Adresse von Monsieur Jean Dufour heraus, Rue du Vieux Marché in Bordeaux, denn diesmal war ich auf der Hut. Es war seltsam, wir hatten das Sprechzimmer gewechselt, wir waren in dem, wo Doktor Chandi mich sonst empfing, ich sagte beim Eintreten: «Das Sprechzimmer gehört doch Doktor Chandi!», Claudette Dumouchel antwortete: «Das Sprechzimmer gehört vor allem jedermann!» Es herrschte ein sehr schönes Licht, ich hätte sie filmen mögen. Zum erstenmal fielen mir ihre Hände auf. Sehr schöne Hände, feingliedrig und lang, weiß, gepflegt, edel, wie ich sie mir angesichts der Heftigkeit ihrer Betastungen nie hätte vorstellen können, wie aus einer anderen Zeit die Hände einer mittelalterlichen Edelfrau, dazu tauglich, auf ihrem Handschuh die Fußfesseln eines gezähmten Raubvogels zu lösen.

In dem Taxi, das mich zu Robin fuhr, um dort mit Doktor Chandi zu essen, machte der Fahrer unvermittelt das Radio an. Ich erkenne die Stimme des Präsidenten der Republik Frankreich. Er erklärt den Krieg. In meinem Land herrscht Krieg, zum erstenmal, es sei denn, mein Gedächtnis läßt mich wieder einmal im Stich. Der Präsident der Republik Frankreich versucht, die Familien der nach Irak entsandten französischen Staatsangehörigen zu beruhigen. Immer ist es im Radio, und zufällig, in einem Taxi, denn zu Hause habe ich keines und auch keinen Fernseher, und die Politikseiten lese ich auch nie, daß ich der Weltgeschichte begegne und sie mich aufwühlt. Doktor Chandi kam mit dem Motorrad. Gustave wollte ein Foto von der Gruppe machen, bevor die Nacht anbricht, mit Doktor Chandi auf seinem Motorrad. Wir ließen uns alle auf das Spiel ein. Ich war glücklich, selbst in dem Zustand, in dem ich mich befinde, daß es ein Foto von mir und Doktor Chandi gibt, und ich spürte, daß auch der glücklich war zu wissen, daß es ein Foto von ihm mit mir geben würde. Er sagte zu mir: «Kommen Sie näher, Hervé.» Und dann legte er mir die Hand auf die Schulter, jede andere Hand hätte mich in diesem Augenblick gestört, außer seiner, in dieser Geste lag nichts Mißbräuchliches, keinerlei besitzergreifendes oder anbiederndes Gewicht, es war schlicht die brüderliche Geste der ewigen Freundschaft, und vielleicht des Lebewohls. Ich berichtete von der Kriegserklärung, keiner war auf dem laufenden, sie stürzten zu einem Radioapparat. Ein bißchen später am Abend, als ich mit Doktor Chandi unter vier Augen war, stellte ich ihm die Frage, die mir auf der Zunge brannte, und ich dachte, er würde ungehalten darauf reagieren, ich fragte ihn: «Wissen Sie etwas über Claudette Dumouchels Liebesleben?» – «Nein, überhaupt nichts, warum?» antwortete er. «Glauben Sie, sie ist...» – «Lesbisch? Nein, glauben tue ich das nicht, aber ich frage es mich doch. Sie ist manchmal etwas brutal, und...» – «Ein bißchen macho», sagte Doktor Chandi, und ich: «Jedenfalls schlägt sie absolut nicht in die Richtung Mannweib, ich weiß nicht, ob Ihnen aufgefallen ist, wie fein, wie behutsam ihre Hände sind.» – «Alles, was ich weiß», fügte Doktor Chandi hinzu, indem er mich erstaunt anblickte, «ist, daß ich, wenn ich bei ihr zu Hause anrufe, manchmal an einen Anrufbeantworter gerate, wo sie in der Ansage sagt: ‹Wir sind im Augenblick nicht zu erreichen.› Es stimmt, daß hinter diesem *wir* eine Frau stecken könnte...» Doktor Marrash, die mir die Bronchiallavage gemacht hat, war eine sehr schöne Frau. Doktor Sivignon, die mir die Bauchsono gemacht hat, war auch eine sehr schöne Frau. Ebenso Doktor Zazoun mit der Augenhintergrundspiegelung. Allesamt ein sehr schicker Typ, Samtschleife am straff gespannten Pferdeschwanz, flache Schuhe, wie aus einer Praxis in einem Nobelviertel. Neben ihnen wirkt meine Claudette wie eine punkige Droschkenkutscherin.

Während ich darauf warte, daß Claudette mich drannimmt, blättere ich in der Zeitung, ohne einen Blick auf das Kommen und Gehen in der Infektionsabteilung zu verlieren. Eine Hyäne ist enthauptet worden, in einem Provinzzoo, bei Mondschein. Afrikanische Zauberer werden verdächtigt. Das Weibchen des geköpften Männchens ist von dem Erlebnis tief schockiert und nimmt keine Nahrung mehr zu sich. Der Journalist hat ein Zitat von Plinius dem Jüngeren ausgegraben: «Am Hals getragen, vertreibt ein Hyänenzahn die Angst, welche von den Schatten eingeflößt wird.» Ich verberge meine Videokamera in einer Fnac-Tüte. Ich habe die Batterie die ganze Nacht hindurch aufgeladen, eine neue Kassette eingelegt. Ich weiß, daß Claudette ablehnen wird, ich ersinne Taktiken, sie dazu zu drängen. Gestern habe ich eine zweite Sitzung mit meiner Großtante Suzanne gemacht, denn bei der ersten war wie durch Zufall nichts aufgenommen worden. Es herrschte eine gräßliche Hitze. Die Haushaltshilfe fütterte sie löffelweise mit Cassis-Eis und wiederholte unablässig: «Heiß. Müde. Zu heiß. Madame sehr müde.» Suzanne hat das gesamte 20. Jahrhundert durchlebt: die beiden Weltkriege, die Tuberkulose, die Syphilis, die Entdeckung des Penicillins. Ich frage sie, während ich sie filme, womit ich ihr zu ihrem fünfundneunzigsten Geburtstag, am 8. September, eine

Freude machen könnte. Die polnische Haushaltshilfe wischt mit einem Lappen die Farbspuren des Eises ab, das ihr über die Lippen gequollen ist. Suzanne überlegt lange, schließlich sagt sie: «Was mir am meisten Freude machen würde, wäre, daß du mich liebst bis zum Tode.» Ich sitze in der Halle der Infektionsabteilung und überfliege weiter die fettgedruckten Titel in der Zeitung. In der *Libération* von heute früh stehen zwei eigenartige Nachrichten: «Die amerikanische Nahrungs- und Arzneimittel-Kontrollbehörde (FDA) hat der Erprobung eines umstrittenen Medikaments zugestimmt, von dem man annimmt, es könnte die Lebenserwartung von Aids-Erkrankten und HIV-Infizierten verlängern. Rund einhundertfünfunddreißig Kranke in acht Städten werden ab nächstem Monat mit Ampligen behandelt, einem antiviralen Mittel, ohne daß ihre Ärzte oder auch sie selber es wüßten, so erläuterte die FDA.» Und dann: «Ein Achtjähriger hat gestern seine erste Stuntszene mit dem Auto gewagt und bewältigt. Er durchbrach eine Flammenmauer, wobei er sich an dem Dach eines mit 80 Stundenkilometern fahrenden Autos festklammerte, das von seinem Vater gefahren wurde.» Claudette schlägt mir ab, sie zu filmen, klar und deutlich, ihr graust es vor so was, selbst Fotos treiben sie zur Flucht, vielleicht, unter Umständen ein nächstes Mal, wenn sie darauf eingestellt ist. Ich zücke meine letzte Karte. «Sie können mich aber nicht daran hindern, mich selber zu filmen, es ist mein Körper, nicht Ihrer.» – «Ja», antwortet Claudette, «aber mein Körper wird ja zwangsläufig ins Bild kommen, wenn ich Sie untersuche.»
Schlaues Mädchen. «Und warum überhaupt wollen Sie diese Untersuchung aufnehmen?» – «Weil sie mir bedeutend genug scheint, daß sie es verdient, eine Spur zu hinterlassen. Zu ver-

hindern, daß Sie ins Bild kommen, ist nur eine Frage der Einstellung...» Dasselbe besondere Licht wie vor zwei Wochen, ich muß diese Aufnahme unbedingt haben. Ich versuche, die Kamera auf das Waschbecken zu stellen, «da rutscht sie ab», meint Claudette, sie hat recht. Ich frage sie, ob ich auf ihrem Schreibtisch ein wenig umräumen darf, ich verspreche ihr, hinterher alles wieder an seinen Platz zu stellen, ich verstaue den Kalenderwürfel, das Bündel Zungenstäbchen, die vakuumverpackten Nadeln für das Gestochen-berührt-Spiel auf dem Stuhl. Ich habe die Kamera auf dem Schreibtisch verkeilt, auf die Untersuchungsliege gerichtet, ich entkleide mich, ich betrete das Bild. Claudette gesellt sich zu mir. Sie sagt: «Mein Freund liest gerade Ihr Buch, es gefällt ihm sehr, ich habe dazu keine Zeit wegen all der Artikel, die ich für meine Doktorarbeit durchkauen muß...» Also ist es ein Mann, keine Frau: der Junkie, der ihr das Bein gestellt hat, oder der Orthopäde? Oder jemand anderes? Sie fährt in ihrer Ermittlung fort: «Gedächtnislücken? Konzentrationsschwächen?» Claudette bückt sich, um mir die Socken abzustreifen, doch ich weiß nicht, ob das auf dem Bild zu sehen sein wird. Es wird ein Chanson von Christophe dazu geben: *Bei den Mädchen hab ich einen irrren Schlag*. Claudette fragt mich, ob ich immer noch so starke Beschwerden beim Essen und Schlukken habe. Ich sage ja, ich hätte neulich abend mit meinem Freund, dem Psychiater, zu Abend gegessen, der mich genau beobachtete, während ich aß, und meint, es handele sich um eine psychisch bedingte Anorexie. Ich müßte dies Symptom zulassen, dann könnte man versuchen, ihm mit einer Hypnosesitzung zu begegnen, doch hat er keine Lust, sie mit mir durchzuführen. Claudette schaut mich mit großen Augen an. Ich fahre in meiner Erzählung fort: «Wir haben ein bißchen drum herumgeredet, und es gelang uns, über anderes zu sprechen, doch dies andere überschnitt sich immer wieder mit der fatalen Sache... Ich sagte ihm, daß ich keine Männer mehr ertrüge, schon rein erotisch nicht, was doch ein großes Problem für einen Schwulen sei. Der Psychiater antwortete mir, ich sei wie jemand, der vergewaltigt worden ist, die erste Magenspiegelung sei wie eine Vergewaltigung gewesen, und er fügte hinzu: ‹Guiberts Tuberkulinprobe ist positiv.›» Ich hatte eben mit der Schwester um die Anzahl der Blutröhrchen gefeilscht, die sie mir abnehmen würde, ich hatte zehn statt elf herausgehandelt. In der Fnac, wo ich Leerkassetten für die Aufnahmen gekauft hatte, hatte ich ebenfalls gefeilscht: ich war mit elf Kassetten zum Preis von zehn herausgekommen. Ich feilsche gern, das ist Leben. Alles im Leben ist Feilschen. Der Tod ist die Einigung. Mit diesem Satz wollte ich mein Buch beenden. Es gelingt mir nicht. Ich veränderte die Einstellung der Aufnahme, und ohne ihr etwas zu sagen, filmte ich Claudette Dumouchel. Sie war schön. Ich filmte ihre langen weißen Hände, die auf der Computertastatur klapperten. Ich filmte ihr Gesicht in diesem herrlichen Licht, ich war glücklich. Das Auge am Sucher, so sah ich, wie das Bild unmerklich im Rhythmus meines Atems, meines Herzschlags bebte. Das Wort *End* begann im Bildausschnitt zu blinken. Ende des Bandes.

Heute, am 13. August 1990, beende ich mein Buch. Die Zahl 13 bringt Glück. Aus meinen Analysen ist eine deutliche Besserung zu erkennen, Claudette lächelt (ob sie mich belügt?). Ich habe begonnen, einen Film zu drehen. Meinen ersten Film.